Axel Philippi

Der Sonnenpriester

Roman

FRIELING

Dieses Buch widme ich meiner Frau Sylvia
als Dank für das Glück der vergangenen Jahre.

Die Deutsche Bibliothek – CIP-Einheitsaufnahme
Philippi, Axel:
Der Sonnenpriester : Roman / Axel Philippi. – Orig.-Ausg.,
1. Aufl. – Berlin : Frieling, 1999
ISBN 3-8280-0853-4

Hünefeldzeile 18, D–12247 Berlin-Steglitz
Telefon: 0 30 / 76 69 99-0

ISBN 3-8280-0853-4
1. Auflage 1999
Umschlaggestaltung: Michael Reichmuth

Printed in Germany

REGISTER

Zum leichteren Verständnis und Erfassen des vorliegenden Romans finden Sie hier, lieber Leser, eine alphabetisch geordnete Übersicht der im Buch erscheinenden Personen und Begriffe.

Die handelnden bzw. vorkommenden Personen:

Algor dym Caldara, Hauptfigur des Romans, angehender Sonnenpriester aus dem Clan der Schwert- und Feuertänzer, Sohn des weltlichen Verwalters des Sonnentempels in Ismaratu, der Hauptstadt des Zwölf-Städte-Bundes auf Ondur

Arkon Zebit, Bewohner von Atlantis auf Geo und Erster Kommunikator des Kugelraumers Wega III, kommt als Raumfahrer hilfesuchend nach Ondur

Atahualpa, Inka-Herrscher, der 1532 von den Spaniern unter Führung Francisco Pizarros hingerichtet wurde

Bardo, Befehlshaber der königlichen Leibgarde in Ismaratu auf Ondur

Belus, Vetter und bester Freund von Algor dym Caldara, der Hauptfigur des Romans

Bila, die halbblinde Kinderfrau von Algor und Belus

Cara, Hohepriesterin des Mondtempels in Ismaratu auf Ondur und Mutter Imelas, der Geliebten Algors, der Hauptfigur des Romans

Caliastra, Mondgöttin von Ondur

Cargo, Stellvertreter (Colord) der Hohepriesterin des Sonnentempels von Ismaratu auf Ondur

Chasqui, Läufer zur schnellen Überbringung von Botschaften oder kleinen Lasten im Inkareich

Curaca, Vorsteher von 1000 und mehr Familien im Inkareich

Dorman dym Caldara, Oberhaupt des Clans der Schwert- und Feuertänzer des Zwölf-Städte-Bundes auf Ondur

Dormis dym Caldara, die Mutter Dormans

Haron dym Caldara, Vater von Algor, der Hauptfigur des Romans, und weltlicher Verwalter des Sonnentempels von Ismaratu auf Ondur

Huáscar, Halbbruder Atahualpas, der im Streit um die Thronfolge im Inkareich von diesem ermordet wurde

Hym, Sohn Kaals, des Hohepriesters des Dhan-Kults

Imela, Tochter der Hohepriesterin des Mondtempels in Ismaratu auf Ondur und Geliebte Algors, der Hauptfigur des Romans

Inka, Gottkönig der im 3500 m hoch gelegenen Tal von Cuzco (Peru) siedelnden indianischen Bevölkerung, später Bezeichnung der Bewohner des gesamten Reiches (1200 – 1572 n. Chr.)

Inti, Sonnengott der Inkas in Gestalt der irdischen Sonne

Kaal, Hohepriester des Dhan-Kults bei dessen Untergang

Lamar Alto, Kommandant des Kugelraumschiffs Wega III, das auf Ondur landet

Lara, Ehefrau Dormans, des Clanoberhaupts der Schwert- und Feuertänzer

Larate, ältere Schwester von Milo, dem Torwächter, und Haushälterin im Elternhaus von Algor dym Caldara

Luktor, ehemaliger König des Zwölf-Städte-Bundes, der den Dhan-Kult besiegte

Mahatra, König und Vorsteher des Priesterrates des Zwölf-Städte-Bundes von Ondur

Manco Cápac und **Mama Oglio**, mythologische Stammeltern und Gründer des Inka-Reiches

Manco Inka, von den Spaniern als Nachfolger des von ihnen ermordeten Atahualpas eingesetzter König

Milo, Torwächter und früherer Spielgefährte Algor dym Caldaras

Panaca, Sippe der männlichen Nachkommen eines verstorbenen Sapay Inka

Pizarro, Francisco, spanischer Eroberer des Inkareiches

Rafta, Mutter von Algor dym Caldara, der Titelfigur des Romans

Sapay Inka, Titel des regierenden Inka

Sitalee, Hohepriesterin des Sonnentempels in Ismaratu auf Ondur

Sutha Zebit, Ehefrau von Arkon Zebit, Erster Offizier des atlantischen Raumschiffs Wega III

Tokar, Vorsteher des Sonnentempels zu Ghor

Tucuyricuc, hoher Beamter des Inka, der die Einhaltung der Gesetze kontrollierte

Tybor, Bruder von Algor dym Caldara und Verlobter von Urmi

Urcon Pachacútec, Lehrer Algors in seinem jetzigen Leben als Inka
Urmi, Tochter von Dorman, Schülerin und ausgebildete Traumdeuterin des Mondtempels
Wiracocha, Schöpfer und Erzeuger allen Lebens, höchster Gott der Inkas

Die Orte und Begriffe in alphabetischer Reihenfolge:

Alila, eine der beiden Sonnen Ondurs, des Planeten, auf dem die Haupthandlung spielt, Ausdruck und Manifestation des weiblichen Gesichts der höchsten Gottheit
Arka, große Raubvögel im Vulkangebirge auf Ondur, die in der Mythologie der Gegend um Ghor eine große Rolle spielen
Arkon, heiliger Stier, Symbol von Ismar, des männlichen Gesichts der höchsten Gottheit (siehe auch im Namensverzeichnis)
Aleolen, schönste und lieblichste Blumen Ondurs
Atar, Bergfluß auf Ondur
Atlantis, untergegangener Kontinent auf Geo
Bahai, Baum auf Ondur, der der Mondgöttin geweiht ist
Barca, einer der fünf Monde von Ondur
Cajamarca, Inkastadt, in der Atahualpa von Pizarro gefangen und hingerichtet wurde
Charqui, getrocknetes Fleisch vom Lama, dem größten Tier der Anden
Chicha, aus Mais gebrautes Bier der Inkas
Colord, Stellvertreter des Großmeisters eines Kultes auf Ondur
Cuzco, gegründet um 1200 n. Chr., Hauptstadt des Inkareiches, heute spirituelles Zentrum der Anden, 3500 m hoch in einem Talkessel gelegen, Sitz der Regionalregierung
Demara, untergegangene Zivilisation auf Ondur, die den Sonnenkult und die Anbetung des Lichts ins Leben rief
Dhan, Schlangenkönigin, Symbol von Alila, dem weiblichen Gesicht der Gottheit
Efu, der längste aller Ströme auf Ondur
Fünf-Monde-Fest, wichtigstes religiöses Fest des Mondtempels auf Ondur
Ghor, Stadt des Zwölf-Städte-Bundes auf Ondur

Grazella, Dankgebet der Sonnenbruderschaft für göttliche Führung

Ichugras, robuste Grassorte Südamerikas, die u.a. zur Herstellung der Seile für die berühmten Hängebrücken der Inkas benutzt wurde

Impruver, alter Name auf Ondur für den Großmeister eines religiösen Kultes

Inti-Raimi, mehrtägiges prunkvolles Sonnenfest der Inkas im Juni jeden Jahres

Isla del Sol, Sonneninsel, größte Insel des Titicacasees

Ismar, eine der beiden Sonnen Ondurs, des Planeten, auf dem die Haupthandlung spielt, Ausdruck und Manifestation des männlichen Gesichts der Gottheit

Ismaratu, Hauptstadt des Zwölf-Städte-Bundes auf Ondur

Kalang, Parlamentarische Regierung und Vertretung der Stände und Clans des Zwölf-Städte-Bundes auf Ondur

Kondor, Geierart, größter Vogel der Anden

Lathar, Stadt auf Ondur, die mit dem Zwölf-Städte-Bund ein Zollabkommen schließen will

Lehastrauch, Strauch von den Hängen des Vulkangebirges auf Ondur, aus dessen Beeren der Mondwein gekeltert wird

Lupaleder, Leder aus der Haut des größten Pflanzenfressers von Ondur

Lyra, besonderes Mineral, halb Edelstein, halb Metall, u.a. mit besonderen Klangeigenschaften, auf Ondur sehr selten und deshalb sehr teuer

Moro, größter Mond von Ondur

Mur, Hochland auf Ondur, von dem der Fünf-Monde-Tee kommt

Muria, eine der Städte des Zwölf-Städte-Bundes auf Ondur, im Zentrum der Hochebene Mur gelegen

Negli, einer der fünf Monde von Ondur

Ondur, Planet in einem Doppelsonnen-System, Ort der Haupthandlung

Puna, Hochland zwischen Peru und Bolivien, in dem der Titicacasee liegt

Quechua, Sprache der Inkas und noch heute gebräuchlich

Quinoa, südamerikanische Getreideart mit hohem Nährwert

Quipus, Knotenschnüre der Inkas aus gefärbter Baumwolle, die an bestimmten Stellen geknotet wurden, um so Informationen weiterzugeben

Ribu, seltene Schafrasse auf Ondur, deren Wolle nur zu kultischen Zwekken benutzt wird

Syma, untergegangener Nachbarplanet von Ondur

Sima, einer der fünf Monde Ondurs

Tarabaum, Baum auf Ondur mit großen Blättern und weitausladender Krone

Tiahuanaco, 100 bis ca. 1000 n. Chr. Stadt am Südende des Titicacasees, deren Bewohner – eine Vorläuferkultur der Inkas – die südlichen Anden beherrschten

Titicacasee, höchstgelegener schiffbarer See der Erde im Andenhochland (3812 m ü. M.)

Urgo, ein Vulkan, an dessen Hängen der berühmteste Mondwein Ondurs angebaut wird und an dessen Fuß die Schlangenhöhle Dhans liegt

Vota, Dankesritual der Sonnenpriesterschaft auf Ondur

Yacolla, rechteckiger Umhang der Inkas, der über die Schulter oder um die Hüfte geknüpft wird

Um mich herum herrscht tiefer Friede. Schon seit ich denken kann, zog es mich immer wieder zu dieser Insel im heiligen See meiner Ahnen. Isla del Sol, Sonneninsel, nennen sie die Spanier. Von hier aus waren einst die Stammeltern unseres Volkes, Manco Cápac und Mama Oglio, ausgezogen, das Licht Intis, unseres Sonnengottes, in die Welt zu tragen und das Inkareich zu gründen. Seit Menschengedenken beherrscht der Inka von unserer glanzvollen Hauptstadt Cuzco aus das Land in weitem Umkreis. Wir sind sehr stolz auf unsere Religion, unsere Errungenschaften im Straßen-, Städte- und Wasserbau und auf unsere schlagkräftige Armee.

Wir hatten nie eine Schriftsprache, und so erfanden unsere Vorfahren die Quipus, Knotenschnüre, die uns helfen, Botschaften mitzuteilen, den Ernteertrag zu zählen und zu erfassen oder die Wasserrationen für die Dörfer und Städte festzulegen. Die Quipus, was in Quechua, der Sprache unserer Vorfahren, „Knoten“ heißt, bestehen aus einem Bündel geknoteter, in vielen Farben gefärbter Baumwollschnüre. Ein Bündel enthält manchmal Hunderte von Schnüren unterschiedlicher Länge, die z.B. die Lagerung und Verteilung des Getreides einer Dorfgemeinschaft regeln. Das ganze Inkareich wird mit Hilfe der Quipus regiert und verwaltet. Ihre „Sprache“, die nicht einfach zu lernen ist, wird von Priestern gelehrt. Inti sei Dank, ist es den weißen Eindringlingen noch nicht gelungen, sie zu entschlüsseln. Ein Gedanke, der mich froh stimmt. Haben doch diese Spanier mit ihrer Gier nach Gold viel Leid über unser Volk und Atahualpa, unseren Sapay-Inka, gebracht.

Manchmal denke ich, daß Inti uns verlassen hat. Zuerst brach diese fürchterliche Krankheit aus, die die Spanier Pocken nennen und die Tausende meines Volkes hinwegraffte. Fast gleichzeitig kam es zum Bruderzwist zwischen Huáscar und Atahualpa über die Thronfolge, der in einen Bürgerkrieg ausartete und später mit der Ermordung Huáscars endete. Kaum schien sich die Lage zu beruhigen, kamen die Spanier mit ihren schrecklichen Pferden wie ein Gottesgericht über uns und bereiteten unserer sieggewohnten Armee Niederlage auf Niederlage. Und nun haben sie sogar Atahualpa, den gottgleichen Inka, hingerichtet, und in Cusco regiert der von den Spaniern als Marionette eingesetzte Manco Inka.

Seit Stunden sitze ich nun hier auf dem Hügel über dem tiefblauen Wasser des Titicacasees und grübele. Wo soll das alles enden? Ein kalter Wind bringt vom Hochland der Puna den Geruch des Ichugrases mit sich und fegt raschelnd durch die Kronen der Eukalyptusbäume hinter mir. Unten am Strand liegt mein Bambusboot, das sich sanft in den Wellen wiegt und von einer Lederschnur, die ich an einem Stein am Ufer befestigt habe, am Abtreiben gehindert wird. Langsam fällt alle Trübsal von mir ab, und ich kann mich ganz dem Zauber der Insel hingeben. Ich erinnere mich an die Tage meiner Jugend, als ich mit Freunden hierher kam, um zu Inti zu beten, und an die vielen Stunden fröhlichen Zusammenseins, als wir in der Hocke um einen grob aus Steinen der Umgebung gebauten Herd saßen und uns Mais, Kartoffeln oder Quinoa, kleine Getreidekörner, rösteten und kochten. Wenn wir Glück hatten, bereicherten Fische aus dem See unser karges Mahl. Und wie köstlich war der Geschmack der Chicha, des herben, aus Mais gebrauten Bieres, das uns bald die Härte unseres Alltags für ein paar Stunden vergessen ließ.

Nun, da ich alt geworden und aus der Heimat vertrieben bin, sind diese Erinnerungen mein ganzer Schatz, alles, was ich außer den paar Habseligkeiten, die ich mit mir führe, noch besitze. Langsam versinkt die Sonne hinter den fernen Bergen und taucht den See in goldenes Licht. Das Rauschen des Windes, das Plätschern der Wellen, das hier oben noch leise zu hören ist, und der Duft des Eukalyptus und einiger Wildkräuter versetzen mich in eine tranceartige Stimmung, wie ich sie von unseren Zeremonien anläßlich des Inti-Raimi, unseres prunkvollen Sonnenfestes im Juni jeden Jahres, her kenne.

Und dann taucht plötzlich aus der Tiefe meiner Seele eine uralte Erinnerung in mir auf, nimmt mich gänzlich gefangen. Anfänglich sind es nur starke Gefühle der Ergriffenheit, die sich bald zu Bildern verdichten. Ich erlebe, wie sich meine Umgebung verwandelt und ich mitten in einer Halle sitze, deren Wände, fugenlos gebaut aus großen und mächtigen Steinen wie in unserem Sonnentempel in Cusco, hoch hinauf ragen. Da ist auch wieder diese Stimme, die ich noch aus den Träumen meiner Jugend kenne und schon fast vergessen hatte, die mich zu Inti führte, wie ich damals glaubte.

Und die Stimme rezitiert feierlich einen mystischen Text aus längst vergangenen Äonen:

Tiefe Schwärze füllt die unendliche Leere. Nichts regt sich. Ein zeitloser Schlaf liegt über allem. Da durchzieht namenlose Sehnsucht die endlose Weite, wie der Klang des Atems die Träume des Schläfers. Ein feines Singen webt ein Netz von Anziehung und legt es über alles Sein. Fast unmerklich ballt sich Lichtloses zu Wolken. Die Intensität des Klangs nimmt zu, und Wolke zieht es zu Wolke in drangvolle Enge. Magisch angezogen, strebt alles lautlos einer unsichtbaren Mitte zu.

Ein Schieben und Drängen gewaltigen Ausmaßes beginnt und führt zu einem Kreisen um den ersehnten Mittelpunkt. Der Druck auf das Zentrum nimmt zu, und die Rotation beschleunigt sich. Dann flammt es gleißend hell in der Mitte auf, und in Gedankenschnelle entzündet sich die ganze Wolkenkugel. Das Ur-Licht ist geboren! Kaskaden von Licht werden von diesem immer schneller rotierenden Feuerball hinausgeschleudert und beseelen und beleben damit den ganzen leeren Schöpfungsraum.

So lehrten es uns die Boten des Lichts seit Anbeginn, und so werdet ihr es die Kinder des Volkes lehren, wenn die Zeit gekommen ist.

Die sonore Stimme in meinem Kopf schweigt, und die plastischen Bilder in mir erlöschen. Benommen öffne ich die Augen, und es dauert eine Weile, bis ich mir wieder meiner Umgebung bewußt werde. Wie immer bei diesen Unterrichtsstunden sitzen wir im Kreis um unseren Lehrer in einem der großen Trainingsräume des Sonnentempels. Es ist angenehm kühl hinter diesen alten Mauern. Das Licht der beiden Doppelsonnen fällt durch schmale Lichtschlitze in den Wänden nur gedämpft in den Raum, dessen einziger Schmuck ein in blau, rot und gold gehaltenes Bodenmosaik ist, das eine Szene aus dem Schöpfungsmythos unserer Religion zeigt.

Im Grunde bin ich kein Freund solch pathetischer Formulierungen, wie sie unser Lehrer heute benutzt hat, aber ich muß zugeben, daß die telepathisch übermittelten Worte zu der Majestät der von ihm in unser Bewußtsein projizierten Bilder gepaßt hat. Wir sind alle so beeindruckt, daß das sonst am Ende dieser Unterrichtsstunde fällige Durcheinander gedanklich geführter Diskussionen entfällt. Ich liebe diese Stunden, wenn wir unter

Anleitung eines Priesters üben, uns telepathisch auszutauschen. Vor allem deshalb, weil neben den inneren Worten die gleichzeitige Übermittlung von Bildern das Gespräch viel informativer macht und die daran geknüpften Gefühle dem Inhalt mehr Tiefe, aber auch mehr Lebendigkeit verleihen.

Wir sind zwölf Priesterkandidaten des Tempels in der letzten Ausbildungsdekade: junge Männer und Frauen, sorgfältig ausgewählt nach der Befähigung, geistige Kräfte in vielfältiger Form zu entwickeln, die über das bei unserer Bevölkerung übliche gedankliche Kommunizieren hinausgehen. Wir leben noch bei unseren Familien in der alten Stadt am Fuß des Berges, auf dem der Sonnentempel steht, und treffen uns täglich zum Unterricht, wenn sich das Doppelgestirn zwei Faden über den Horizont erhebt. Erst nach der Initiation werden wir – wie die gesamte Priesterschaft – kostenfrei in den zur Tempelanlage gehörenden Wohngebäuden leben. Vorerst aber genießen wir noch die Freiheiten der Schüler und lassen uns von unseren stolzen Eltern verwöhnen.

Man hat mir bei meiner Geburt – nach Rücksprache mit dem Tempelorakel – den Namen Algor gegeben, was in unserer Sprache so viel wie „Lichtpfeil" bedeutet. Und da meine Familie dem Clan der Schwert- und Feuertänzer angehört, lautet mein voller Name Algor dym Caldara. Vierzehnmal seit meiner Geburt hat unser Planet Ondur seine beiden Sonnen umkreist, und ich stehe somit am Beginn meines Manneslebens, dessen erster Höhepunkt die Initiation zum Sonnenpriester sein wird.

In der Hierarchie der Priesterkaste nehmen die Angehörigen des Sonnentempels eine besondere Stellung ein, da sie als einzige die magische Transformation beherrschen. Darunter verstehen wir die körperliche Verwandlung eines Priesters in reines Licht. Einmal erst durfte ich dieser heiligsten aller Zeremonien unserer Religion beiwohnen, und wenn ich es nicht mit eigenen Augen gesehen hätte, ich hätte es nie und nimmer geglaubt. Eben knieten noch zwei Priesterpaare vor dem Altar des Lichts, im nächsten Augenblick wurden ihre Körper durchsichtig und begannen von innen her so hell zu leuchten und zu strahlen wie Ismar und Alila, so nennen wir unsere Doppelsonnen. Nachdem die körperlichen Konturen sich im gleißenden Licht gänzlich aufgelöst hatten, verdichtete sich dieses zu vier schrumpfenden Lichtbällen. Während sie ins Nichts verschwanden, sandten sie einen von mir bis dahin noch nie gehörten hellen Ton aus, der einen süßen Schmerz in meinem Herzen verursachte. Zurück blieb ein intensiver Geruch nach Aleolen, der lieblichsten unserer an Blumen reichen Welt.

Nur die Sonnenpriester kennen das Geheimnis des Wie und Warum dieser Zeremonie. Das Ganze ist sehr mysteriös, zumal die auf solche Art Verschwundenen nie wieder zurückkehrten. Sie sollen angeblich Ihm, dem Unaussprechlichen, dienen in einer für Normalsterbliche unverständlichen Art und Weise, in Regionen unseres Weltalls, die zu weit entfernt sind für die Geräte unserer Priesterastronomen. Da Sonnenpriester die Gedankenabschirmung perfekt beherrschen, ist es auch auf diesem Weg nicht möglich, Näheres zu erfahren. Alle zwölf sind wir auf die Lösung dieses Rätsels sehr gespannt.

Ein Stoß in die Seite von Belus, meinem besten Freund, reißt mich unsanft aus meinen Gedanken. Alle anderen haben sich bereits erhoben und stehen wartend auf den im Mosaik des Bodens vorgesehenen Punkten, um abschließend die Vota zu vollziehen. Schnell erhebe ich mich und nehme meinen Platz ein, um den magischen Kreis zu schließen. Unser priesterlicher Ausbilder steht bereits mit geschlossenen Augen im Zentrum, dort, wo im Mosaik das heilige Symbol des All-Einen eingelassen ist.

In der Vota, dem Dankesritual der Sonnenpriesterschaft, bündeln wir unsere Gedanken durch Konzentration auf das goldene Symbol in der Mitte. Dann beginnt der Priester in einer bestimmten Tonfolge das kurze Dankgebet zu singen. Der Gesang wiederholt sich ständig, bis unser ganzes Wesen von ihm ausgefüllt ist. Ich spüre, wie sich hinter meiner Stirn die mir aus vielen Übungsstunden bekannte Energie aufbaut, bis mein Kopf fast zerspringt. Der tiefe Schlag eines Gongs ist für jeden von uns zwölf das Zeichen, diese Energie auf den Priester in der Mitte zu lenken. Und aus unseren Stirnzentren streben zwölf zarte, goldgelbe Strahlen zum Kopf des Priesters wie Speichen zur Radnabe.

In diesem Moment hebt dieser die Hände zur Huldigung, und aus seinen Handflächen strömen links eine nachtblaue und rechts eine tiefrote Lichtsäule nach oben durch eine dafür vorgesehene Öffnung in der Decke hinaus ins Freie. Über dieser Öffnung ist auf dem Tempeldach ein Rahmengestell angebracht, in dem Klangschalen aus Lyra aufgehängt sind. Lyra ist ein auf unserer Erde sehr seltenes Material, halb Metall, halb Edelstein, das die wunderbare Eigenschaft besitzt, unter wechselndem Energieeinfluß Töne hervorzubringen, die so zauberhaft klingen, daß sie jeden, der sie hört, innehalten lassen und viele so anrührt, daß sie spontan ein Gebet an den Schöpfer aller Dinge richten.

Wieder erklingt der tiefe Gong. Wir stoppen unsere Energieprojektion, die Strahlen erlöschen, und wir beenden die Vota mit einer tiefen Verbeugung vor dem Priester. Die Klangschalen auf dem Dach klingen sanft aus, und wir verlassen schweigend die Halle. Der Unterricht ist für heute zu Ende, und so machen Belus und ich uns auf den Weg nach Hause.

Wir müssen dabei quer durch die ganze Tempelanlage, da die Halle der Unterweisungen etwas abseits, am Rand der heiligen Stadt liegt, neben der großen Mauer, die den Tempelbezirk vom Palast des Priesterkönigs trennt. Mahatra, unser König, der gleichzeitig Vorsteher des Priesterrates ist, dem obersten Gremium der verschiedenen Kulte unserer Religion, und Sitalee, die Hohepriesterin des Sonnentempels, führen gemeinsam den Vorsitz im Kalang, der Regierung unseres Volkes. Jeder Clan entsendet – entsprechend seiner Größe – pro zehntausend Angehörigen einen Vertreter in diese Standesvertretung, die zur Zeit über dreitausendfünfhundert Mitglieder hat. Diese wählen aus ihrem Kreis den vierundzwanzigköpfigen Thronrat, das eigentliche Machtzentrum mit Mahatra und Sitalee an der Spitze. Da unsere religiöse Tradition den Wert von Harmonie und Ausgleich und auch die Gleichberechtigung der Geschlechter stark betont, achtet der Kalang darauf, daß der Thronrat gleichviel Männer und Frauen umfaßt. Die Hohepriesterin des Sonnentempels wird auf Lebenszeit von allen Initiierten des Tempels gewählt. Unser König wird vom Staatsorakel, das vom Priesterrat befragt wird, benannt und für zwölf Umkreisungen unseres Doppelgestirns inthronisiert. Am letzten Tag seiner Regierungszeit besteigt er im Rahmen einer großartigen und ergreifenden Zeremonie die Sonnenbarke im Allerheiligsten unseres Tempels, um in Form einer magischen Umwandlung seinen Körper aufzulösen und sich mit dem Ewigen zu verbinden. So lange wir zurückdenken können, wird so das Paar an der Spitze unseres Reiches bestimmt und die Bedeutung und Dauerhaftigkeit unserer Religion als unser wichtigster Lebensbereich gewahrt.

„He, Algor, hast du Lust, morgen mit mir zum Fünf-Monde-Fest zu gehen?" Belus schaut mich belustigt an, da er genau weiß, wie sehr mich die Riten der Mondpriesterschaft faszinieren. Der Unterricht morgen fällt aus,

da alle Sonnenpriester an diesem Tag Gäste des Mondtempels sein werden, der zum Abschluß seiner religiösen Zeremonien ein Fest für die ganze Bevölkerung geben wird, in dessen Verlauf die Mondpriesterinnen ihre rituellen, magischen Schwebetänze vorführen werden. Ich tue so, als müßte ich über die Frage von Belus angestrengt nachdenken: *„Meinst du nicht, daß das zu sehr deine Sinne verwirrt?“* Ein empörtes Schnauben ist die Antwort, und ich muß lachen, da von uns beiden eher ich es bin, der an den Reizen des anderen Geschlechts Gefallen findet. Und die Mondpriesterinnen sind ausgesucht schöne junge Frauen, die sich nur einmal im Jahr, anläßlich dieses Festes, mit einem Mann in Liebe verbinden dürfen. Die Kinder dieser Nacht stehen unter dem Schutz des Mondtempels, der sie so gut schult und ausbildet, daß es später jedem Familienvorstand zur Ehre gereicht, wenn einer seiner Söhne oder Töchter einen „Mondtropfen“, so nennt der Volksmund diese Kinder, heiratet. Ich lege Belus freundschaftlich den Arm um die Schulter: *„Wir nehmen einfach Bila mit. Die paßt dann auf uns beide auf.“* Belus verschluckt sich fast vor Lachen, denn Bila ist meine halbblinde Kinderfrau, die Belus nach dem frühen Tod seiner Mutter mit betreute. Eine unter Freunden und Nachbarn übliche Regelung und im Falle unserer beiden Väter, die Schwestern geheiratet hatten, eine reine Selbstverständlichkeit. Und so wuchsen wir wie Brüder auf. Lachend laufen wir den Berg hinab, um nicht zu spät zum familiären Treffen am Vorabend des Fünf-Monde-Festes zu kommen, an dem traditionell all die Köstlichkeiten unserer Küche aufgetischt werden, die unter dem besonderen Einfluß des Mondlichts stehen.

Der klagende Ruf eines Kondors, der in der hereinbrechenden Nacht eine letzte Runde über den benachbarten Hügeln der Insel dreht, bringt mich zurück in die Wirklichkeit. Meine Augen, die blicklos ins Leere gestarrt hatten, nehmen wieder meine Umgebung wahr. Während ich mich fröstelnd in meine Yacolla, einen großen rechteckigen Umhang wickele, der über der Schulter geknotet wird, bin ich noch ganz gefangen von der Intensität der geschauten Bilder. Die jugendliche Lebendigkeit, die ich so deutlich gespürt habe, paßt doch so gar nicht zu dem alten Körper, der hier in der Einsamkeit der Höhe hockt. Bei Wiracocha, dem Schöpfer und Erzeuger des Lebens, und Inti, der Sonne, seiner physischen Manifestation: was habe ich da erlebt? Bin ich Opfer von Trugbildern der Geisterwelt dieser Insel? Man stelle sich einmal vor: eine Erde mit zwei Sonnen! Und die Vision zu Beginn von der Entstehung des Lichts! Nie habe ich so etwas gehört oder gesehen. Und doch sind mir diese Bilder zutiefst vertraut. Meine Verwirrung lähmt mich, meine Gedanken rasen, ohne zu einer annehmbaren Erklärung zu kommen.

Plötzlich schmerzt mich mein ganzer Körper. Ich zittere und spüre, wie verkrampft meine Muskeln sind. Ein voller Mond ist über dem See aufgegangen. Sein Licht bricht sich in den Wellen und schafft eine breite Bahn wie aus flüssigem Silber, die bis in meine Bucht reicht und mein Boot in ein gespenstisches Licht taucht. Mühsam erhebe ich mich. Es wird Zeit, ein wärmendes und schützendes Feuer für die Nacht anzuzünden. Das wird mir helfen, diesen unwirklichen Zauber abzuschütteln, der mich noch immer in seinem Bann hält. Trockene, abgefallene Zweige und Blätter der Eukalyptusbäume und eine Handvoll verdörrtes Ichugras sind schnell aufgeschichtet und auf die bewährte Art meines Volkes entzündet. Zischend und prasselnd sorgt das Öl des Eukalyptus für eine hell auflodernde Flamme, die mich und die Umgebung kurzfristig in gelbrotes Licht taucht. Bald sorgt die Glut für gleichbleibende Wärme, die angenehm meine Hände durchströmt und die Schmerzen in meinen geschwollenen Fingergelenken wohltuend lindert.

Ich lehne mich seufzend gegen den Felsen in meinem Rücken, der mir als Windschutz dient, und schaue müde geworden hinaus über die Straße aus Mondlicht bis zu den fernen Bergen, deren Gipfel majestätisch in den Himmel ragen. Wieder überkommt mich ein starkes, fast wehmütiges Gefühl des Einsseins mit Mutter Erde und meiner geliebten Heimat. Die Vorstellung, daß mein alter Körper bald in ihren bergenden und allumfassenden Schoß zurückkehren wird, während meine Seele sich mit Inti vermählt, hat etwas Erbarmendes und Tröstliches. Verstohlen wische ich mir eine Träne aus dem Augenwinkel. Heute war wirklich ein besonderer Tag, und die Nacht ist voller freudiger, erwartungsvoller Gefühle und Sehnsüchte, so als wäre meine Seele bereit für ihre letzte Reise ins Licht. Das Schweigen um mich herum vertieft sich, und meine Augen fallen wie von selbst zu. Sanft gleite ich wieder hinüber in dieses andere Erleben, jenseits unserer Welt.

Durch die weit geöffneten Flügel des Sonnentores betreten Belus und ich die alte Stadt am Fuße des Berges. In Sichtweite der Stadtmauer haben wir unsere Schritte verlangsamt und unseren Gang der Würde unserer zukünftigen Aufgabe angepaßt. So schreiten wir hoheitsvoll an der Torwache vorbei und biegen links in die Ringstraße ein, die entlang der großen Mauer verläuft. Sofort umfängt uns geschäftiges Treiben.

Unsere Heimatstadt Ismaratu, was so viel heißt wie „Ismar geweiht", ist kreisförmig angelegt. Vom Ring aus laufen in regelmäßigen Abständen breite Straßen schnurgerade auf das im Zentrum gelegene Bürgerforum zu, in dem die Clans und Stände tagen. Von oben, vom Tempel aus gesehen, wirkt die Stadt dadurch wie ein in die Ebene gelegtes großes Rad. Dies ist nicht aus städtebaulicher Notwendigkeit so entstanden, sondern bewußt in Anlehnung an unser höchstes religiöses Symbol, das Rad Ismars, geplant und gebaut worden. Die Straßen teilen diesen Kreis in zwölf Stadtviertel, die Wohngebiete der Clans und Stände. Das Zentrum bildet ein sehr großer Platz mit einem monumentalen, säulenumrahmten Rundgebäude in der Mitte, dem Bürgerforum. Den Kern dieses Bauwerks bildet die große runde Halle, in der die Vollversammlung der Clans und Stände zyklisch tagt, um die für alle Bürger unserer Heimatstadt verbindlichen Regeln und Gesetze zu erlassen. Um die zentrale Halle reihen sich kleinere Hallen für die einzelnen Gruppierungen der Bevölkerung. Die Verwaltung, mit dem Administrator an der Spitze, residiert im Obergeschoß des Forums. Unsere Stadt und die angrenzenden ländlichen Gebiete gehören zu einem Zwölf-Städte-Bund, dessen höchste Repräsentanten der König und die Hohepriesterin des Sonnentempels sind.

Belus und ich biegen vom Ring in die Straße ein, auf deren linker Seite das Viertel des Schwert- und Feuertänzer-Clans liegt. Seinen Namen erhielt unser Clan vor langer Zeit, als noch kriegerische Auseinandersetzungen zwischen den Nationen unseres Planeten an der Tagesordnung waren. Heute, nach einer langen Periode des Friedens, haben sich die Aufgaben und Betätigungsfelder der Clans gewandelt. Nur noch selten, bei staatlichen oder religiösen Festen, treten wir in unseren alten prunkvollen Zeremonialgewändern auf und tanzen ekstatisch den uralten Schwerttanz in der Glut der heiligen Feuer. Aus Kriegern wurden Kaufleute oder Diener des Staates oder, wie im Falle meines Vaters, der Verwalter des weltlichen Besitzes des Sonnentempels.

Der Sonnentempel und seine Priesterschaft stehen bei der Bevölkerung in hohem Ansehen, und deshalb fließen die Spenden reichlich, was von den Vertretern der anderen Kulte nicht ohne Neid registriert wird. Aber die kluge Geschäftspolitik meines Vaters und sein ausgleichendes und bescheidenes Wesen haben wesentlich mit dazu beigetragen, daß der große Besitz des Tempels in und außerhalb der Stadt bisher nicht zu einem Stein des Anstoßes wurde. Sein diplomatisches Geschick hat meinen Vater bald zu dem wichtigsten Berater der Hohepriesterin in allen weltlichen Fragen werden lassen. Da ich ihn bereits als Knabe oft bei seinen Tempelbesuchen begleiten durfte, geschah es fast zwangsläufig, daß man meine besondere Begabung entdeckte und man meinen Vater aufforderte, mich zur Ausbildung in die Obhut des Sonnentempels zu geben. Nie wäre es ihm in den Sinn gekommen, dieses ehrenvolle Angebot abzulehnen, zählt es doch zu den herausragenden Glücksfällen im Leben unserer Gesellschaft, wenn ein Familienmitglied zur Sonnenpriesterschaft berufen wird. Glanz und Macht des Tempels fallen dann auch ein wenig auf das Elternhaus des Kandidaten und späteren Priesters und steigern das Ansehen der Familie im Clan erheblich. Obwohl ich nicht gefragt worden war, bin ich sehr zufrieden mit meinem Schicksal und fiebere geradezu dem Tag meiner Initiation entgegen.

Als wir in eine Seitengasse einbiegen, die ins Innere unseres Viertels führt, wird das Gedränge immer größer. Letzte Einkäufe für den heutigen Abend werden getätigt. Die Anpreisungen der Straßenhändler vermischen sich mit den Warnrufen der Lastträger und den Glocken der Bettelmönche zu einer auf- und abschwellenden Melodie fröhlicher Vorfreude. Der Duft von Räucherwerk und exotischen Gewürzen aus den Ständen der Devotionalienhändler und den Karren der Gewürzhändler liegt schwer in der Luft und erinnert jeden an das morgige Fest. Junge, unverheiratete Frauen, die auf eine schicksalhafte Begegnung hoffen, und Ehefrauen, die die Mondgöttin um den Segen der Mutterschaft bitten wollen, suchen in den Auslagen der Geschäfte nach Opfergaben, die morgen im Rahmen der Abschlußzeremonie im heiligen See des Mondtempels versenkt werden sollen.

Das Haus unserer Familie liegt im alten Teil unseres Viertels. Mächtige weiße Steinquader türmen sich zu einem quadratischen, dreistöckigen Gebäude auf, dessen Vorderfront mit den in Stein gehauenen Insignien unseres Clans und unserer Familie geschmückt ist. Belus und ich verabschieden uns mit einer flüchtigen Umarmung, und während er auf das Haus seiner Familie nebenan zugeht, trete ich durch das offene Eingangstor ins Innere unseres Hauses. Milo, der Torwächter, begrüßt mich respektvoll und nimmt mir den weißen Umhang der Priestereleven ab. *„Dein Vater hat bereits nach dir gefragt."* Ein leichter Vorwurf liegt in seiner Stimme, den ich aber geflissentlich überhöre. Milo war der bevorzugte Spielgefährte meiner frühen Kindheit. Als der Ältere von uns beiden zeigte er mir damals alle Geheimnisse des Hauses, in dem er und seine Familie nun schon seit Generationen leben und als Verwalter, Leibdiener und Schildträger bereits meinem Urgroßvater und dann seinen Nachkommen loyal dienten. Ich gebe ihm einen freundschaftlichen Stoß in die Seite, was er mit einem gespielten Aufstöhnen quittiert. Dann erweise ich unserem Hausaltar, der in der großen Eingangshalle steht, meine Reverenz, indem ich vor der stilisierten Abbildung von Ismar und Alila in der Altarfront die rituelle Unterwerfungsgeste aller Sonnenpriester vollziehe.

Um diese Zeit dürfte mein Vater am Schreibpult im Innenhof unseres Hauses anzutreffen sein. Ich durchquere die Halle und trete durch das geöffnete Gittertor hinaus in die Blütenpracht einer Gartenlandschaft, wie sie nur in wenigen Häusern unserer Stadt vorzufinden ist. Ein alter Tarabaum erhebt sich in der Mitte einer blumenumrahmten Grünfläche und breitet sein schützendes Blätterdach in Höhe des Dachfirsts über den größten Teil dieser Oase des Friedens und der Erholung aus. Das Arbeitspult meines Vaters befindet sich unter diesem Baum, nahe dem Seitenflügel des Hauses, der den offiziellen und gesellschaftlichen Zwecken der Familie vorbehalten ist.

Er steht dort vertieft in seine Papiere, und da der weiche Grasboden das Geräusch meiner Schritte verschluckt, hört er mich nicht kommen, und so habe ich Muße, ihn in Ruhe zu betrachten. Die Last des Amtes hat ihn frühzeitig altern lassen. Das lange weiße Haar wird mühsam gebändigt durch den goldenen Stirnreif mit dem Emblem des Sonnentempels, der ihn als obersten Repräsentanten der weltlichen Vertretung des Tempels ausweist. Sein in dunklen, roten und gelben Farben gehaltenes Hauskleid ist schlicht und läßt die kräftige Gestalt darunter erahnen. Als er sich bückt, um ein heruntergefallenes Schriftstück aufzuheben, erblickt er mich, und ich schaue in seine dunklen, fast schwarzen Augen, die bei meinem Anblick erfreut aufleuchten. Ein warmer Strom des Willkommens breitet sich in meinen Gedanken aus. *„Na, mein Sohn, wie waren eure Übungen heute?"* fragt seine Stimme in mir. Er läßt keine Gelegenheit aus, meine fortschreitenden telepathischen Fähigkeiten auf die Probe zu stellen, und so antworte ich ihm, indem ich das heute Erlebte wie im Zeitraffer in Bildform in sein Bewußtsein projiziere.

Als ich mit meiner Übertragung fertig bin, hat er die Augen geschlossen. Sein Gesicht ist entspannt, und ein leichtes, wehmütiges Lächeln spielt um seine Lippen. *„Du ahnst gar nicht, welche Freude du mir damit bereitet hast! Seit meiner Kindheit haben mich diese Bilder von der Geburt des Lichts tief berührt, und ich habe immer die beneidet, die dazu fähig waren, sie anderen zu vermitteln. Deine Fähigkeiten, Algor, sind ein großes Geschenk des Ewigen, dem du dich immer würdig erweisen mußt."* Langsam öffnet er wieder die Augen und schaut mich ernst an. Wie um eine Trennung zwischen der innen erlebten Vision und den Äußerlichkeiten des Alltags zu schaffen, beginnt er dann laut zu sprechen: *„Wir werden heute abend einen wichtigen Gast haben. Dorman dym Caldara will mit mir über deinen Bruder Tybor sprechen. Und es wäre wichtig zu überprüfen, ob er auch denkt, was er sagt. Für die Familie und den Tempel steht viel auf dem Spiel!"* Dorman, das Oberhaupt unseres Clans, hat Lara, einen Schützling des Mondtempels, zur Frau, die eifersüchtig darüber wacht, daß der Einfluß des Sonnentempels im Clan nicht überhand nimmt. Tybor, mein älterer Bruder, hat sich um die Stelle als Kalfaktor des Clans beworben, was ihn automatisch zu einem der wichtigsten Kandidaten für die Nachfolge Dormans machen würde, der aus Altersgründen in absehbarer Zeit sein Amt zur Verfügung stellen will. An sich ist es recht ungewöhnlich, am Vorabend des Fünf-Monde-Festes Besuche zu machen. Aber Lara, seine Frau, wird wohl bei den Eröffnungszeremonien im Mondtempel sein, so daß ihr Mann ungestört Clanpolitik betreiben kann.

Dorman, der geborene Politiker, ist ein ausgesprochener Machtmensch und will die Weichen bereits frühzeitig so stellen, daß sein Einfluß auf die Clanführung auch nach seinem Rücktritt möglichst groß bleibt. Das verspricht ein interessanter Abend zu werden, zumal Dorman, wie mir mein Vater sagt, von Urmi, seiner Tochter, begleitet wird. Wie mir Milo unter dem Siegel der Verschwiegenheit kürzlich mitteilte, wird sie meinen Bruder morgen zu dem Fest begleiten. Urmi, ein hübsches, aber sehr eigenwilliges Mädchen, hat im Tempel der Mondgöttin eine Ausbildung als Traumdeuterin erhalten und gilt als fanatische Anhängerin dieses Kultes. Ich bin gespannt, ob mein kluger Bruder – sollte es denn zu dieser Verbindung kommen – sich dem geballten Einfluß von Mutter und Tochter wird entziehen und dem Sonnentempel die Treue wird halten können? Ich verstehe die schwierige Lage meines Vaters, der einerseits seinem ältesten Sohn diesen Aufstieg in der Clanhierarchie wünscht, andererseits aber Interessenkonflikte und religiösen Streit aus seiner Familie heraushalten will. *„Ich werde mein Bestes tun, Vater, aber du weißt, die Regeln der Sonnenpriesterschaft sind sehr streng, was das Gedankenlesen und seine Vertraulichkeit betrifft. Und darauf verläßt sich auch Dorman, wenn er uns heute aufsucht. Nur wenn er Böses im Schilde führt und einem Mitglied der Sonnenbruderschaft Schaden zufügen will, darf ich dir seine Absicht mitteilen.“ – „Das genügt mir schon, mein Sohn, und nun laß uns hineingehen und uns für den Abend vorbereiten.“* Er nimmt mich freundschaftlich um die Schulter, und wir gehen gemeinsam in den Trakt unseres Hauses, in dem die Privatgemächer meiner Familie liegen.

Ich bewohne zwei große Räume im ersten Stock, gleich neben dem breiten Treppenaufgang. Sie waren früher die Zimmer meines Großvaters väterlicherseits, der ein berühmter Arzt und geistiger Heiler gewesen war und vor meiner Geburt gestorben ist. Mein Vater hat mir viel von ihm berichtet. Er muß ein vorzüglicher Telepath gewesen sein und viele Patienten durch rein gedankliche Suggestionen von ihren Leiden befreit haben. Wahre Wunderdinge erzählt man sich auch von seinen Fähigkeiten, Wunden mit geistiger Energie sofort schließen zu können und verlorene Gliedmaßen nachwachsen zu lassen. Meine Familie ist der Überzeugung, daß ich seine Talente geerbt habe und mit Hilfe entsprechender Übungen seine Taten noch übertreffen werde.

Nach seinem Tod wurde in seinen Zimmern alles so belassen, wie er es eingerichtet und geliebt hatte, und so wuchs ich in einer Atmosphäre von religiöser Gelehrsamkeit und medizinischer Magie auf. Ich erinnere mich, daß ich als Kind ganz fasziniert in seinen alten Büchern blätterte und von den anatomischen Bildern und den Zeichnungen magischer Symbole und Rituale sehr beeindruckt war. Diese Faszination hat mich bis heute nicht verlassen, und so ist es für mich eine ausgemachte Sache, daß ich mich nach der Initiation zum Sonnenpriester auf diesem Gebiet weiterbilden und das Amt und die Aufgabe eines Priesterheilers anstreben will.

Dem größeren der beiden Räume, der mir als Wohn- und Schlafraum dient und der wegen der Fülle der Bücher in den hölzernen Wandschränken eher den Charakter einer Bibliothek hat, schließt sich ein Meditations- und Gebetszimmer an, in dem ich an den unterrichtsfreien Tagen meine religiösen Exerzitien und medialen Übungen abhalte. Hierher ziehe ich mich auch zurück, wenn ich mich am frühen Morgen mit Ismar und Alila, der polaren Manifestation unseres Schöpfergottes, verbinde und durch die Verschmelzung der Gegensätze Einheit in mir herstelle. Nicht selten geschieht es, daß mein Körper in diesem Moment zu levitieren beginnt. Seitdem Milo, der mich eines Tages auf Geheiß meines Vaters rufen sollte, mich so in Tischhöhe über meiner Gebetsdecke schweben sah, hat er sich endgültig von unserer kindlichen Vertrautheit verabschiedet und bringt mir jetzt eher eine unterwürfige Bewunderung entgegen. Ich muß gestehen, daß ich noch nicht frei bin von der Sünde der Eitelkeit und seine Verehrung genieße, zumal früher immer ich es war, der zu ihm aufgeschaut hat.

Das Abendessen wird von meiner Familie im privaten Speisesaal dieses Hausflügels eingenommen. Meine Eltern sind bereits da, und ich umarme und begrüße meine Mutter, die ich heute noch nicht gesehen habe. Unser Verhältnis ist eher neutral und distanziert. Ihre ganze Liebe gehört Tybor. Seiner Entwicklung, seiner Karriere gilt ihre Aufmerksamkeit und ihr ausschließliches Interesse. Das gab und gibt mir den nötigen Freiraum, ungestört meiner Wege zu gehen, wofür ich ihr letztlich dankbar bin. Tybor betritt den Raum und wird von meiner Mutter sofort mit einem Schwall von Fragen überschüttet. Während er ihr mit freundlicher Gelassenheit Rede und Antwort steht, wird mir bewußt, daß ich seine Souveränität im Umgang mit ihr immer bewundert habe.

Obwohl wir beide sehr verschieden sind und Tybor mehr Interesse an weltlichen Dingen hat, habe ich immer Akzeptanz und Ermutigung von ihm erfahren, wenn ich in meinen spirituellen Bemühungen wieder einmal in einer Sackgasse gelandet war. Von großer und kraftvoller Gestalt und mit langem, gewellten braunen Haar gleicht er sehr dem Vater meiner Mutter, der sein Leben lang als Kapitän eines Kauffahrers die weit verzweigten

Kanäle und Seen unseres Planeten bereiste. Trotz des großen Altersunterschieds haben wir eine tiefe Zuneigung füreinander, und so umarmen wir uns herzlich, als es ihm gelingt, sich einen Moment von meiner Mutter zu lösen. *„Tu mir bitte einen Gefallen und leg dich nicht gleich wieder mit Urmi an, wenn sie kommt. Eure ewigen Streitereien über den Wert des Träumens könnt ihr ein anderes Mal weiterführen. Heute abend wollen wir einmal die Konkurrenz von Sonne und Mond vergessen. Und laß vor Dorman nicht so sehr den zukünftigen Sonnenpriester durchblicken!"* Der bittende und gleichzeitig ernsthafte Ausdruck in seinen Augen zeigt mir, wie wichtig ihm der heutige Abend und seine Gäste sind. Bevor ich ihm antworten und ihn meiner brüderlichen Loyalität versichern kann, öffnen sich die Flügeltüren, und Milo, im offiziellen und imposanten Gewand des Torwächters, führt die beiden Erwarteten herein.

Zu meinem Erstaunen trägt Dorman das Festkleid des Clanführers. Auch Urmi an seiner Seite hat eine festliche Robe an, die eigentlich nicht dem Rahmen und der Atmosphäre einer privaten Abendeinladung unter Freunden entspricht. Sollten die beiden mehr mit diesem Abend verbinden, als ich bisher wußte? Und warum hat man mich nicht informiert? Oder sind auch die anderen überrascht? Rasch überprüfe ich gedanklich die Emotionen meiner Familie, um verblüfft festzustellen, daß mein Vater ähnlich empfindet wie ich, meine Mutter und Tybor aber offenbar höchst zufrieden sind mit dem Verlauf der Dinge. Da ahne ich, daß mein Bruder mit Hilfe meiner Mutter seine Fühler wohl weiter ausgestreckt hat, als Vater und ich vermuten. Vater begrüßt Dorman mit dem Respekt, der dem Clanführer gebührt, und Urmi, wie es einer hochgestellten Dame der Gesellschaft zusteht. Meine Mutter durchbricht die Etikette und alle Förmlichkeiten, indem sie Dorman und Urmi umarmt und küßt, sich bei beiden einhakt und sie zu meinem Bruder und mir führt. Als ich die starken Gefühle wahrnehme, die Urmi und Tybor verbinden, schwinden alle Zweifel. Und so begrüße ich Vater und Tochter wie zukünftige Familienmitglieder. Voller Stolz und Selbstzufriedenheit blickt Dorman auf das junge Paar, das sich da ganz selbstvergessen bei den Händen hält und sich dabei tief in die Augen schaut. Mit einem Anflug von Neid, so muß ich gestehen, wird mir klar, daß Tybor in jeder Hinsicht eine gute und kluge Wahl getroffen hat. Die beiden sind wirklich ein attraktives Paar.

Vater hat seine Verblüffung zwischenzeitlich überwunden. Er ist zwar etwas nachdenklich, aber keineswegs unzufrieden, eher erfreut, daß sich seine unausgesprochenen Befürchtungen nicht zu bestätigen scheinen.

Larate, unsere Haushälterin und ältere Schwester von Milo, hat inzwischen die Speisen aufgetragen, und so bittet Mutter alle zu Tisch. Normalerweise spreche ich zu Beginn gemeinsamer Mahlzeiten das Dankgebet der Sonnenpriesterschaft. Aus Anlaß des Festes und um meinen Bruder zu erfreuen, fordere ich Urmi auf, den Segen der Mondgöttin zu erbitten. Als wir uns setzen, kann ich an den zufriedenen Mienen ablesen, daß meine Überraschung geglückt ist und somit einem weiteren harmonischen Verlauf des Abends nichts mehr im Wege steht. Die Tafel biegt sich fast unter all den Köstlichkeiten, die Larate unter kritischer Kontrolle meiner Mutter zubereitet hat: verschiedene Sorten von Fisch, erst letzte Nacht im Mondlicht gefangen, Mondbeeren aus dem weit entfernten Hochland von Trumm, vielerlei Gemüse, das vergangene Nacht in den Gärten unseres Landguts geerntet wurde, das zarte Fleisch der für dieses Fest gezüchteten Mondlämmer und geweihtes Brot aus dem Mondtempel. *„Laßt uns auf die Zukunft unserer Kinder, das Wohl unseres Clans und die Freundschaft unserer Familien trinken!“* Mein Vater erhebt seinen Becher mit Mondwein von den Hängen des Vulkans Urgo und prostet uns allen zu. Der bei Vollmond gekelterte Wein aus den Beeren des Lehastrauches funkelt silbern in den Bechern aus geschliffenem Lyra. Der sehr blumige Wein liegt anfangs schwer auf der Zunge und sollte nur mäßig getrunken werden; denn wenn er beginnt, zart und leicht durch die Kehle zu rinnen, ist es für eine gesetzte und zeremonielle Unterhaltung schnell zu spät.

Das Essen nimmt bei angeregter Unterhaltung seinen Fortgang. Als alle gesättigt sind und zur Krönung bereits der sinnenbetörende Tee der fünf Monde aus Mur in den Schalen vor uns dampft, räuspert sich Dorman, erhebt seinen Becher mit einem letzten Schluck Mondwein, schaut freundlich und jovial das Paar an meiner Seite an und sagt: *„Auf daß Sonne und Mond euren Bund segnen mögen und du, Tybor, deinem zukünftigen Amt Ehre machst!“* Das erleichterte Aufseufzen meiner Mutter sagt mir, daß nun alle Anspannung von ihr abfällt, daß alle Zweifel, die sie vielleicht insgeheim noch hegte, nun endgültig beseitigt sind. Sie ist am Ziel ihrer Wünsche. Während wir uns alle erheben, um das Brautpaar nach der Tradition des Mondtempels hochleben zu lassen, werfe ich einen bewundernden Blick auf Dorman, der es diplomatisch geschickt verstanden hat, mit einem einzigen Trinkspruch nicht nur sein Einverständnis zur Vermählung der beiden zu signalisieren, sondern auch Tybor in dem von ihm gewünschten Amt zu bestätigen. Die Zustimmung des Clanrates ist nur noch reine Formsache.

Ich erinnere mich an die Worte meines Vaters im Innenhof und klinke mich schnell in die Gefühle und Gedanken Dormans ein. Da erlebe ich die erste wirklich große Überraschung des Abends. Nachdem ich die peripheren Bereiche seines Bewußtseins durchdrungen habe, stoße ich auf eine undurchdringliche Gedankensperre, wie ich sie bisher nur bei Sonnenpriestern erlebte. Alarmiert, aber auch neugierig geworden, blicke ich hinüber und schaue direkt in Dormans meergrüne Augen, die mich amüsiert und ironisch mustern. *„Das hast du nicht erwartet, mein Sohn!“* tönt es selbstbewußt in meinen Gedanken, und dann folgt ein so starker, mich gefangennehmender Gedankenstrahl, daß ich größte Mühe habe, mich seinem Einfluß zu entziehen und ihn am Eindringen in die tiefen Schichten meines Bewußtseins zu hindern. Dies alles läuft blitzschnell, völlig lautlos und von den anderen unbemerkt ab. Der Druck in meinem Kopf läßt erst nach, als sich Dorman nach links wendet, um meiner Mutter höflich auf eine ihrer vielen Fragen zu antworten. In meiner Verwirrung brauche ich eine Weile, bis mir bewußt wird, daß mir da eben eine starke Lektion erteilt wurde. Wenn ich es mir recht überlege, habe ich das ungute Gefühl, daß mir Dorman nur soviel seiner geistigen Möglichkeiten demonstriert hat, wie zu meiner Einschüchterung nötig war. Die ungeheure gebündelte Kraft seines Gedankens läßt mich nur schaudernd ahnen, was sich da noch hinter der freundlichen und jovialen Maske dieses Gesichtes verbirgt.

Und von alledem hat meine Familie keine Ahnung! Oder doch? Als ich mich umschaue und auf den fragenden Blick meines Vaters treffe, teile ich ihm gedanklich mit, daß ich ihn heute abend noch unbedingt sprechen muß. Sein Blick verdüstert sich, so daß ich vermute, daß er einen Teil meiner Betroffenheit mitempfunden hat. Gedankenversunken erlebe ich den Rest des Abends wie durch einen Schleier und habe Mühe, auf die höflichen Fragen Urmis nach meinem Befinden und meinen spirituellen Fortschritten passende Antworten zu finden. Ich bin froh, als Dorman sich erhebt und so das Zeichen zum Aufbruch gibt. Er verabschiedet sich so freundschaftlich und ausgesucht höflich von mir, daß ich nachträglich fast an der Realität des Erlebten zu zweifeln beginne. Was für ein begabter Schauspieler ist dieser Mann, und wie gefährlich! Ich muß unbedingt noch mit Vater sprechen!

Als sich das Eingangstor hinter unseren Gästen geschlossen hat, fordert der Blick meines Vaters mich auf, ihm zu folgen. Meine Mutter hat wieder Tybor mit Beschlag belegt, und die beiden diskutieren so lebhaft die nächsten Schritte bis zur Vermählung, daß sie unser Weggehen nicht bemerken. Wir beide gehen hinaus in den Innenhof und lassen uns auf einer alten Steinbank an der Hauswand nieder. *„Am besten, ich zeige dir, was ich vorhin erlebt habe“*, sage ich und übermittle ihm gedanklich mit geschlossenen Augen den ganzen Ablauf des Geschehens, wie ich es erfahren habe. Ganz bewußt lasse ich ihn dabei auch teilhaben an den Gefühlen, die Dormans Gedanken begleiteten, und an meiner Überraschung und Überrumpelung.

Ein tiefes, gequältes Aufstöhnen meines Vaters bringt mich zurück, und ich blicke erschrocken in ein kalkweißes Gesicht, in dem die dunklen Augen wie im Fieber glühen. Sprachlos und verwirrt über diese heftige Reaktion, taste ich mich in seine Gedanken und pralle geradezu zurück vor der Heftigkeit unterschiedlicher Gefühle. War das wirklich Angst und Haß, die mich da wie eine Welle überschwemmt haben? Meine Unruhe steigert sich, zumal ich meinen Vater nie in einem solchen Zustand erlebt habe. Ich sende ihm einen beruhigenden Gedankenstrom, wie ich es in meinen ersten Unterrichtsstunden zur Ruhigstellung von Kranken gelernt habe. Die Wirkung läßt nicht lange auf sich warten. Sein Atem normalisiert sich, und auch in sein Gesicht kommt wieder Farbe. Der Respekt vor ihm verbietet es mir, in seinem Bewußtsein tiefer nach den Ursachen für seine Betroffenheit zu forschen, und so warte ich geduldig auf eine Erklärung. Ein tiefer Seufzer begleitet einen eindringlichen Gedanken, der mich bittet, ihm Zeit zu lassen, seine Gefühle wieder in den Griff zu bekommen. Er erhebt sich müde und langsam wie nach schwerster körperlicher Arbeit. *„Ich muß zuerst darüber schlafen, Algor. Komm morgen früh nach Sonnenaufgang zu mir, damit ich dir alles erkläre und wir beraten können, was zu tun ist.“* Mit diesen Worten dreht er sich um und geht mit gebeugtem Haupt zurück ins Haus.

Nun ist meine Verwirrung komplett. Was, im Namen der Einheit, kann meinen Vater an der nun gemeinsamen Erfahrung so außer Fassung gebracht haben? Habe ich etwas übersehen? Und wie erklären sich die überraschend zu Tage getretenen Fähigkeiten Dormans, über die sonst nur Sonnenpriester nach langer Ausbildung verfügen? Fragen über Fragen. Die Antwort, das zumindest schließe ich aus dem Verhalten meines Vaters, muß sehr beunruhigend, ja geradezu beängstigend sein. Gedankenverloren gehe ich in meinen Exerzitienraum, um durch eine Meditation mein inneres Gleichgewicht wiederzufinden. Als ich mich zum Schlafen niederlege, wird mir wieder bewußt, daß ja morgen das Fünf-Monde-Fest stattfindet. Wie weit entfernt scheint das jetzt plötzlich zu sein, obwohl ich mich doch in den letzten Tagen so darauf gefreut habe. Mit einer Ahnung, daß der kommende Morgen mein Leben verändern wird, schlafe ich ein.

Kalt tropft es in mein Gesicht. Steif von der Nachtkühle, richte ich mich auf, und mit klammen, schmerzenden Händen wickle ich mich enger in die Yacolla. Der Himmel ist düster und grau. Über dem See ballen sich regenschwere Wolken zusammen. Der Wind hat aufgefrischt und treibt Welle auf Welle auf den steinigen Strand. Mein Boot tanzt in der Brandung. Es waren wohl die ersten Tropfen, Vorboten eines in dieser Jahreszeit schnell hereinbrechenden Unwetters, die mich geweckt haben. Gischt liegt wie ein Nebelschleier über dem dunklen, aufgewühlten Wasser. Eine Böe fegt in die Bucht, zerreißt für einen Augenblick den Vorhang aus Gischtschwaden, faucht den Hang hinauf und nimmt mir für einen Moment den Atem. Die Eukalyptusbäume hinter mir biegen sich ächzend unter diesem Ansturm. Die Wolkendecke reißt kurz auf, und die ersten Strahlen der aufgehenden Sonne lassen die Gischtschleier in allen Farben des Regenbogens aufleuchten. Schnell schließt sich die Lücke im dunklen Gewölk wieder, der Zauber verfliegt, und der See fällt zurück in die bedrohliche Düsternis aufgepeitschter Wellenberge, die nun mit Macht an das Ufer schlagen.

Wie gebannt von den Naturgewalten muß ich mit ansehen, wie sich mein Bambusboot losreißt und von zornigen Wogen auf scharfkantige Felsen geschleudert wird, die die Bucht beidseitig begrenzen. Verächtlich wirft der See dann die Trümmer an Land, wie um mir zu zeigen, daß ich jetzt in seiner Gewalt und Gefangener dieser Insel bin. Auch als der Wind den nun stark einsetzenden Regen gegen mein Gesicht peitscht, kann ich meinen Blick nicht von der tosenden Urgewalt der immer heftiger gegen die Insel anrollenden Wassermassen lösen. Dies ist also das andere, das machtvolle Gesicht des heiligen Sees, der noch vor wenigen Stunden im Glanz des Mondlichts ein Bild des Friedens und der Sanftmut bot. Wie ein wildes Tier springt eine weitere Windböe die Insel an und treibt mich weiter hinein in die Deckung des Felsens, in dessen Schutz ich die Nacht verbrachte.

Die Regenschleier geben für einen kurzen Moment die Umrisse einer kleinen Hütte frei, die sich etwas über mir in eine Mulde des Hügels, dicht unter dem Gipfel, duckt. Ich nehme die mir verbliebenen Habseligkeiten und haste, geschoben vom Wind in meinem Rücken und so schnell es meine alten Beine und schmerzenden Hüften zulassen, zu ihr hin. Die Hütte ist wohl eher ein Verschlag der Dorfbewohner hinter dem Hügel, der der zeitweiligen Lagerung von Kartoffeln dient, die hier auf einigen schmalen, unergiebigen Feldern angebaut werden. Als ich endlich die zugeknotete Holztür öffnen kann, wirft mich eine neue Böe ins Innere. Ein modriger Geruch schlägt mir entgegen und sagt mir, daß diese Hütte schon seit längerem nicht mehr benutzt worden ist. Durch Ritzen in den Wänden dringt soviel Licht herein, daß ich ein paar verrottete Transportkörbe in einer Ecke erkennen kann, die die Frauen meines Volkes beim Tragen gern auf dem Kopf balancieren.

Ich ziehe die Yacolla aus, die vom Regen naß und schwer ist, und hänge sie zum Trocknen an ein Stöckchen, das ich in eine Ritze der Seitenwand klemme. Draußen rüttelt der Sturm an der Holztür, die sich unter seinem Druck zu krümmen scheint und sich nur mühsam durch einen untergeschobenen Stein verschließen läßt. Mich fröstelt, und ich verspüre Hunger. In den Taschen meines ledernen Umhängebeutels finde ich noch ein paar Streifen Charqui, getrocknetes Lamafleisch, und Reste von altem Fladenbrot aus Mais. An einer undichten Stelle des Daches lasse ich mir das eindringende Regenwasser direkt in den Mund tropfen und stille so meinen Durst. Wieder sinke ich in die bequeme Hockstellung nieder und lehne mich dabei entspannt an die Rückwand der Hütte.

„*Ama quella, ama llulla, ama sua*“: „Du sollst nicht faul sein, du sollst nicht lügen, du sollst nicht stehlen.“ Ich muß ein wenig lächeln, als mir diese drei goldenen Regeln unseres Volkes plötzlich in den Sinn kommen. Ich müßte lügen, wollte ich leugnen, daß „die Faulheit" der letzten Tage mir sehr gut getan hat. Tage meditativer Besinnung, die ich mir in der Vergangenheit immer wieder „stehlen" mußte, da mir meine Pflichten als Tucuyricuc viel abverlangten und wenig Zeit ließen. „Jener, der alles sieht", ist die Übersetzung dieses Titels aus der Quechuasprache, der meine Aufgabe als Beauftragter des Inka umschreibt. Ich war das Auge und das Ohr Atahualpas und kontrollierte meistens unerkannt auf vielen Inspektionsreisen die Disziplin und den eventuellen Machtmißbrauch der königlichen Beamten.

Nun bin ich auf der Flucht vor den Häschern und der Rache Manco Incas, der nicht vergessen und mir nicht verziehen hat, daß ich Atahualpa pflichtgemäß von seiner Komplizenschaft mit Huáscar berichtete, was ihn beinahe den Kopf gekostet hätte.

Das Rauschen des Windes und das monotone Geräusch des durch das Leck im Dach tropfenden Wassers lassen mich wieder schläfrig werden. Im Halbdunkel der Hütte verschwimmen die Konturen, und ich spüre, wie ich wieder hinüberdämmere in diese faszinierend andere Welt.

„Setz dich, mein Sohn", fordert mich mein Vater auf, als ich seinen Wohnraum betrete und ihn zur Begrüßung umarme. Forschend schaue ich in sein Gesicht. Verzweiflung und Anspannung, die mich gestern abend so erschreckten, sind verschwunden und haben einer gelassenen Ernsthaftigkeit Platz gemacht. Während er noch in einem Stapel Dokumente wühlt, die auf seinem Schreibtisch liegen, lasse ich die Atmosphäre dieses Raumes auf mich wirken. Das große Zimmer ist sparsam möbliert. Dem mächtigen alten Schreibtisch aus dem nußbraunen Holz des Tarabaumes steht eine Sitzlandschaft aus weichem, dunkelroten Lupaleder und ein massiver Rundtisch aus dem weißen Stein der Vorberge gegenüber. Ich versinke fast in einem der großen Sessel. Mir gegenüber an der Stirnwand und hinter dem Schreibtisch hängt ein lebensgroßes Portrait der Ur-Urgroßmutter meines Vaters im Ornat der Hohepriesterinnen des Sonnentempels. Eine durchgehende Fensterfront zum Innenhof läßt viel Licht herein.

Die ganze Rückwand ist ausgefüllt mit einem Gemälde, das eine bekannte Szene aus der Schlacht von Ghor zeigt. Luktor, ein berühmter Vorgänger unseres heutigen Königs, besiegte damals endgültig die Schlangenmenschen des Dhan-Kultes und zerstörte ihr Heiligtum, die Dhan-Höhle am Fuße des Vulkans Urgo, durch die Umleitung eines Flusses. Als die Wasser mit dem rotglühenden Magma tief im Inneren der Höhle zusammentrafen, kam es zu einer so gewaltigen Explosion, daß der größte Teil der Höhle einstürzte und die geheimnisumwitterte Halle der Schlangen unter sich begrub. Eine alte Legende erzählt, daß damals der Sohn des Hohepriesters mit einigen Getreuen fliehen konnte. Er schwor dem Sonnentempel blutige Rache, da er ihn für den eigentlich Verantwortlichen am Untergang der Schlangenmenschen und ihres Kults ansah.

Das lag nun viele Umdrehungen des Doppelgestirns zurück. Aber immer wieder tauchten Gerüchte auf, munkelte man in den dunklen Gassen der Stadt davon, daß die Anhänger des Dhan-Kults Zuflucht im Mondtempel gefunden hätten, daß Mond und Schlange Ismar und Alila die Macht streitig machen wollten. Das alles läßt mich ziemlich unbeeindruckt, zumal es schon so lange her ist, und für die Magie des Schattens in der heutigen aufgeklärten Zeit kein Platz mehr ist.

Gespannt sehe ich meinem Vater entgegen, der anscheinend gefunden hat, was er suchte, und mit einigen alten, vergilbten Dokumenten in der Hand mir gegenüber Platz nimmt. *„Das, worüber wir jetzt reden, Algor, darf diesen Raum nicht verlassen. Nur die Hohepriesterin, ihr Stellvertreter und ich haben Kenntnis von den Dingen, die ich dir jetzt mitteilen werde. Es ist notwendig, da die Zeit gekommen zu sein scheint, die in einer alten Prophezeiung des Sonnenorakels als die Zeit der Sonnenfinsternis bezeichnet wird.“* Verblüfft sehe ich ihn an, da ich noch nie von einer solchen Prophezeiung gehört habe. Meine Spannung steigt, und so bitte ich ihn, um Zeit zu sparen, seine Gedanken lesen zu dürfen. *„Nein, mein Sohn, aus Gründen, die ich dir jetzt noch nicht nennen kann, wollen wir miteinander reden. Das heißt, ich erzähle dir das, was du wissen mußt, und später kannst du Fragen stellen.“* Er lehnt sich zurück, legt die Dokumente in seinen Schoß, schließt die Augen und beginnt mit leiser Stimme zu sprechen:

„Ich habe eben gesehen, wie du das Bild hinter dir betrachtet hast. Ich erinnere mich, daß ich dir als Kind die Geschichte von den Schlangenmenschen, ihrem Frevel und ihrem Untergang immer wieder erzählen mußte.

Was sich wie ein Märchen aus alter Zeit anhört, existiert leider auch heute noch. Ich will damit sagen, daß es uns nie gelungen ist, diesen verderblichen Kult ganz auszurotten, daß die Schlange wieder ihr Haupt erhebt und zur Zeit vielleicht gefährlicher ist, als sie es jemals zuvor war.“ In der Stimme meines Vaters liegt so viel bedrohlicher Ernst, daß ich fühle, wie sich die Haare an meinen Unterarmen aufrichten und ein kalter Schauder über meinen Rücken läuft. *„In der damaligen Zeit lebte die Mehrheit der Menschen noch nicht, so wie heute, im Bewußtsein der Einheit allen Seins. Der Reiche sah auf den Armen herab, der Mann war der Feind der Frau, der Starke verachtete den Schwachen. Ständig gab es Kriege zwischen den einzelnen Volksgruppen. Im Glauben der Menschen waren Ismar und Alila nicht polarer Ausdruck des Einen, sondern Gegner, die miteinander um die Herrschaft über die Seelen der Menschen kämpften. Vor dem Hintergrund deines heutigen Wissens, Algor, mag dir das unsinnig erscheinen, aber vergiß nicht, daß erst deine Erfahrungen im Tempel dich zur Erkenntnis der Einheit aller Dinge führten. Als du mich gestern an dem Erleben eurer letzten Unterrichtsstunde teilnehmen ließest, wurde mir bewußt, wie privilegiert du und alle deine Mitschüler sind. Ihr erlebt, was viele draußen im Land nur glauben können.*

Aber versteht ihr auch, was ihr erlebt? Begreift ihr wirklich, was in der Vota geschieht? Erkennt ihr, daß der Priester in der Mitte eures Kreises im Moment der Huldigung die beiden Gesichter des Einen offenbart? Daß der rote und der blaue Strahl, die beide aus dem Wesen des Priesters kommen, nichts anderes sind als die in jedem Menschen vorhandenen polaren Energieformen des Einen auf der Ebene der Dualität? Alles in der Schöpfung ist polar, hat zwei Ausdrucksformen und ist doch eins! Ismar und Alila sind zwei, und doch ist es das eine, gleiche Licht. Deine Mutter und ich wurden eins, und daraus entstandest du, ein neues Symbol der Einheit. Insofern ist jeder Mensch gleichzeitig Ausdruck der Einheit wie der Dualität. Will sich diese Einheit nun erfahren, muß sie den Weg der Dualität beschreiten.“ Mein Vater hält inne. Ein Strahlen liegt auf seinem Gesicht, und ich spüre, mehr als ich es verstehe, daß diese Worte von einem starken inneren Erleben begleitet sind. Beschämt wird mir klar, daß er dem Mysterium, das sich die Priester bemühen uns zu vermitteln, näher ist als ich, der es doch scheinbar täglich erfährt.

„Solange dies dem Menschen aber nicht bewußt ist", fährt er fort, *„lebt er in der Trennung, identifiziert er sich nur mit einem Pol der Wirklichkeit. Er erfährt sich als ‚Ich' und das von ihm scheinbar Getrennte als ‚Du'. Und so begann ein Teil der damals lebenden Menschen, sich mit Alila, dem weiblichen Pol des Einen, zu verbinden und in Ismar den Gegenspieler zu sehen.*

In grauer Vorzeit symbolisierten Tiere diese beiden Aspekte unseres Schöpfers. Ismar wurde durch Arkon, den heiligen Stier, repräsentiert, Alila durch Dhan, die göttliche Schlange. Ismar und damit Arkon standen für die Macht und Schöpferkraft Gottes. Alila und ihre Repräsentantin Dhan offenbarten die Weisheit und die Liebe Gottes für seine Schöpfung. Von Dhan, der Schlange, sagt man, daß sie sich bei Gefahr für ihre Jungen opfert, um den Fortbestand ihrer Art zu sichern." Es klopft an der Tür, und Larate, unsere Haushälterin, tritt mit einer Kanne Blütentee ein, dem Lieblingsgetränk meines Vaters. Mit einer Geste des Dankes bittet er sie, den Tee auszuschenken. Larate füllt zwei Steinbecher und stellt sie vor uns auf die weiße Tischplatte. Mit einer leichten Verbeugung vor meinem Vater verläßt sie dann den Raum. Ein Hauch von Blütenduft verbreitet sich im Zimmer und entspannt etwas die Atmosphäre. Jeder von uns nimmt einen kleinen Schluck von dem gekühlten und sehr aromatischen Getränk, das den Ruf hat, die Lebensgeister neu zu beflügeln. Aufatmend lehne ich mich zurück, die Augen erwartungsvoll auf meinen Vater gerichtet. Er lächelt leicht und beginnt dann weiterzuerzählen:

„Über viele Generationen entstand so ein Kult, in dessen Zentrum zuerst Alila stand, die aber zunehmend von Dhan aus dem Bewußtsein ihrer Anhänger verdrängt wurde. Anders ausgedrückt: Das Symbol trat so sehr in den Vordergrund, daß das, was es darstellen sollte, in Vergessenheit geriet. Die Rituale erstarrten im Vordergründigen und verloren die Anbindung an ihre spirituelle Quelle. Wenn das geschieht, ist dem Mißbrauch Tür und Tor geöffnet. Und so dauerte es auch nicht lange, bis die Priesterschaft Dhans begann, die Rituale für persönliche Zwecke zu mißbrauchen. Das gipfelte darin, daß man fanatische, aber vor allem wohlhabende Anhänger aufforderte, Dhan nachzueifern und ihren Besitz den Kindern Dhans zu überschreiben, um so das Überleben des Kults zu gewährleisten. Nicht selten verschwanden die so Beraubten nach der zeremoniellen Opferung ihres weltlichen Besitzes in der Halle der Schlangen auf Nimmerwiedersehen. Den

Zurückgebliebenen erzählte man, der Betreffende hätte sich mit Dhan vereint. Ich glaube, man hat sich im Rahmen geheimer ritueller Opferungen lästiger Mitwisser entledigt und damit möglichen späteren Rückforderungen vorgebeugt.

Als die spirituelle Verbindung zu Alila verloren war, suchte man nach neuen Quellen der Kraft und Macht und erinnerte sich an Formen frühzeitlicher Schlangenkulte und ihre Magie. So war der Schritt zur gedanklichen und hypnotischen Beherrschung von Menschen schnell getan. Kinder, die ähnliche Begabung wie ihr, die Schüler des Sonnentempels, aufwiesen, wurden gewaltsam ihren Eltern weggenommen und in geheimen, tief im Berg liegenden Bereichen der Dhan-Höhle in der Vervollkommnung ihrer seelisch-magischen Fähigkeiten geschult. Die Forderungen der Priester und die außergewöhnlichen unterirdischen Bedingungen waren allerdings so unmenschlich, daß viele Kandidaten die Höhle nur als seelische Wracks verließen. Die, die es schafften, hatten deformierte Persönlichkeiten und identifizierten sich von nun an blind und fanatisch mit den Zielen und Mitteln des Kultes. So schuf sich die Kultführung willige Werkzeuge für ihr Vorhaben, auch die weltliche Macht an sich zu reißen.“

Wieder wird mein Vater durch ein Klopfen an der Tür unterbrochen. Diesmal ist es Milo, der die Ankunft einer Handelsdelegation aus Lathar, einer befreundeten Stadt, die nicht dem Zwölf-Städte-Bund angehört, ankündigt. *„Weise ihnen ihre Zimmer zu, damit sie sich von der anstrengenden Reise etwas erholen können, und bitte sie, sich zum offiziellen Empfang um die Mittagsstunde im Audienzsaal einzufinden.“* Nachdem Milo gegangen ist, wendet sich mein Vater wieder mir zu und fährt fort: *„Ein nicht nur geschäftlich interessanter Besuch! Lathar will ein Zollabkommen mit dem Bund schließen und sucht dafür die Unterstützung und Fürsprache des Tempels beim König. Im Gegenzug soll der Sonnentempel das ausschließliche Vermarktungsrecht für den Tee der fünf Monde erhalten. Das wird zwar unseren Freunden vom Mondtempel nicht schmecken, aber wir behalten so die Kontrolle über dieses nicht ungefährliche Rauschmittel. – Aber nun zurück zu unserem Thema. Du weißt, Algor, wie die Geschichte weiterging. Es kam zum offenen Bruch mit Luktor, dem damaligen König, und Fama, der Hohepriesterin des Sonnentempels, die aus unserer Familie stammte und deren Porträt du hinter mir siehst.*

Das Schlangennest wurde zwar ausgeräuchert, aber ein kleiner Teil der Brut, unter Führung Hyms, konnte sich retten. Hym war der Sohn Kaals, dem Hohepriester des Dhan-Kults, der bei der Zerstörung der Dhan-Höhle umkam. Hym hatte als der erklärte Nachfolger seines Vaters alle Einweihungsgrade dieses dämonischen Kultes durchlaufen und war somit im Besitz des ganzen geheimen Wissens dieser teuflischen Gesellschaft. Alle Anstrengungen, seiner habhaft zu werden, scheiterten. Er und die Seinen blieben verschollen. Bis dem Sonnentempel lange vor meiner Geburt diese Dokumente zugespielt wurden." Nachdenklich blickt mein Vater auf die Papiere in seinem Schoß. Mein Mund ist vor Aufregung und Spannung ganz trocken, und so nehme ich einen kräftigen Schluck Blütentee, der immer noch angenehm kühl durch meine Kehle rinnt. Vater folgt meinem Beispiel, räuspert sich und ergreift dann das oberste, stark vergilbte Dokument. *„Das ist die Abschrift eines alten Geheimvertrages zwischen Vertretern des Mondtempels in Ghor und dem angeblich verschollenen Hym. Darin wird Hym und seinen Getreuen Schutz und Aufnahme in den Mondtempel zugesagt und Hym das Amt des Stellvertreters des Hohepriesters angetragen. Im Gegenzug verpflichtete sich Hym, sein geheimes Wissen offenzulegen, speziell ausgesuchte Priester in den magischen Riten des Dhan-Kultes zu unterweisen und das unentdeckte und deshalb nicht beschlagnahmte Vermögen des Dhan-Kultes dem Mondtempel in Ghor zu übereignen. Nun verstehst du, warum der Tempel zu Ghor als der reichste seines Kultes gilt.*

Hym starb, lange bevor wir in den Besitz dieses Dokuments gelangten. Die Schlange ist tot, aber ihre Brut hat sich im Schatten des Mondtempels stark vermehrt. Sitalee und ich gehen davon aus, daß die Magie des Schlangenkults zwischenzeitlich fester Bestandteil der höheren Einweihungsgrade der Mondpriesterschaft ist. Und wenn unsere Informationen stimmen, ist der Mondtempel hier in Ismaratu inzwischen die Hochburg dieses dämonischsten und verwerflichsten Zweigs unserer Religion. Der Dhan-Kult hat den Mondtempel erfolgreich unterwandert. Die Schlange hat ihr Opfer fest im Würgegriff und hält schon wieder Ausschau nach neuer Beute."

Während Vater nach einem bestimmten Dokument in dem Stapel auf seinem Schoß sucht, atme ich tief aus. Vor Erregung habe ich den Atem angehalten. Ich ahne, welche Dimension das eben Gehörte hat und frage mich, welcher Zusammenhang zwischen ihm und meiner Erfahrung mit

Dorman besteht. Vater scheint das gesuchte Papier gefunden zu haben. Mit einem tiefen Aufseufzen reicht er mir ein mit den Insignien des Mondtempels reich verziertes Dokument neueren Datums, das in zwei Kolonnen links Namen und rechts abwechselnd zwei mir unbekannte Amtsbezeichnungen aufzählt. „Die Fürsten von Dhan", ist dieses Dokument betitelt. Erst dann entdecke ich den Namen Hyms an erster Stelle und rechts daneben den Begriff „Impruver", was ein altes Wort für „Herr" oder „Großmeister" ist. Der zweite Begriff „Colord" ist die heute nicht mehr gebräuchliche Bezeichnung für den Stellvertreter eines Fürsten oder Königs, wie mir mein Vater kurz erklärt. Hyms Namen folgen ein Dutzend weitere Frauen- wie Männernamen, die mir alle unbekannt sind. *„Schau dir den vorletzten Namen an"*, fordert mich mein Vater auf. „Dormis dym Caldara, Impruver", lese ich, und natürlich ist mir klar, daß die betreffende Person eine Angehörige unseres Clans sein muß. Aber der Name ist mir fremd.

„Bitte erkläre mir, was es mit dieser Liste auf sich hat!" Er runzelt etwas die Stirn über mein Unverständnis und sagt dann: *„Diese Liste ist die Chronologie der Meister des Dhan-Kults und ihrer Stellvertreter in der Priesterschaft des Mondtempels, von Hym bis heute. Lediglich die beiden letzten Namen sind Decknamen, da die Identität des lebenden Impruvers und seines Colord geheim bleiben soll. „Dormis" war der Name der Mutter von Dorman, deren einziges Kind er war und die ihn abgöttisch liebte. Wir wissen, daß Initiierte der Mondpriesterschaft seit der Regentschaft des vorletzten Königs den Tempel heimlich verlassen, um in der Regierungsverwaltung oder dem Handel Karriere zu machen und so Einfluß und Macht des Mondtempels im Geheimen zu stärken. Seit längerem vermuten Sitalee und ich, daß sich hinter dem Decknamen „Dormis" niemand anderes als Dorman verbirgt. Aber wir hatten keinen Beweis. Diese Demonstration seiner mentalen Kräfte gestern abend, über die offiziell sonst nur Initiierte des Sonnentempels verfügen, läßt nur den einen Schluß zu: Dorman ist der gesuchte Großmeister des Schlangenkults im Mondtempel!"*

Vater schweigt. Beeindruckt von diesen Neuigkeiten, trinke ich den Rest meines Blütentees in einem Zug aus. Und dann fallen mir tausend Fragen ein: *„Warum wählte Dorman einen so leicht zu durchschauenden Decknamen? Wieso hat er sich mir gegenüber so demonstrativ und provokativ offenbart? Was bezweckt er damit? Und wieso fördert er die Karriere Tybors* *und sogar die Hochzeit mit seiner Tochter; gehören wir, als Angehörige des Sonnentempels, nicht zu seinen erklärten Todfeinden?“* Vater hebt amüsiert abwehrend die Hände, wie um die Flut meiner Fragen einzudämmen. *„Eins nach dem anderen, mein ungestümer Sohn. Erstens wiegen sich die Söhne und Töchter Dhans in Sicherheit. Seit der Zerstörung der Schlangenhöhle gab es keine offizielle Untersuchung oder Verfolgung mehr, da wir ja erst sehr viel später erfahren haben, daß Hym und die anderen ihrer gerechten Bestrafung entgangen sind. Zweitens: Im Bewußtsein des Volkes gehört der Dhan-Kult längst vergangenen Tagen an. Wie ein Märchen oder eine Sage. Und weder Dhan noch wir hatten ein Interesse daran, das zu ändern. Zumal uns die letzten Beweise fehlten, ohne die wir nichts unternehmen konnten. Daß uns diese Dokumente in die Hände fielen, war ein reiner Glücksfall, den wir dem schlechten Gewissen eines sterbenden Mondpriesters verdanken, der seinen Tempel vor der endgültigen Übernahme durch Dhan retten wollte. Wüßte Dorman, daß sie in meinen Händen sind, er würde nichts unversucht lassen, sie wieder in seinen Besitz zu bringen. Alle, die von diesen Papieren Kenntnis haben, würde er entweder töten oder mittels ihrer Magie gedanklich so zerrütten lassen, daß die Betreffenden ihr Gedächtnis für immer verlieren würden. Inzwischen deuten einige Informationen darauf hin, daß der Dhan-Kult unter Mißbrauch und ohne Wissen der unteren, uneingeweihten Priesterränge des Mondtempels die Macht im Priesterrat des Bundes an sich reißen will. Wir beobachten, daß sich die Mondfraktion im Rat langsam, aber stetig vergrößert. Im Moment geht das noch zu Lasten der Größe und des Einflusses der kleineren Kulte wie die des Tempels der Unbefleckten Jungfrauen oder die des weltoffenen Tempels der Heiligen Zwölf. Und immer, wenn wir nachforschen, ist viel Geld oder das Versprechen von Ämtern und Pfründen im Spiel.*

Wenn ich das Geschehen von gestern abend richtig einordne, dann versucht Dorman nun, über unsere Familie im Sonnentempel Fuß zu fassen. Mond- oder Sonnentempel, das ist für ihn nur Fassade, oder, wenn du so willst, Tarnung. Was er will, ist die Macht. Und der Dhan-Kult ist nur sein Mittel zum Zweck. Ich halte Dorman für absolut skrupellos. Wenn wir ihm – für ihn glaubwürdig – die Königswürde, nach der er schielt, unter der Bedingung anböten, daß er alle seine Mitstreiter verrät, bin ich sicher, er würde nicht lange zögern.“

Mein Vater schaut auf das Stundenglas, rafft die Papiere auf seinem Schoß zusammen und erhebt sich dann. *„Soviel für heute, Algor. Du bist nun informiert, was sich so alles hinter den Kulissen unserer heilen Welt abspielt. Sei also während deines Besuchs im Mondtempel heute sehr wachsam und dir immer bewußt, daß dich viele Augen beobachten. Und, vor allem, kein Wort zu Belus! Du würdest ihn in Lebensgefahr bringen! Nach dem Fünf-Monde-Fest werden wir unser Gespräch fortsetzen, und dann will ich dir von der Prophezeiung und deiner Rolle in der kommenden Auseinandersetzung erzählen. Jetzt aber muß ich zur Audienz. Ich wünsche dir für heute abend viel Spaß und hoffe, daß du nicht an den Schwingen einer schönen Schwebetänzerin kleben bleibst.“* Mit einem fröhlichen Lachen und einem väterlich wohlwollenden Klaps auf meinen Rücken verabschiedet er sich und ist schon aus der Tür, bevor ich reagieren kann. Was hat er wohl damit gemeint, mit „meiner Rolle in den kommenden Auseinandersetzungen“? Was für eine Rolle und welche Auseinandersetzungen? Ich hasse es, wenn jemand in Rätseln zu mir spricht und ich nicht meine Fähigkeiten einsetzen darf, die Lösung in seinem Bewußtsein zu suchen. Mit diesen Gedanken im Kopf mache ich mich auf den Weg zu Belus, der mich sicherlich schon ungeduldig erwartet.

Es wird Abend. Alila ist bereits hinter dem Horizont verschwunden. Ismar steht noch wie ein großer gelber Lampion über den fernen Bergen von Lathar, und seine letzten Strahlen tauchen die uralten Mauern des Mondtempels in ein warmes, rotgoldenes Licht. Die kugelförmige Bauweise der einzelnen Tempeltrakte ist den fünf Monden unseres Planeten nachempfunden. Um den Haupttrakt in der Mitte, der Moro, unserem größten Mond, geweiht ist, gruppieren sich die vier kleineren Kugelbauten der anderen Monde, Barca, Trevor, Negli und Sima, wie Blütenblätter um den Kelch. Die ganze Tempelanlage thront auf einem flachen Hügel inmitten der Ebene vor den Toren der Stadt.

Über viele Äonen hat der hier reichlich fallende Regen große Hohlräume in das weiche Gestein des Hügels gewaschen, und bereits in grauer Vorzeit nutzten unsere Ahnen diese untereinander verbundenen Tropfsteinhöhlen als unterirdische Kultstätte für Zeremonien zur Anbetung der Mondgöttin Caliastra. In der Mythologie unseres Volkes ist Caliastra die verstoßene Tochter von Ismar und Alila, und die fünf Monde sind ihre Kinder. Die

Gnade des All-Einen hat den Fünf die Herrschaft über den Nachthimmel übertragen, und so leuchten sie am nächtlichen Firmament wie silberne Lampen, die ihrer Mutter den Rückweg weisen wollen.

Die Astronomen des Sonnentempels vermuten, daß vor langer Zeit ein weiterer Planet unsere Sonnen umkreiste, der im Spannungsfeld von Ismar und Alila nach einer Kollision mit einem großen Kometen zerbrach und dessen größte Teile nun unseren Planeten als Monde umkreisen. Für diese Theorie spricht auch, daß zwischen Ondur und seinen Sonnen ein großes steinernes Trümmerfeld seine endlose Bahn durch den Raum zieht, aus dem in zyklischen Abständen kleine Brocken auf Ondur fallen, um als Meteoriten in unserer dichten Atmosphäre zu verglühen. In manchen Nächten ist dieser Meteoritenregen so stark, daß die Leuchtspur der verglühenden Gesteinsteile wie feuriger Regen die Nacht erhellt. Der Volksmund sagt dann, daß die Mondkinder ihrer verlorenen Mutter nachweinen und ihre glühenden Tränen auf Ondur fallen. Diese Phasen gelten als besonders fruchtbar für alles Leben auf unserem Planeten, und so ist es kein Wunder, daß Caliastra im Volksglauben auch als Göttin der Fruchtbarkeit verehrt wird, was sich in vielen Zeremonien der Mondpriesterschaft spiegelt.

Das Errichten der Tempelanlage über dieser alten Kultstätte vor langer Zeit war ein kluger Schachzug. Im Zentrum des Tempels führt eine breite Treppe hinab in eine unterirdische Welt voller wundersamer Formen. Am tiefsten Punkt der Höhle liegt ein großer geheimnisvoller Teich, der abwechselnd von feurigroten, leuchtendblauen und goldgelben Strömungen durchzogen wird, die sich dann wieder in seiner dunklen Tiefe verlieren. Die Mondpriesterschaft unterstützt diesen beeindruckenden mystischen Effekt durch das rhythmische Anschlagen von Lyrascheiben bei jedem Auftauchen einer solchen Farbströmung, was im Gemüt der versammelten Gläubigen eine tiefe Wirkung erzielt. Verantwortlich für dieses Naturwunder sind kleinste Organismen im Wasser, die von einem unterirdischen Strom aus dem nahen Vulkangebirge herangetragen werden und aus der Tiefe des Teiches in wärmere Wasserschichten aufsteigen, wobei sie biologisches Licht unterschiedlicher Farbe abstrahlen. Anschließend sinken sie wieder ab, um ihre Reise im Schoß von Ondur fortzusetzen. Die zufällige Übereinstimmung der Farben dieser Naturerscheinung mit den zentralen Symbolfarben unserer Religion und den sichtbaren Energien bei der Vota der Sonnenbruderschaft macht es dem Mondtempel leicht, eine Verbindung zu beiden herzustellen und von einer gleichberechtigten Offenbarung des Schöpfers aller Dinge zu sprechen.

Schon etwas ermattet von den ausgiebigen Freudenfesten der Stadtbevölkerung, den ausgelassenen Tänzen auf den Straßen und einigen Bechern gekühlten Mondweins, nähern Belus und ich uns dem Tempel, um einen guten Platz für die bald beginnende Vorführung der Schwebetänze der Mondpriesterinnen zu finden. Ismar ist inzwischen auch untergegangen, und nur noch ein rötlicher Glanz am Horizont erinnert an seine wärmende Kraft. Es ist kühl geworden, und so hüllen wir uns enger in unsere weißen Umhänge der Schüler des Sonnentempels. Moro steigt als erster Bote der Nacht am blau schimmernden Firmament auf, bald gefolgt von Sima, Negli, Trevor und nach einer Weile auch von Barca. Wie eine Perlenkette legen sich die fünf Monde um Ondur, und ihr silbriges Licht sorgt dafür, daß es auf unserem Planeten nachts nie ganz dunkel wird.

Inzwischen haben Belus und ich die riesige steinerne Kugel erreicht, die Barca geweiht ist und die als himmlische Tänzerin verehrt wird. Durch ein hohes, mit geschnitzten mythologischen Motiven geschmücktes Tor aus Bahaiholz, von einem Baum, der der Mondgöttin geweiht ist, treten wir in das Halbdunkel des Innern. Flackernde Fackeln an den Wänden und ein intensiver Duft von Räucherwerk schaffen eine Atmosphäre des Geheimnisvollen und Unwirklichen. Nachdem sich meine Augen an das Halbdunkel gewöhnt haben, bemerke ich erst die Masse der Menschen, die sich bereits in diesem Kuppelbau versammelt hat und ehrfürchtig schweigend auf das Kommende wartet. Wir bahnen uns einen Weg zu einem Treppenaufgang, der zu einem rundum laufenden Balkon in halber Raumhöhe führt, der an diesem Tag für die geladenen Gäste des Mondtempels und die Priesterschaft der anderen Kulte reserviert ist. Wir finden zwei ausgezeichnete Plätze direkt an der Balustrade und haben von dort aus das ganze Geschehen im Blickfeld.

Im Zentrum der Halle ist für diesen Abend ein großes, aber flaches Bekken mit erwärmtem Wasser aus dem unterirdischen Teich aufgebaut. Die durcheinanderschwimmenden Kleinstlebewesen im Wasser verströmen ihr Licht in einem Kaleidoskop von Farben, ein Farbspiel, das den ganzen Raum verzaubert. Einundzwanzig kleine Plattformen am Rand des Beckens zeigen die Ausgangspositionen der Tänzerinnen beim folgenden Schwebetanz an. Ein Raunen geht durch die Menge, als sich das Tor zum zentralen Trakt, der Moro geweiht ist, öffnet, und die ausgewählten Tänzerinnen die inzwischen voll besetzte Rundhalle betreten. Graziös schreiten die bildhübschen, fast nackten jungen Frauen zu ihren vorgesehenen Plätzen. Ihre einzige Bekleidung besteht aus einer magischen Silberpaste, mit der alle Teile ihrer Körper, mit Ausnahme der schulterlangen blauschwarzen Haare, eingerieben wurden. Diese Paste ist ein Geheimnis des Mondtempels. Sie soll die Einflüsse der Gravitation aufheben und so den Schwebezustand ermöglichen. Darüber hinaus reflektieren feingemahlene Bestandteile aus Lyra sehr stark das Licht, und so schillern die einundzwanzig in allen Farben, als sie ihre Plätze über dem leuchtenden Wasser eingenommen haben.

Diener des Tempels löschen die Fackeln an den Wänden, und alle Augen blicken gespannt auf das zauberhafte Bild in der Mitte, das direkt einem Traum entstiegen sein könnte. Belus an meiner Seite seufzt tief auf, und auch ich bin sehr beeindruckt von der Schönheit und Ästhetik dieser Szene. Ein sanfter, lockender Ton aus der Höhe der Kuppel erweckt die bewegungslosen menschlichen Statuen zum Leben. Langsam, mit fließenden Bewegungen der Arme und Hände, beginnen sich die Priesterinnen zu drehen. Der Klang aus der Höhe entfaltet sich zu einer überirdischen Sphärenmusik, die den ganzen Raum in Wellen durchströmt. Die Drehungen der Tänzerinnen werden schneller. Die langen Haare folgen schwebend wie schwarze Schleier den Bewegungen der farbsprühenden Körper. Wie in Trance breiten alle zeitgleich ihre Arme aus, und wieder geht ein Raunen durch die Versammelten, als die Tänzerinnen, anfänglich kaum merklich, den Kontakt zum Boden verlieren und langsam nach oben zu schweben beginnen. Wie Sterne am Nachthimmel drehen sie sich bald darauf unter der Kuppel des Tempels der Barca, dem Aspekt der Mondgöttin, dem sie ihr Leben geweiht haben. Die Musik verändert ihren Rhythmus, die Drehungen verlangsamen sich bis zum Stillstand. Die Schwebenden fassen sich, das Gesicht nach außen gewandt, bei den Händen, und langsam beginnt sich dieses Rad aus funkelnden Frauenkörpern wieder zu drehen und dabei sanft nach unten zu sinken, etwa bis in Höhe des Balkons.

Wieder ändert die Musik ihren Rhythmus, wird schneller, und das Kreisen beschleunigt sich. Die Fliehkraft hebt die Körper der Tanzenden in die

Waagerechte, ohne daß die Hände einander loslassen. Und dann beginnt sich dieses drehende Rad aus menschlichen Leibern senkrecht aufzurichten. Ein unglaublicher Anblick, der allen Zuschauern vor Staunen den Atem raubt. Viel zu schnell verlangsamt sich das Drehen wieder. Das Rad kehrt in die Horizontale zurück. Die Tänzerinnen schweben im leisen Ausklingen der Musik hinab auf die Plätze, von wo aus sie zu dieser zauberhaften Vorführung gestartet sind. Rauschender Beifall umtost die einundzwanzig, als sie sich gemeinsam mit der rituellen Dankesgeste der Mondpriesterschaft von ihrem begeisterten Publikum verabschieden und durch einen Gang, gebildet aus den Körpern von Tempeldienern, die sie vor allzu enthusiastischen Besuchern schützen sollen, die Halle wieder verlassen. Belus schaut mich mit glänzenden Augen an. *„Komm, laß uns schnell in die Tempelgärten gehen! Vielleicht gelingt es uns, eines dieser überirdischen Wesen zu treffen, nachdem es sich abgeschminkt hat und für uns Sterbliche wieder erreichbar ist.“* Ich bin zwar skeptisch, ob uns das gelingt, denn auf diese Idee kommen heute abend bestimmt viele. Aber ich will die Harmonie des Abends und die Hoffnung von Belus nicht zerstören, und so folge ich ihm hinaus, noch ganz gefangen von dem soeben Erlebten.

Ein lautes Klappern läßt mich aus meinen Träumen aufschrecken. Der stürmische Wind hat es endlich geschafft, die Tür der Hütte aus ihrer Verankerung zu zerren, um sie immer wieder wütend zuzuschlagen. Mühsam erhebe ich mich und trete hinaus ins Freie. Der Regen hat nachgelassen. Die Wolkendecke ist aufgerissen, und über den aufgewühlten Wassern des Sees prunkt ein farbenprächtiger Regenbogen, der von einem zweiten, ätherisch wirkenden, gekrönt wird. Ergriffen betrachte ich diesen Gruß der heiligen Sonne. Seit alters her verehren wir dieses Himmelszeichen als wohlwollende Botschaft Intis, und deshalb führt der Sapay-Inka den Regenbogen in seinem Wappen und finden sich seine Farben in den zeremoniellen Stirnbändern unserer Priester. Das seltene Erscheinen eines doppelten Regenbogens nehme ich als gutes Omen für mich. Es macht mir Mut und gibt mir Kraft auf meinem Weg in eine ungewisse Zukunft.

Der Wind hat sich etwas gelegt, und auch die Wellen des Sees schlagen nicht mehr so wild an den Strand. Lautes Rufen läßt mich aufmerksam werden, und so beobachte ich, wie sich eine Kette von Booten hinter der Felsbarriere hervorschiebt, die meine Bucht von der benachbarten trennt, und wie die Insassen mit kräftigen Paddelschlägen versuchen, offenes Wasser zu erreichen. Es geht auf die Mittagszeit zu, und es ist höchste Zeit für die Fischer des Dorfes hinter den Hügeln, zu ihrem alltäglichen Fang auszufahren. Bisher hat dies der Sturm verhindert, aber die wenigen Bewohner dieser Insel sind auf ihre wichtigste Einnahmequelle angewiesen, und auch der Hof des Sapay-Inka in Cuzco will nicht auf die Köstlichkeiten verzichten, die der See zu bieten hat.

Chasquis, Läufer mit großer Schnelligkeit und Ausdauer, bringen den fangfrischen Fisch in kürzester Zeit zur Residenz unseres Königs. Jeder dieser Läufer bringt seine Botschaft, oder das, was überbracht werden soll, bis zum nächsten Posten, wo es übernommen und von einem frischen Läufer sofort weitergetragen wird. Auf diese Weise ist es möglich, Nachrichten oder kleine Lasten an einem Tag bis zu vierhundert Kilometer weit zu transportieren. Eine Leistung, die die Spanier in der dünnen Höhenluft meiner Heimat nicht einmal mit ihren Pferden schaffen.

Unter lautem gegenseitigen Anfeuern durchbrechen die Fischer in ihren Booten jetzt die Brandung und kommen in ruhigeres Wasser. Bald sind sie so weit draußen, daß meine alten Augen Mühe haben, sie noch zu erkennen. Die Nähe zu Menschen meines Volkes tut mir gut, obwohl ich es bisher vermieden habe, Kontakt zu ihnen aufzunehmen. Vorerst brauche ich noch Einsamkeit und Ruhe, um mir über meine nächsten Schritte klar zu werden. Ich fühle die Leere in meinem Magen, und so mache ich mich auf den Weg zum Strand, um nach Muscheln und Krebsen zu suchen, die der Sturm an Land gespült hat. Möwen tanzen auf den Wellen und ziehen kreischend über mir ihre Kreise. Als ich mich eine Stunde später wieder auf den Rückweg mache, ist sogar ein mittelgroßer Fisch unter meiner Beute. Ihn hatte wohl die Wucht der Wellen gegen die Felsen geschleudert, so daß er nicht mehr genug Kraft besaß, meinem zupackenden Griff zu entfliehen. Jetzt bin ich zwar bis zur Hüfte naß, aber die Aussicht auf ein wärmendes Feuer und eine wohlschmeckende Mahlzeit hebt meine Stimmung beträchtlich.

Der Wind hat die letzten Wolken vertrieben, und so sitze ich, wohlig durchwärmt von den Strahlen der Herbstsonne, an meinen Felsen in der Höhe gelehnt und schaue hinaus zu den Fischern, die ihrem anstrengenden Tagwerk nachgehen. Ich erinnere mich an die letzten Szenen meines Traumes von heute morgen, an das federleichte Schweben der Tänzerinnen und an diese überirdischen Klänge, wie von tausend Flöten und Glocken. Ich schließe die Augen und versuche dort wieder einzusteigen, wo mich das Wüten des Sturmes aus meinem Traum gerissen hat.

Die Gärten des Mondtempels liegen auf fünf großen Terrassen, die die Tempelanlage ringförmig umschließen. Eine breite Freitreppe führt vom Fuß des Hügels hinauf zum mächtigen Eingangstor in der hohen Ringmauer, die den eigentlichen Tempelbezirk umfaßt. Links und rechts der Treppe biegen Wege in die Gartenterrassen ab. Die Gärten sind den fünf Monden geweiht und entsprechend unterschiedlich gestaltet. Unter der Ringmauer liegt der Garten Moros, auf der zweiten Ebene folgt der von Barca, der Tänzerin.

Belus und ich betreten das Gartenreich Barcas durch ein schmales Tor, das in die mannshohe Hecke geschnitten ist, die den Garten umrahmt. Um diese Jahreszeit steht die Hecke in voller Blüte. Tausende von weißen und rosaroten Blütenkelchen verbreiten einen sinnenbetörenden Duft. Der Zauber des nächtlichen Gartens wird verstärkt durch das flackernde Licht von Fackeln, die Bäume und Sträucher wie im Traum zum Leben erwecken. Der steinerne Weg verliert sich bald in einem weichen Teppich aus sattgrünem Gras, in dem kunstvoll angelegte Blumenbeete wie Inseln im Meer schwimmen. An lauschigen Stellen laden weiße Steinbänke zum Verweilen und Betrachten lebensechter menschlicher Skulpturen ein, die Tanzszenen der Mondpriesterinnen nachstellen. Das wechselnde Spiel von Licht und Schatten gaukelt dem Auge des Betrachters Bewegungen der Statuen vor und vermittelt das Gefühl, Gast in einem verzauberten Märchenreich zu sein.

Wie ich erwartet habe, ist der Garten an diesem Abend sehr bevölkert. Hauptsächlich junge Männer schlendern scheinbar absichtslos an den Bänken vorbei, äugen in jeden versteckten Winkel, alle in der Hoffnung auf eine Begegnung mit einer der Schönen aus Barcas Tempel. Belus ist etwas vorausgegangen, bis ihn die Schatten einiger alter Bäume verschlucken.

Etwas verloren stehe ich da im Mondlicht, unschlüssig, was ich nun tun soll, als mir jemand von hinten sanft auf die Schulter klopft. Enttäuscht muß ich feststellen, daß kein Herzensabenteuer winkt, sondern daß es einer der Tempeldiener ist, der mich gedanklich bittet, ihm zu folgen.

Auf meinen erstaunten Blick und mein Zögern hin sagt er laut: *„Imela bittet dich um ein Gespräch. Wenn du einverstanden bist, führe ich dich zu ihr.“* Mein Erstaunen wächst. Was will Imela, die Tochter der Hohepriesterin des Mondtempels, von mir? Eingedenk der Warnungen meines Vaters, bin ich etwas mißtrauisch. Der Diener schaut sich argwöhnisch um und sagt dann zu mir gewandt in drängendem Ton: *„Die Nacht hat tausend Augen, und niemand soll sehen, wie ich dich zu ihr bringe.“* Nun siegt meine Neugierde, und so signalisiere ich ihm gedanklich, daß er vorausgehen und mir den Weg zeigen soll. Zu meiner Verblüffung marschiert er direkt auf einen kleinen Pavillon zu, der einige Schritte entfernt auf einer kleinen künstlichen Anhöhe im Mondlicht träumt. Wir treten ein. Ohne zu zögern geht mein Führer zur Rückwand und drückt mit der Handfläche auf die etwa gleich große Darstellung einer Blume im Wandmosaik, die lautlos nach innen gleitet. Im gleichen Moment beginnt ein Teil des Fußbodens vor mir in der Mitte des Raumes sich nach beiden Seiten zu verschieben und gibt dabei eine schmale Treppe frei, die hinunter in einen unterirdischen Gang führt. Das also ist das Geheimnis des mysteriösen Auftauchens und Verschwindens der Mondpriesterinnen bei ihren seltenen Ausflügen in ihre Gärten.

Ungeduldig winkt mir der Mann vom Fuß der Treppe, und als ich ihm gefolgt bin, legt er einen Hebel in der Gangwand nach unten, und ich beobachte, wie sich über mir der Fußboden des Pavillons wieder lautlos schließt. Erstaunt stelle ich fest, daß die Wände im Dunkel ein mattes Licht abstrahlen, genug, um zu sehen, wohin man die Füße setzt. Mein Führer scheint es sehr eilig zu haben, und fast muß ich laufen, um mit ihm Schritt halten zu können. Wir kreuzen andere Gänge, die ins Ungewisse führen, durchqueren kleine Hallen, deren Funktionen mir rätselhaft bleiben, und betreten schließlich eine Treppe, die weiter nach unten führt und endlich in die unterirdische Höhle mündet, in deren Mitte der heilige See ruht.

Als ich hinter dem Diener hinaustrete, weist er auf eine Gestalt im Halbdunkel, die versunken aufs Wasser blickt, das jetzt schwarz und still daliegt. Beim Nähertreten erkenne ich die Umrisse einer Frau. Die Geräusche meiner Schritte lassen die Gestalt herumschnellen, und ich blicke in das erregte Gesicht von Imela. *„Na endlich, ich dachte schon, er würde dich nicht finden."* Mit einer ungeduldigen Handbewegung verabschiedet sie meinen Führer, ergreift mich am Arm und zieht mich zu einer geschützten Stelle in einer Ausbuchtung der Höhlenwand, in der eine Bank steht. Als wir uns niedergelassen haben, schaut sie mich ernst und nachdenklich an. Die Hektik scheint von ihr abzufallen, und ich habe Gelegenheit, mich an der außerordentlichen Schönheit ihres Gesichts zu erfreuen. *„Na, wie hat dir unser Tanz gefallen?"* Erst jetzt wird mir klar, daß sie eine der Tänzerinnen gewesen war, und die Erinnerung an die versteckte Sinnlichkeit und Erotik dieser Vorführung flutet warm in mein Denken und Fühlen. Schnell versuche ich, eine Barriere vor meine Gedanken zu schieben. Zu spät, wie ich an dem amüsierten Lächeln in ihrem Gesicht ablesen kann. Sie greift, wieder ernst geworden, eindringlich nach meiner Hand und sagt laut: *„Bitte, es ist sehr wichtig, daß du dich nicht vor mir verschließt, so wie auch ich mein Bewußtsein dir ganz öffnen will, damit du die Wahrheit meiner Worte prüfen kannst. Aber, bevor ich beginne, sei unbesorgt. Du kannst nach der Prozession und der Seeopferung zusammen mit der hinausdrängenden Menge das Heiligtum und den Tempel unbemerkt verlassen."* Bisher bin ich noch gar nicht dazu gekommen, mir darüber oder über sonst irgendwas Sorgen zu machen. Zuviel ist seit dem Moment, als der Diener mich ansprach, auf mich eingestürmt.

Aufseufzend lehnt sie sich zurück an die Felswand und denkt dann ganz unvermittelt: *„Du bist in großer Gefahr, Algor!"* Die Intensität des Gedankens und die ihn begleitenden Gefühle kaltblütiger Bedrohung lassen mir einen Schauder über den Rücken laufen. *„Aber am besten fange ich ganz von vorne an"*, sagt sie nun laut, *„und bitte, unterbrich mich nicht, bis ich fertig bin."* Wieder macht sie eine kleine Pause. *„Wir kennen uns seit unserer frühesten Kindheit. Wir hatten zwar nie sehr engen Kontakt, aber die wenigen Male, die wir uns intensiver begegneten, habe ich in guter Erinnerung. Ich hätte gern einen Freund wie dich gehabt, aber das hat Mutter immer zu verhindern gewußt. Du bist mir also nicht gleichgültig. Und das ist der Grund, warum ich unbedingt mit dir sprechen und dich warnen will."* Es ist mir ganz warm ums Herz geworden, und ich wage ganz vorsichtig ihre Hand zu streicheln. Sie überläßt sie mir vertrauensvoll und lehnt sich sogar ganz sanft an mich. Fast habe ich das Gefühl, schon wieder zu träumen. Erwartungsvoll schaue ich ihr in die Augen, und sie beginnt mit leiser Stimme zu erzählen:

„Vor einigen Tagen wurde ich in den Gemächern meiner Mutter ungewollt Zeuge und Zuhörerin eines geheimen Gesprächs. Ich war nachmittags auf dem Ruhebett eingeschlafen, das sich auf der Terrasse vor dem Arbeitszimmer meiner Mutter befindet. Laute Stimmen weckten mich. Ohne dir genau sagen zu können warum, verhielt ich mich ganz ruhig und wurde deshalb nicht bemerkt. Vielleicht war es die ungewohnte Schärfe in der Stimme meiner Mutter, die mich zum Lauschen veranlaßte. Das erste, was ich hörte, als ich erwachte, war die fordernde Stimme eines Mannes, der sagte: ‚…und wenn unser Plan nicht schon im Vorfeld scheitern soll, ist diese Maßnahme absolut erforderlich! Und sie muß bald durchgeführt werden, bevor er sich seiner Möglichkeiten voll bewußt wird! Hat er erst die Einweihung, ist es zu spät! Dann ist er ein unüberwindliches Hindernis. Du kennst ja die Prophezeiung. Wenn wir jetzt nicht handeln, wird uns das Khan nie verzeihen, und ihr Fluch wird über uns kommen!‘ Die empörte Stimme meiner Mutter unterbrach ihn: ‚Laß Khan aus dem Spiel! Wir beide wissen, daß das nur ein Vorwand für deine persönlichen Interessen ist. Du willst die Macht. Und wie ich jetzt höre, ist dir dafür jedes Mittel recht. Aber da spiele ich nicht mit. Ich bin verantwortlich für den ganzen Mondtempel und nicht die Marionette meines geheimen Stellvertreters und seiner Clique, der mich und alles, was mir heilig ist, seinen egoistischen Plänen opfern will.‘

Einen Moment war alles still, dann fährt meine Mutter etwas ruhiger fort: *‚Hast du dir schon mal überlegt, wie Sitalee und Haron, sein Vater, reagieren werden? Willst du den offenen Kampf mit dem Sonnentempel? Und glaubst du im Ernst, daß du ihn gewinnen kannst?‘* – Die Stimme des Mannes wurde noch eindringlicher: *‚Das ist es ja gerade! In der direkten Auseinandersetzung ziehen wir den Kürzeren. Wir können sie nur von innen besiegen. Da steht uns nur der Junge im Weg, und natürlich darf der Verdacht nicht auf uns fallen. Deshalb stimme ich der Hochzeit meiner Tochter mit seinem Bruder zu und unterstütze dessen Karrierewünsche. Niemand wird uns verdächtigen, wenn er einen tödlichen Unfall erleidet. Der arme*

Junge ist einfach vom Weg abgekommen und abgestürzt, und sein Freund wird unser bester Zeuge sein. Der Weg vom Sonnentempel hinunter in die Stadt ist steil, und es wäre ja auch nicht das erste Mal, daß das passiert.

Unsere Hypnosegruppe ist jetzt soweit, beide auf größere Distanz gedanklich unter Kontrolle bringen zu können. Und Belus wird Stein und Bein schwören, daß es Algor übel wurde und er deshalb im Gebüsch am Wegrand nach einem Plätzchen suchte, sich zu erleichtern. Und dabei ist es dann geschehen. Glaub' mir, ein todsicherer Plan. Aber ich brauche deine Unterstützung. Die Priester werden nur mit deiner Zustimmung handeln. Also frage ich dich: Willst du es noch erleben, den Mondtempel in führender Position im Ansehen des Volkes und im Priesterrat zu sehen? Wünschst du es dir noch, anstelle von Sitalee und an meiner Seite das Land zu regieren?' Imela schweigt einen Augenblick, um dann abschließend zu sagen: *„Das war alles, was ich hörte, Algor. Die beiden wurden durch einen Diener unterbrochen, und ich nutzte die Gelegenheit, an der offenen Terrassentür vorbei in mein Zimmer zu schlüpfen.*

Den Mann habe ich nicht erkennen können. Aber ich habe keinen Zweifel, daß er tun will, was er sagt. Und von meiner Mutter weiß ich, daß es immer ihr sehnlichster Wunsch war, den Mondtempel als wichtigste Quelle und Hüter unserer Religion zu sehen. Wenn ich auch nicht weiß, wie sie sich entschieden hat, so weiß ich doch, daß du in großer Gefahr schwebst! Ich verstehe zwar nicht wieso, aber irgendwie scheinst du die Pläne der beiden vereiteln zu können." Fragend schaut sie mich an, und ich kann nur hilflos die Schultern heben. Natürlich ist mir klar geworden, daß Dorman der unbekannte Mann gewesen sein muß. Aber wieso kann ich ihm gefährlich werden? Was soll die Bemerkung über meine „unbewußten" Möglichkeiten? Und dann wieder dieser Hinweis auf die Prophezeiung, den mir schon mein Vater gab! Rätsel über Rätsel. Es macht mich langsam wütend, so im Dunkeln zu tappen. Ich muß unbedingt gleich morgen früh das Gespräch mit meinem Vater fortsetzen und ihn über das Gehörte informieren.

Inzwischen hat sich die Höhle mit vielen Gläubigen, zumeist Frauen, gefüllt, die ihre Opfergaben auf ein Floß legen, das im Rahmen des folgenden Rituals im See versenkt werden soll. Ich habe kaum ein Auge für die Zeremonie, ja selbst die Informationen Imelas lassen mich jetzt fast kalt. Allein die Tatsache, sie so nahe zu haben, zu wissen, welches Risiko sie für mich eingeht, macht mich sehr glücklich. Ich ziehe sie zu mir heran und küsse sie voller Zärtlichkeit, die sich schnell zu einer wilden Leidenschaft steigert. Schwer atmend lösen wir uns voneinander, überrascht von der Macht unserer Gefühle. Wir schauen uns an und lesen beide in den Augen des anderen den Wunsch und die Bereitschaft, den Rest der Nacht in Liebe miteinander zu verbringen. Wortlos und innig umarmt, warten wir ungeduldig auf das Ende der Zeremonie.

Langsam versinkt Barca hinter dem Horizont. Die Spitzen der fernen Berge leuchten bereits im Licht des frühen Morgens und kündigen Alilas Kommen an. Imela liegt nackt in meinem Arm. Sanfte Atemzüge unter dem Vorhang ihres blauschwarzen Haares verraten mir, daß sie noch schläft. Mein Blick wandert liebevoll über die makellose Schönheit ihres Leibes, der mir halb zugewandt ist. Stunden innigster Umarmung und leidenschaftlichster Verschmelzung sind wie im Flug vergangen. Noch einmal überkommt mich die Erinnerung an die tiefe Freude, die ich empfand, als sich mir diese vollen Brüste verlangend entgegenwölbten, an die unaussprechliche Zärtlichkeit intimster Berührung, als ich lustvoll stöhnend tief in sie eindrang, und an das ekstatische Willkommenheißen ihres sich mir heftig entgegendrängenden Schoßes. Unsere Bewegungen und unser Atem wurden eins, und voller Staunen erlebte ich eine nie gekannte Harmonie, eine Aufhebung aller Grenzen, ein völliges ineinander Aufgehen, als wir beide, auf dem Gipfel unserer Vereinigung, uns in einer ungeheuren Explosion von Lust verströmten, um uns dann in der Unendlichkeit zu verlieren. Noch lange nachdem sich unser Atem und unser Herzschlag wieder beruhigt hatten, lagen wir beide, Mund an Mund, Haut an Haut und Schoß an Schoß gepreßt, dicht beieinander; keiner wollte und konnte diese unglaubliche Nähe beenden und wieder zurückkehren in das Alleinsein der Tage vor unserer Begegnung.

Rührung und ein Gefühl, dieses geliebte Wesen schon immer gesucht und nun gefunden zu haben, überfluten mich wie eine Welle, und ich ziehe die Schlafende sanft an mich. Meine Hände ziehen zärtlich die Konturen ihres Rückens und der sehr weiblichen Rundungen ihrer festen Hinterbakken nach und verlieren sich spielerisch im weichen Dunkel zwischen ihren Schenkeln. Noch im Halbschlaf drängt sie sich an mich und öffnet leicht den Mund, so daß ich zwischen ihren vollen Lippen das perlende Weiß ihrer Zähne und das verführerische Rosa ihrer Zungenspitze sehe. Behutsam streichle ich mit meinem Mund ihre feuchten Lippen und berühre ganz zart mit meiner Zungenspitze die ihre. Nun ist es mit ihrem Schlafenwollen vorbei. Mit einer fließenden Körperdrehung rollt sie sich auf mich, und wir versinken in einem innigen Kuß.

„So möchte ich von heute an jeden Morgen geweckt werden, mein Liebster", sagt sie und blickt mich mit lachenden Augen strahlend an. *„Aber für mehr haben wir jetzt keine Zeit! Ich muß gleich zur Morgenandacht in den Tempel, und du mußt mit deinem Vater sprechen."* Ihre Worte holen mich zurück in die Wirklichkeit. Unser verschwiegener Winkel im abgelegensten Teil des Gartens der Barca verliert ein wenig von seinem Zauber. Ich erinnere mich beklommen daran, daß ich mich hier ja nach wie vor auf dem Terrain eines Feindes befinde, der mir, aus für mich immer noch unverständlichen Gründen, nach dem Leben trachtet. Wir erheben uns, umarmen und küssen uns noch einmal leidenschaftlich und ziehen uns dann schnell an. Imela begleitet mich zur Treppe. *„Laß mich nicht so lange auf ein Wiedersehen warten!"* flüstert sie in mein Ohr, haucht mir einen Kuß auf die Wange und ist dann, bevor ich etwas antworten kann, die Treppe hinauf im Tempel verschwunden. Wehmut über unsere ungewisse Zukunft und riesige Freude über das unerwartete Geschenk ihrer Liebe halten sich in meinem Herzen die Waage. Nachdenklich mache ich mich auf den Weg nach Hause. Nur eines scheint mir gewiß zu sein: daß ich Imela so schnell wie möglich wiedersehen will!

Als ich in unsere Straße einbiege, stoße ich fast mit Belus zusammen, der mich entrüstet mustert. *„Na, du bist mir ja ein schöner Freund. Löst dich einfach in Luft auf. Und jetzt siehst du auch noch so satt und zufrieden aus, daß ich dich gerade erwürgen könnte. Ich suche dich stundenlang und mache mir schon Sorgen, und du amüsierst dich derweil in den Armen irgendeiner Schönen und vergißt einfach deinen besten Freund."* Belus ist richtig empört. Beruhigend lege ich meine Hände auf seine Schultern, um ihn zu besänftigen, und blicke ihm dabei ernst in die Augen. *„Es haben sich heute nacht Dinge ereignet, Belus, die vielleicht mein ganzes Leben verändern werden. Verzeih mir, daß ich nicht mehr darüber sagen kann, aber ich muß jetzt zuerst dringend mit meinem Vater sprechen."* Der ernste und eindringliche Tonfall meiner Stimme macht ihn stutzig und läßt seine Wut verrauchen. *„Später werde ich dir alles erklären, aber jetzt muß ich gehen. Komm in der Mittagsstunde zu mir. Der Unterricht fällt heute für uns aus!“* Verblüfft schaut er mich an. Es ist das erste Mal, daß wir durch unser Fehlen die strenge Disziplin des Sonnentempels durchbrechen werden, und das macht ihm klar, daß nur gewichtige Gründe mich dazu veranlassen können. Endgültig beschwichtigt, verabschiedet er sich mit einem festen Händedruck, nicht ohne mir zu versichern, daß er mir – auch ohne Näheres zu wissen – voll vertraut und zur vereinbarten Stunde zu uns kommen wird. Ich gehe weiter und bin kurz darauf zu Hause.

Ohne auf Milo zu achten und mit einer nur flüchtigen Geste in Richtung Hausaltar, stürme ich dann in die Privaträume meines Vaters, der gerade sein Frühstück beendet hat. Noch etwas außer Atem, lasse ich mich neben ihm auf einen Stuhl fallen. *„Es muß etwas Außergewöhnliches geschehen sein, mein Sohn, wenn du mich ohne Anmeldung und sogar ohne Anklopfen überfällst?“* Der Vorwurf in seiner Stimme ist unüberhörbar. Umgangsformen sind für meinen Vater sehr wichtig, und sein jüngster Sohn hat gerade massiv gegen sie verstoßen. *„Verzeih Vater, aber wenn mein Leben auf dem Spiel steht, habe ich für Etikette wenig Verständnis. Die Geschichte, über die wir gestern sprachen, hat sich ohne mein Zutun dramatisch zugespitzt. Wenn ich mich nicht täusche und wir keine Vorkehrungen treffen, wird in diesem Land bald Khan – oder sollte ich besser ‚Dorman‘ sagen – herrschen.“* An seinem veränderten Gesichtsausdruck sehe ich, daß er begriffen hat, wie ernst es mir ist und daß etwas Bedrohliches geschehen sein muß. Trotzdem hebt er beschwichtigend die Hände und sagt: *„Alles zur rechten Zeit und am rechten Ort, Algor! Laß uns in mein Arbeitszimmer gehen. Hier haben die Wände möglicherweise Ohren.“*

Dort angekommen, setzt er sich hinter seinen Schreibtisch und ich mich auf einen bequemen Stuhl davor. Auf seinen fragenden Blick hin sprudelt es fast aus mir heraus: *„Du wirst nicht glauben, was ich heute nacht erlebt und gehört habe!“* Es wird mir bewußt, wie erregt ich noch bin, und so sammele ich mich einen Moment. Ruhiger geworden, schlage ich dann vor, ihm mein Erleben telepathisch direkt in sein Bewußtsein zu projizieren, um nichts Wesentliches zu vergessen. Er stimmt zu, lehnt sich in seinem Schreibtischsessel zurück und schließt die Augen. Und ich lasse noch einmal detailliert das Geschehen des gestrigen Abends vor meinem inneren

Auge ablaufen, von dem Moment an, als der Tempeldiener auf mich zutrat, bis zum Beginn der Opferzeremonie am See, im Allerheiligsten des Mondtempels. Als wir beide die Augen wieder öffnen, herrscht bedrückendes Schweigen im Raum. Mein Vater scheint tief in Gedanken versunken zu sein. Plötzlich gibt er sich einen Ruck und beginnt, einige Zeilen auf ein vor ihm liegendes Blatt zu schreiben, das er anschließend zusammenrollt und versiegelt. Mit einem entschlossenen Zug an dem in der Decke verschwindenden Glockenstrang ruft er dann Milo herbei, der bald darauf anklopft, ins Zimmer tritt und sich vor meinem Vater verbeugt.

„Bringe dies sofort zum Sonnentempel! Man soll meine Botschaft unverzüglich Sitalee übergeben! Dann komm auf dem schnellsten Weg zurück!“ Er übergibt die Rolle Milo, der sie schweigend entgegennimmt und damit den Raum verläßt. Vater wendet sich nun an mich und sagt: *„Du, mein Sohn, gehst jetzt in deinen Exerzitienraum, machst deine Übungen und verläßt ihn erst wieder, wenn ich dich in etwa einer Stunde rufen lasse. Ich muß noch einige Vorbereitungen für die Fortsetzung unseres Gespräches treffen und erwarte auch noch einen wichtigen Besucher, der an unserem Treffen teilnehmen wird. Stell jetzt keine weiteren Fragen und tue, was ich dir sage!“* Wenn mein Vater so zu uns spricht, wissen Tybor und ich seit unserer frühesten Kindheit, daß es besser ist, kommentarlos zu gehorchen. Und so erhebe ich mich und gehe sehr nachdenklich in meine Räume.

In meinem Meditationszimmer angekommen, habe ich plötzlich das starke Bedürfnis, mich in der polierten Spiegelwand aus Lyragestein zu betrachten. Normalerweise dient sie mir dazu, durch konzentriertes Hineinschauen einen Trancezustand herzustellen, der die Grundlage für die dann folgenden Übungen ist, die zu höheren Bewußtseinszuständen führen sollen. Jetzt will ich wieder einmal Antwort auf die Frage: Wer bin ich? Ich habe das Gefühl, mich in den letzten Stunden sehr verändert zu haben, ohne zu wissen, wie und worin.

Auf den ersten Blick scheint es mein vertrautes Gesicht zu sein. Dunkelblonde, halblange Haare umrahmen ein schmales Jungmännergesicht mit fast hageren Zügen, die für das fortgeschrittene Alter ein asketisches Gesicht erwarten lassen. Warme dunkelbraune Augen mildern die Strenge, die auch durch eine schlanke aristokratische Nase und schmale Lippen hervorgerufen wird. Noch wirkt das Gesicht in seiner Jugendlichkeit eher sanft und weich. Der durchschnittlich große Körper ist, gestählt durch häufige sportliche Übungen, fest und muskulös und strahlt ständig eine geballte Kraft ab, so daß mich die Gefährten meiner Jugend oft mit einem gespannten Bogen verglichen, der nur auf den Moment des Loslassens wartet. Einige fürchteten mich deshalb. Ich erinnerte sie dann daran, daß ja bereits die Bedeutung meines Namens „Lichtpfeil“ diese Wesenseigenschaft seit meiner Geburt ankündigte.

Forschend betrachte ich weiter mein Spiegelbild. Hat sich nicht der Ausdruck der Augen verändert? Ist da nicht plötzlich ein härterer Zug um meine Mundwinkel? Ich schneide eine entspannende Grimasse und lasse mein Gesicht dann wieder los. Ja, ich bin jetzt ganz sicher! Irgend etwas ist anders! Aber was? Es will mir nicht gelingen, es eindeutig herauszufinden. Unwillig und leicht verärgert, wende ich mich ab und meinen Übungen zur Selbstversenkung zu.

Ich habe gerade meine Meditation beendet, als Milo mich zu meinem Vater ruft. Gespannt auf das, was mich erwartet, betrete ich wieder sein Arbeitszimmer. Eine verschleierte Frau sitzt, mit dem Rücken zu mir, in den Lederpolstern meinem Vater gegenüber. Als ich näher komme, dreht sie sich um, und ich erkenne zu meinem größten Erstaunen Sitalee. Ich begrüße sie ehrfürchtig mit dem rituellen Gruß der Sonnenpriesterschaft, und sie bittet mich, neben ihr Platz zu nehmen. Schweigend mustert sie mich dann, und mir wird etwas unbehaglich unter diesem unergründlichen, prüfenden Blick. Noch nie habe ich gehört, daß die Hohepriesterin, außer zu hochoffiziellen Anlässen, den Sonnentempel verlassen hat. Und wie konnte sie so schnell und unbemerkt hierher kommen?

„Du bist so weit in deinem mentalen Training fortgeschritten, Algor, daß wir uns den mühsamen Weg des Sprechens teilweise ersparen und hauptsächlich gedanklich miteinander kommunizieren können.“ Der von ihr ausgehende Gedankenstrom ist so stark und mächtig, daß er mein ganzes Denken ausfüllt. *„Ich werde dir das, was du wissen mußt, in Bildern übermitteln und so viel Zeit sparen. Konzentriere dich jetzt auf meine Botschaft. Anschließend werden wir mit deinem Vater beraten, welche Maßnahmen wir ergreifen müssen.“* Ich schließe die Augen, und sofort erscheint vor meinem inneren Auge die Landschaft am Fuß des Vulkans Urgo, die ich von früheren Reisen mit meinem Vater her kenne. Zwei Heere aus alter Zeit

befinden sich in heftigem Kampf, Mann gegen Mann, miteinander. Ich erkenne die Banner des Sonnentempels und des geächteten Dhan-Kults, und mir wird klar, daß ich gerade Zeuge der Entscheidungsschlacht bin, die mit der Vernichtung der Schlangenmenschen und ihrem Kult endete.

Die Bilder wechseln. Eine große Rauchwolke quillt aus der Höhle am Fuß des Berges. Überall liegen Erschlagene beider Seiten, im Tode vereint, neben- und übereinander. Ein Zeltlager am Rande des Schlachtfelds schiebt sich in den Vordergrund meines inneren Erlebens, und ich sehe in ein großes Rundzelt, in dem König Luktor mit seinen Beratern und Heerführern den Sieg feiert. Ein Herold kündigt das Sonnenorakel an, einen alten, gebeugten Priester, der sich in der Mitte der Runde auf einem für diese Zwekke reservierten bequemen Korbsessel niederläßt. Plötzlich scheint das Geschehen einen anderen Verlauf zu nehmen, als von den Anwesenden erwartet. Aufmerksam beugen sie sich in ihren Sitzen nach vorne und starren gebannt auf das Orakel, das sich zuckend und mit weit aufgerissenen Augen in seinem Sessel windet. Wortfetzen kommen ihm nur mühsam über die verzerrten Lippen. Es scheint, als würde das Geschaute und Gehörte den alten Mann zutiefst quälen. Die Gesichter der Zuhörer spiegeln ihre Betroffenheit.

Die Botschaft besagt, daß die Kräfte der Finsternis im Augenblick zwar besiegt seien, der Kampf in ferner Zukunft neu entflammen und dann viel bedrohlicher als jetzt für die Anhänger des Lichts würde. Nur wenn es ihnen gelänge, den Auserwählten, der in sich Feuer und Schwert vereint, für sich zu gewinnen, würden sie auch die kommende Auseinandersetzung siegreich bestehen.

Die Bilder in meinem Inneren erlöschen. Ein Moment lang fällt es mir schwer, mich im Hier und Jetzt wieder zurechtzufinden. Als Sitalee bemerkt, daß ich wieder aufnahmefähig bin, fährt sie laut in ihren Erklärungen fort: „*Einige der damaligen Zuhörer waren Anhänger des Mondtempels, der zu jener Zeit noch, in Eintracht mit dem Sonnentempel, die Kräfte bekämpfte, die sich dem Licht und dem Volk entgegenstellten. Sie informierten ihre Priester, und bezeichnenderweise war es das Orakel des Mondtempels, das die Prophezeiung bestätigte und weitere Hinweise gab. Danach soll der Auserwählte ein junger Mann aus dem Clan der Schwert- und Feuertänzer sein, in dem sich spirituelle Fähigkeiten über viele Generationen verdichtet haben, und ihn so zum Werkzeug des All-Einen machen. Der sich zuspitzende Konflikt zwischen Sonnen- und Mondtempel unter dem Einfluß Khans sowie Verkündigungen beider Orakel kurz nach deiner Geburt, daß der Auserwählte geboren sei, deuten auf dich, Algor, als den einzig dafür in Frage kommenden hin. Seitdem stehst du – auch wenn du dir dessen nie bewußt warst – unter unserer ständigen Beobachtung. Deine Lehrer müssen mir regelmäßig über deine wachsenden Fortschritte im Spirituellen berichten, und auch der Mondtempel hat, wie wir wissen, ein wachsames Auge auf dich. Aber erst die Initiation zum Sonnenpriester wird dir das ganze Feld deiner Begabung erschließen. Und um das zu verhindern, will dich die Gegenseite aus dem Weg räumen."*

Erschlagen von diesen Neuigkeiten und unfähig, etwas zu sagen, sitze ich vor den beiden. Wieso ich? Und was heißt das genau, „der Auserwählte" zu sein? Wer hat mich ausgewählt und wozu? Mein Vater erkennt meine Verwirrung und sagt beruhigend zu mir: *„Laß das jetzt erst einmal so stehen! Mehr dürfen wir dir zu diesem Zeitpunkt noch nicht sagen. Die Initiation wird dir helfen, dich selbst zu erkennen. Im Augenblick ist es wichtiger, über die praktischen Konsequenzen zu reden, die sich aus dem ergeben, worüber dich Imela – Ismar und Alila sei Dank – informierte. Es ist dir doch hoffentlich klar, daß wir sofort drastische Veränderungen in deinem Leben beschließen müssen, um dich vor der drohenden Gefahr zu schützen. Sitalee und ich haben bereits darüber gesprochen, und wir sind beide der Ansicht, daß du bereits vor deiner Einweihung, und zwar ab sofort im Tempel leben solltest, da du dort am sichersten bist. Darüber hinaus ist deine Hohepriesterin der Meinung, daß man deine Initiation unter den gegebenen Umständen vorziehen kann, zumal du deinen Mitschülern in den paranormalen Disziplinen um einiges voraus zu sein scheinst. Dies muß aber unbedingt bis zum Tag deiner Weihe geheim bleiben! Als offizielle Begründung für deinen vorzeitigen Umzug geben wir dein großes Interesse an einer intensiveren Heilerausbildung in den Krankenanstalten des Tempels an, was ja auch bekannt und deshalb glaubwürdig ist. Ob wir damit Dorman täuschen können, ist eine andere Sache. Zumindest hat er es dann sehr viel schwerer, an dich heranzukommen."*

Mir ist fast schwindlig von der Geschwindigkeit der sich überschlagenden Entwicklung. Ist es tatsächlich erst vorgestern gewesen, als ich mit Belus über unsere Abenteuer beim bevorstehenden Mondfest alberte? Es kommt mir vor, als wäre ich in den beiden letzten Tagen um Jahre gealtert. *„Was ist mit Belus, Vater, ist er nicht auch in Gefahr?"* Ich sehe, wie Sitalee und er einen stummen Blick des Einverständnisses wechseln. Dann sagt sie: *„Wir wollen ihn nicht der Gefahr aussetzen, daß man ihn gegen dich einsetzt. Wer weiß, auf was für teuflische Ideen Dorman mit Hilfe seiner Hypnosegruppe kommt, wenn er seinen ursprünglichen Plan durchkreuzt sieht. Da Belus ähnlich heilerische Neigungen hat wie du und ihr bekanntlich unzertrennlich seid, wird er von der Idee, dich zu begleiten, wahrscheinlich begeistert sein. Aber du mußt diplomatisch sein, wenn du mit ihm sprichst. Über die wahren Hintergründe darf er zu seinem eigenen Besten nach wie vor nichts wissen. Nun pack deine Sachen! Wenn du mit ihm gesprochen hast, wirst du mit mir in den Tempel zurückkehren. Er kann dir morgen folgen."*

Es scheint niemanden zu interessieren, ob ich mit alldem einverstanden bin. Aber wenn ich ehrlich bin, muß ich zugeben, daß mich das Ganze der sehnlichst erwarteten Initiation viel näher bringt, als ich zu hoffen wagte. Und auf die praktische Arbeit mit den Kranken freue ich mich sehr. Nur die Beziehung zu meiner geliebten Imela ist noch ungeklärt. Aber darüber rede ich vielleicht besser mit Sitalee unter vier Augen. Sie ist schließlich eine Frau und wird mich in dieser Frage sicher besser verstehen als Vater. Nun voller Vorfreude, lasse ich die beiden allein, um das Notwendigste zu pakken und auf Belus zu warten. Na, der wird Augen machen!

Mein Gespräch mit Belus verläuft wie erwartet. Er kennt ja schließlich meinen sehnlichsten Wunsch, schnellstmöglich Priesterheiler zu werden. Die Position meines Vaters und sein Einfluß im Tempel sind ihm eine ausreichende Erklärung für die „besondere Erlaubnis", bereits jetzt im Sonnentempel leben und im Krankendienst hospitieren zu dürfen. Er ist Feuer und Flamme und kann nicht schnell genug nach Hause kommen, seinem Vater die frohe Botschaft zu bringen.

Als ich mit meinem geringen Gepäck wieder in das Arbeitszimmer meines Vaters trete, sehen Sitalee und er mir erwartungsvoll entgegen. *„Alles in Ordnung"*, sage ich lächelnd. *„Er glaubt, du, Vater, hättest dich für uns verwendet, und freut sich riesig über diese Chance."* Sitalee erhebt sich. *„Dann wird es Zeit, daß wir uns auf den Weg machen."* Ich will ihr die Tür öffnen, aber eine Handbewegung meines Vaters bremst mich. *„Jetzt, mein Sohn, wirst du ein weiteres kleines Geheimnis kennenlernen, das uns auch in Zukunft nützliche Dienste erweisen wird.“* Mit diesen Worten geht er auf das Porträt hinter seinem Schreibtisch zu und drückt auf ein bestimmtes Ornament in der linken Seite des massiven Rahmens. Das Bild schwingt nach vorne und gibt einen Geheimgang mit einer nach unten führenden Treppe frei. *„Du siehst, nicht nur der Mondtempel verfügt über verborgene Möglichkeiten. Diesen unterirdischen Gang, der direkt in die Gemächer Sitalees im Sonnentempel führt, ließ bereits deine Ururgroßmutter während ihrer Regentschaft als Hohepriesterin erbauen. Sie liebte es, von Zeit zu Zeit unbemerkt ihr Elternhaus und ihre Familie zu besuchen. Niemand außer uns drei kennt dieses Geheimnis, und so soll es auch bleiben!“*

Langsam gewöhne ich mich daran, ständig mit neuen Überraschungen konfrontiert zu werden, und so wundert es mich kaum noch, als Sitalee sich von Vater mit einer Umarmung verabschiedet, die zeigt, wie vertraut die beiden miteinander sind. Als er mich in den Arm nimmt, sagt er noch: *„Sei unbesorgt! Um deine Mutter und Tybor werde ich mich kümmern. Konzentriere du dich ganz auf deine wichtige Mission. Sitalee und ihr Colord werden dir alles weitere erklären. Wir sehen uns bald wieder.“* Gerührt bemerke ich, daß er Tränen in den Augen hat, als er mich noch einmal kräftig drückt. Dann wendet er sich abrupt ab, und ich folge Sitalee die Treppe hinab in den Gang, der mich in ein neues Kapitel meines Lebens führen soll.

Als wir nach etwa einstündigem Fußmarsch und endlosem Treppensteigen endlich in einem Vorraum von Sitalees Privatgemächern ankommen, sind wir beide etwas außer Atem. Erstaunt habe ich feststellen können, daß auch der Berg, auf dem der Sonnentempel steht, voller Höhlen ist. Sie dienen teilweise der Vorratshaltung, teilweise dem Anbau von Pilzgewächsen, deren Extrakte in unserer Medizin Verwendung finden. Auf ein Klingelzeichen hin kommt eine Tempeldienerin, die von Sitalee den Auftrag erhält, Cargo, ihren Stellvertreter, zu rufen. Ich folge ihr in ihr Arbeitszimmer, voller Erwartung, wie es nun weitergehen soll. Auf dem ganzen Weg hat Sitalee kein Wort gesprochen. Wie ein Schatten schwebte sie in ihren langen, wallenden Gewändern immer ein paar Schritte vor mir im schwachen Licht der Wände. Ich fragte sie, wie es zu dieser seltsamen Lichtabstrahlung der Mauern komme, und sie erklärte mir, daß die Wände regelmäßig mit einem öligen Gemisch gestrichen werden, das aus verschiedenen Insektenarten gewonnen wird, die in der Nacht leuchten.

Die Tempeldienerin meldet die Ankunft Cargos, der bald darauf den Raum betritt. Ich kenne Cargo nur flüchtig. Er ist eine imponierende und Respekt einflößende Persönlichkeit. Sehr hoch gewachsen, hat er eine athletische Figur, die die in rot und blau gehaltene Robe des Colords wohlwollend unterstreicht. Seine schulterlangen dunklen Haare umrahmen ein energisches, männliches Gesicht mit grasgrünen Augen, die mich aufmerksam mustern. Der goldene Stirnreif, der ihn als Stellvertreter der Hohen Priesterin ausweist, blinkt im Licht der Nachmittagssonnen, das durch die hohen Fenster fällt. Mit einer höflichen Handbewegung fordert ihn Sitalee auf, näherzutreten. *„Bitte nimm Platz, Cargo! Du kennst ja Algor und weißt, welche große Aufgabe auf ihn wartet. Was du noch nicht weißt, ist die Entwicklung der letzten Tage, und so will ich dich kurz gedanklich ins Bild setzen."* Beide schließen die Augen und tauschen sich mental aus. So habe ich Gelegenheit, mich in einem Raum umzusehen, den Priesterschüler normalerweise nie zu Gesicht bekommen.

Ein Räuspern Sitalees lenkt wieder meine Aufmerksamkeit auf die beiden. Cargo schaut nachdenklich auf seine Füße. Nach einer Weile hebt er den Kopf und meint dann an die Hohepriesterin gewandt: *„Das bestätigt unsere schlimmsten Befürchtungen. Wie es aussieht, haben wir keine Zeit zu verlieren. Nur die baldige Initiation Algors wird Dormans Pläne vereiteln. Und bevor er neue schmieden kann, gewinnen wir damit genügend Spielraum, eigene Vorbereitungen zu treffen. Ich glaube nicht, daß er seine Hoffnungen auf den Thron so schnell aufgibt, aber mit dem Auserwählten an unserer Seite wird es uns gelingen, ihn und die dämonischen Kräfte im Mondtempel endgültig zu besiegen."* Sie schauen mich beide ernst und, wie mir scheint, erwartungsvoll an, und mir wird es sehr unbehaglich in meiner Haut. Ich fühle mich zunehmend in eine Rolle und eine Verantwortung gedrängt, der ich mich überhaupt nicht gewachsen fühle. Was kommt da auf mich zu, und was erwartet man von mir?

„Was kann ich schon tun, was – wie es aussieht – weder ihr beide noch der Thronrat und der König vollbringen können? Seid ihr sicher, daß ich der Auserwählte bin und das Ganze nicht ein schrecklicher Irrtum ist? Ich

fühle überhaupt nichts in mir, was in irgendeiner Weise eure Hoffnung in mich rechtfertigen würde. Ich habe immer nur davon geträumt, als Sonnenpriester und Heiler zu arbeiten. Und nun wollt ihr und mein Vater mich auf etwas vorbereiten, seht etwas in mir, was ich weder will noch bin!" Meine Stimme hat sich am Ende fast überschlagen, und ich merke, wieviel Druck und Angst mir die ganze Sache macht. Meine anfängliche Begeisterung ist verflogen, und am liebsten möchte ich auf dem schnellsten Weg wieder zurückkehren in die Geborgenheit meines Elternhauses. Das alles kommt mir langsam wie ein Alptraum vor, aus dem ich hoffentlich gleich erwache.

Cargo erhebt sich, setzt sich neben mich und legt väterlich und beschwichtigend seinen Arm um mich. „*Es tut uns leid, Algor, daß wir nicht, wie ursprünglich vorgesehen, genügend Zeit haben, dich langsam auf deine große Aufgabe vorzubereiten. Und um auf deine Frage zu antworten: Ja, wir sind sicher, daß du der Auserwählte bist! In den nächsten Tagen wirst du nur von mir unterrichtet und geschult werden, und du wirst bald sehen und verstehen, daß alles, was jetzt scheinbar noch rätselhaft ist, dir in kurzer Zeit verständlich und einleuchtend sein wird. Vertraue deinem Vater und uns und hab noch ein wenig Geduld!*"

Seine ruhige, gelassene Stimme und seine freundschaftliche Geste entkrampfen mich, und ich schäme mich ein wenig für meine Hysterie. Sitalee hat sich erhoben und ist zu uns getreten. Sie schaut mich mit ihren braunen Augen so freundlich und mütterlich an, daß ich etwas verlegen werde durch die unerwartete Nähe und das warme Gefühl der Zuneigung, das sie mir entgegenbringt. „*Mein Sohn, wir brauchen dich, der Tempel braucht dich, und in deinen jungen Händen liegt das Geschick unseres Volkes.*" Die Vorstellung, so gebraucht zu werden, schmeichelt mir zwar einerseits, andererseits verursacht sie aber wieder diesen Druck in meiner Brust. Diesmal reiße ich mich zusammen und ergebe mich einem Schicksal, das unbekannte Mächte mir zugedacht haben.

Sitalee spürt den Umschwung in mir und sagt zu Cargo: „*So, nimm deinen Schützling und zeige ihm sein neues Zuhause!*" Und zu mir gewandt: „*Wir drei sind von nun an eine verschworene Gemeinschaft, die zum Wohle der großen Sache eng zusammenarbeiten muß. Ich habe in deinen Gedanken deine Liebe zu Imela entdeckt. Ich kenne und schätze das Mädchen und da ich nun weiß, was sie für dich und damit für uns getan hat, will auch ich alles tun, daß ihr beide eine gemeinsame Zukunft habt. Das wollte ich dir noch sagen, bevor du gehst. Wie du dir vorstellen kannst, wird das unter den gegebenen Umständen nicht einfach sein, und auch da wirst du Geduld haben müssen. Wenn ich einen Weg gefunden habe, euch zu vereinen, werde ich es dich sofort wissen lassen. Und nun folge Cargo! Er wird dir alles weitere zeigen und erklären und in der Zeit bis zu deiner Initiation dein Lehrmeister und ständiger Begleiter sein."*

Cargo und ich machen die zeremonielle Verbeugung der Sonnenpriesterschaft und verlassen den Raum. Alle meine Zweifel und Ängste sind verflogen. Die Aussicht, Imela bald ganz für mich zu haben, hat alles andere in den Hintergrund gedrängt. Fröhlich marschiere ich neben Cargo durch die würdevolle Majestät der Empfangshalle, und es stört mich auch nicht, sein verschmitztes Lächeln zu bemerken. Es zeigt mir, daß er weiß, was in mir vorgeht.

Die letzten Strahlen der untergehenden Sonne wecken mich aus meinen Träumen. Je häufiger ich in dieses andere Leben eintauche, um so mehr verwischen sich die Grenzen. Das Gestern wird zum Heute, das längst Vergangene erwacht zu neuem Leben. Und es fällt mir zunehmend schwer, das jetzt Notwendige zu tun. Aber muß ich überhaupt etwas tun? Und was wäre in meiner augenblicklichen Lage notwendig? Ist es nicht viel wichtiger zu verstehen, was da mit mir geschieht? Finde ich vielleicht in diesem anderen Erleben die letzten Antworten, die ich suche? War ich nicht auf diese Insel geflüchtet, um mit mir ins Reine zu kommen und um in Zwiesprache mit Inti die Antwort auf meine Frage nach dem Sinn des Lebens zu suchen? Öffnen sich in mir nicht Tore zu Räumen, die mir bisher verschlossen waren und die mir eine ganz neue Vorstellung von Leben, ja von lebensübergreifender Existenz schenken?

Wenn ich es auch nicht verstehe, so bin ich doch zwischenzeitlich sicher, daß meine inneren Erfahrungen wirklich und wahrhaftig sind, daß diese Bilder nicht trügen, kein leerer Wahn sind. Dafür sind sie zu logisch und zu schlüssig. Niemals träumte ich auf diese Art und mit dieser Deutlichkeit. Sollte Inti mir in dieser Form antworten?

Ich spüre, daß meine Beine vom langen Sitzen eingeschlafen sind. Ich beuge mich vor und massiere sie bis zu den Unterschenkeln. Das

Blut kehrt zurück, und ich fühle, daß mein Körper sein Recht verlangt, und so erhebe ich mich schwerfällig. Nachdem ich mich entleert und erleichtert habe, kommt mein Hungergefühl wieder, und ich verspeise mit großem Genuß die Reste des gebratenen Fisches und eine Handvoll gerösteter Quinoakörner, die noch vom Vortag übriggeblieben sind. Der Regen hat eine Kuhle im Felsen mit frischem Wasser gefüllt, das ich mit der Hand schöpfe und durstig schlürfe. Wie gut schmeckt ein so karges Mahl, wenn einem der Magen knurrt! Ich erinnere mich nicht, an der reich gedeckten Tafel des Sapay-Inka in Cuzco jemals mit so viel Appetit und Freude gegessen und getrunken zu haben. So entdecke ich noch am Ende meines Lebens, wieviel Fülle in der Einfachheit liegt!

Ich beschließe, einen Abendspaziergang entlang des Strandes zu machen. Unten angekommen, wickele ich meine Beinkleider hoch und plansche vergnügt wie ein Kind im flachen Wasser. Der weiche Sand knetet meine Füße, und diese Massage läßt meine Lebensgeister wieder zurückkehren, so daß ich mich rundherum wohl und entspannt fühle. Ich wandere zu den dem Dorf abgewandten Felsen und lasse mich auf ihrer Spitze, unmittelbar über dem dunklen Wasser, nieder. Der volle Mond steigt soeben hinter den Bergen auf und taucht See und Insel in ein milchiges, unwirkliches Licht. Ich lausche dem sanften Plätschern der Wellen und dem fernen Rufen der Fischer, die zu so später Stunde von ihrem zweiten Fang heimkehren. Ich schließe die Augen und lasse mich fallen in die aufsteigenden Erinnerungen an ein Leben, das gerade erst begonnen hat und noch voller Erwartungen an die Zukunft ist.

Überrascht, aber dann voller Freude, habe ich mein neues Heim in Besitz genommen. Überrascht deshalb, weil Cargo mich nicht – wie ich eigentlich erwartet hatte – in das Haus der Jungpriester brachte, sondern wir im Gebäude der Hohepriesterin blieben, wo normalerweise nur die höchsten Ränge der Priesterhierarchie wohnen. In einem Seitentrakt, direkt neben seinen Räumen, hat Cargo mir zwei Zimmer zugewiesen, die meine kühnsten Erwartungen übertreffen.

Die Wände des Wohn- und Schlafraums sind mit wunderschönen, in kräftigen Farben gehaltenen Szenen aus dem Leben unserer Tier- und Pflanzenwelt bemalt, was dem Zimmer etwas Exotisches gibt. Alle Möbel sind aus massivem dunkelroten Bahaiholz gefertigt. Auf den beiden Sesseln und der Schlafcouch liegen dicke Polster, die mit weichen, gefleckten Fellen überzogen sind. Zieht man an einem Hebel, so gleitet ein Teil der Stirnwand beiseite, und eine verborgene Regalwand voller Bücher kommt zum Vorschein. Eine schwere geschnitzte Holztür führt in einen quadratischen, fensterlosen Raum, dessen Decke und Wände vollständig mit Gemälden bedeckt sind. Ich entdecke Motive aus unserer Religion in rot, blau und golden gehaltenen Farben. An der Decke leuchten das goldene Rad und die Darstellung von Ismar und Alila. Direkt darunter, in der Mitte des Raumes, ruht ein quadratischer grauschwarzer Steinaltar, dessen Seiten mit kunstvollen Reliefs geschmückt sind. Auf dem Altar stehen Zeremonialgeräte aus Lyra und Gold, deren Bedeutung ich noch nicht kenne. Vor dem Altar liegt auf dem Bodenmosaik eine faustdicke Matte aus gelber Wolle, auf der man – wie ich aus Erfahrung weiß – auch während den längsten Meditationen sehr bequem sitzen kann. Das Zimmer wird durch unsichtbare Schächte und Schlitze in den Wänden gut belüftet, und die dicken Steinmauern und die kräftige Tür sorgen für die notwendige Ruhe bei den Exerzitien und Konzentrationsübungen. Lediglich die ewige Flamme im Zentrum der Altarplatte sorgt für ein mystisches Licht und verleiht dem Raum etwas ergreifend Überirdisches.

Staunend und sprachlos stehe ich vor dieser unerwarteten Pracht und vergesse fast, daß Cargo nebenan auf mich wartet. Als ich mich schließlich losreißen kann, hat er es sich in einem der Sessel bequem gemacht. Ich setze mich ihm gegenüber. *„Ich nehme an, du wirst dich hier wohl fühlen und deine gewohnte Umgebung nicht allzusehr vermissen.“* Das breite Lächeln in seinem Gesicht verrät mir, daß er sehr wohl bemerkt hat, wie beeindruckt ich bin. *„Seit der Prophezeiung nach deiner Geburt warten diese Räume auf dich. Niemand durfte sie seither bewohnen, damit sie jederzeit für den angekündigten Auserwählten bereitstehen. Ich bin sehr froh, daß sie nun ihrer Bestimmung zugeführt werden.“* Sein Gesicht ist sehr ernst geworden. Die Augen unverwandt auf mich gerichtet, sagt er dann: *„Es erfüllt mich mit großem Stolz und gleichzeitig mit tiefer Demut, dein letzter Lehrer in diesem Leben sein zu dürfen! Denn nach der Initiation wirst du, Algor, unser aller Lehrer sein!“* Ein Anflug von Angst und Unsicherheit will wieder in mir hochsteigen. Schnell erhebe ich mich, und er folgt meinem Beispiel. *„Wenn ich es schaffen soll, Cargo, brauche ich deine Hilfe und Freundschaft! Und so bitte ich dich, Geduld mit mir zu haben und auch später mein Freund und Berater zu bleiben."* Ich reiche ihm meine Hand, die er voller Rührung kräftig drückt. *„Gibt es in diesen heiligen Hallen auch etwas für Leib und Seele?"* frage ich und reibe dabei mit der Linken meinen Bauch. Lachend erwidert er: *„Ich vergesse immer wieder, wieviel Hunger ihr jungen Leute ständig habt. Also zeige ich dir als nächstes die Halle der Speisung, in der wir alle gemeinsam essen. Vielleicht ist der Vorsteher der Küche gnädig und gibt uns heute ausnahmsweise zwischen den Mahlzeiten etwas für deinen Hunger. Die Abendvesper hier bei uns, mußt du wissen, beginnt erst in drei Stunden, wenn Ismar und Alila ihr Tagwerk beendet haben."* Hoffnungsvoll folge ich ihm hinaus.

„Morgen beginnen wir mit deinem Unterricht", eröffnet mir Cargo, als wir, gesättigt von süßen Kuchen aus der Tempelbäckerei und einigen Bechern Früchtetee, in meinen Wohnraum zurückgekehrt sind. *„Jeden Tag, nach dem offiziellen Unterricht in deiner Gruppe, kommst du zu mir, und ich werde dir dann die für die Initiation notwendigen Unterweisungen geben. In etwa dreißig Tagen wirst du dann soweit sein. – Über alles, was du bei mir lernst, wirst du gegenüber den anderen, und das gilt auch für Belus, strengstes Stillschweigen wahren. Wenn Belus morgen kommt, wird euer Lehrer ihn zu mir bringen, und ich werde ihn so weit wie nötig ins Bild setzen. Abends könnt ihr euch sehen, aber in euer beider Interesse bitte ich euch, vor deiner Einweihung den Tempelbezirk nicht zu verlassen. Ich denke"*, sagt er dann abschließend, *„für heute ist genug auf dich eingestürmt. Ich lasse dich jetzt allein, damit du Gelegenheit hast, auszupacken und in deinem neuen Zuhause heimisch zu werden."* Er erhebt sich, und wir umarmen uns freundschaftlich zum Abschied. *„Herzlichen Dank für alles, Cargo. Ich freue mich schon auf morgen!"* Ich schließe die Tür hinter ihm und trete an das rechte der beiden hohen Fenster, von wo man einen überwältigenden Blick auf den zentralen Platz vor der großen Zeremonienhalle hat.

Einige Priester in ihren langen, wallenden Gewändern eilen geschäftig die breite weiße Treppe hinauf und verschwinden im Dunkel zwischen den hohen Steinsäulen. Gläubige aus dem ganzen Land besuchen regelmäßig, unter Führung ihrer örtlichen Geistlichen, die Gottesdienste in diesem fast überkonfessionellen Heiligtum. Deshalb sind auch häufig Besucher und Priester darunter, die anderen Kulten als dem unseren angehören.

Einmal in zehn Tagen nehmen auch Mahatra und Sitalee an den Feiern zu Ehren Ismars und Alilas teil. Das sind immer ganz besondere Gottesdienste, an denen der Tempel und der Kalang ihre ganze Pracht entfalten und die große Halle unter dem Ansturm der Gottesdienstbesucher schier zu bersten droht. Sänger und Musiker begleiten die rituellen Handlungen der Priester, und der Klang der Lyrascheiben in der Kuppel verzaubert den Moment des Mysteriums, wenn unsere beiden Sonnen sich vereinen.

Durch eine geschickte Lichtführung in der zentralen Kuppel der Halle kommt es jeden Mittag zu dem beeindruckenden Effekt, daß zwei breite Lichtbahnen, die aus der Höhe herabströmen, sich in der Mitte des Heiligtums treffen und direkt über dem Hauptaltar zu einem Strahl verschmelzen. Der Altar aus massiver Lyra bricht und reflektiert das gebündelte Licht und taucht die vor ihm knieenden zwölf Priester in ein Meer flammender Farben. In diesem Augenblick erheben sich alle Gläubigen und singen voller Inbrunst das Loblied des All-Einen. Der brausende Gesang, der Klang der Hörner und Becken und das Jubilieren der Lyrascheiben in der Höhe vereinigen sich zu einem machtvollen Strom der Liebe und Anbetung, dessen geistige Kraft und Energie die Atmosphäre unseres Planeten reinigt und unser Volk seit Generationen in Frieden und Harmonie leben läßt.

Versunken in meine Gedanken, schaue ich hinab auf das lebhafte Treiben auf dem Platz unter mir. Der abendliche Gottesdienst ist zu Ende, und die Gottesdienstbesucher stehen in kleineren und größeren Gruppen beieinander und tauschen gestenreich die Erlebnisse des Tages und alles, was sie bewegt, aus. Diese Treffen sind eine beliebte Nachrichtenbörse, und schon viele Entwicklungen und politische Entscheidungen im Kalang nahmen hier ihren Ausgang. Deshalb benutzen die Clanführer dieses Forum oft, um die Stimmung und die Strömungen in ihren Clans und darüber hinaus in der ganzen Bevölkerung zu erforschen.

Langsam wird es draußen dunkel. Tempeldiener zünden an zentralen Stellen Fackeln an. Der Platz leert sich, und ich sehe meine Mitschüler in kleinen Gruppen heftig diskutierend zum Sonnentor wandern, wo der schmale Weg hinab in die Stadt beginnt. Sie werden heute abend zu Hause bei ihren Familien sein. Wehmut und ein wenig Heimweh steigen in mir auf. Das

Wissen, daß mein Leben nun einen ganz anderen Verlauf nehmen wird, daß nichts mehr so sein wird, wie es einmal war, legt sich wie ein Schatten auf meine Seele. Es wird mir schmerzlich bewußt, daß die unbeschwerten Tage meiner Kindheit und Jugend vorüber sind und nun das Leben mit der Fülle und Verantwortung des Erwachsenseins auf mich wartet. Ich spüre, daß ich müde werde. Der heutige Tag hat mir viel abverlangt, und so will ich früh zu Bett gehen und auf das Abendessen verzichten. Gespräche, Fragen oder auch nur die forschenden Blicke der anderen wären jetzt mehr, als ich noch verkraften kann. Das Alleinsein tut mir gut und hilft mir, mein inneres Gleichgewicht wiederzufinden.

Der ungewohnt nahe Klang der Lyrascheiben weckt mich. Es dauert einen Moment, bis ich mir klar werde, wo ich bin. Die Erinnerung an die Ereignisse der letzten Tage und die Vorfreude auf das Neue lassen mich schnell munter werden. Gegenüber unseren Zimmern liegt ein großer Bade- und Saunaraum, den Cargo und ich uns teilen. Ich liebe es, morgens heiß zu baden und mich anschließend mit einigen Güssen kalt abzuschrecken. Erfrischt und unternehmungslustig mache ich mich in meinem Schülergewand auf den Weg in die Halle der Speisungen.

Der Weg ist kurz, und als ich eintrete, sind schon einige Priester beim Frühstück. Ich beachte die erstaunten Blicke nicht und lasse mir von dem Vorsteher, der mich ja schon kennt, meinen Platz zeigen. Er führt mich an einen langen Tisch, der den jungen Priestern vorbehalten ist. Es ist noch keiner von ihnen da, und so habe ich Gelegenheit, in Ruhe mein Frühstück zu verzehren, das mir von einem Diener gereicht wird. Als ich fertig bin, hat sich die Halle, die etwa zweihundert Personen faßt, weitgehend gefüllt. Auch an meinem Tisch haben sich ein Dutzend Jungpriester niedergelassen. Freundlicherweise erklärt ihnen der Vorsteher, daß meine Anwesenheit ausdrücklich von Sitalee gewünscht wird. So ungewöhnlich das für meine Tischgenossen auch sein mag, die Disziplin und der Respekt vor der Hohen Priesterin verbieten ihnen weitere Fragen. Aber so mancher neugierige Blick trifft mich, dem ich mit gespieltem Gleichmut begegne. Die Neugierde steigert sich, als plötzlich Cargo an unseren Tisch tritt und mich fragt, wie ich die erste Nacht im Tempel verbracht habe. Er bittet die Anwesenden, die sich bei seinem Eintritt erhoben haben, wieder Platz zu nehmen. Das Aufsehen, das ich errege, ist mir peinlich, und so bin ich froh, als er mich auffordert, ihm an seinen Tisch zu folgen. Dort angekommen, stellt er mich den Vorstehern der einzelnen Sparten unseres Kultes vor, durchweg alles Priester im Alter meines Vaters. Seine Bemerkung, daß ich von nun an ständig im Tempel bleiben und auf Anweisung Sitalees neben ihm wohnen werde, ruft bei allen eine starke Reaktion hervor, die von Betroffenheit bis zu ungläubigem Staunen reicht. „*Dann ist es wohl soweit?*“ faßt der Vorsteher der Bibliothek das Begreifen aller in Worte, und ich verstehe, daß die älteren Priesterränge die Prophezeiung kennen und mein Hiersein als das Signal für den Beginn der bevorstehenden Auseinandersetzungen ansehen. Cargo nickt nur schweigend, und alle setzen sich. Es ist Zeit für den Unterricht, und so verabschiede ich mich hastig, froh darüber, dieser Situation entronnen zu sein.

Alle meine Mitschüler sind schon da. Belus umarmt mich heftig, so, als hätte er mich lange nicht mehr gesehen. Bevor er aber viel fragen kann, betritt unser Lehrer den Raum, und wir setzen uns nach der üblichen rituellen Begrüßung auf unsere angestammten Plätze. Dann teilt er den Versammelten die abgesprochene Begründung für den dauerhaften Verbleib von Belus und mir im Tempel mit, und wir ernten manch neidischen Kommentar. Als sich die Gemüter wieder beruhigt haben, fordert er Belus auf, ihm nach dem Unterricht zum Colord zu folgen, der ihn zu sprechen wünsche. Ich spüre das Erstaunen und den fragenden Blick von Belus, vermeide es aber, ihn anzusehen. Soll doch Cargo das übernehmen. Er kann Belus mit seiner Autorität eher überzeugen als ich, und ich laufe nicht Gefahr, zu viel zu erzählen. Der Unterricht beginnt mit den üblichen Konzentrationsübungen, und ich verbanne alles andere aus meinen Gedanken. Als am späten Nachmittag die Vota unser heutiges Treffen beendet, ist es mir auch in den Pausen gelungen, den neugierigen Fragen von Belus auszuweichen oder ihnen mit vorgetäuschter Ahnungslosigkeit zu begegnen. Und so folgt Belus gespannt unserem Lehrer, neugierig darauf, was ihn bei Cargo erwartet. Zurückgekehrt in meine Wohnung, schließe ich erleichtert die Tür hinter mir und warte darauf, daß Cargo mich zu sich rufen läßt. Die Klippen des ersten Tages im Tempel sind bis jetzt glücklich umschifft, und ich freue mich auf die Unterweisungen durch meinen neuen väterlichen Freund.

Als ich einige Zeit später Cargo erwartungsvoll gegenüber sitze, ist Belus bereits gegangen. Er blinzelt mir ironisch zu und meint: „*So sprachlos hast du deinen Freund bestimmt noch nicht erlebt! Ich denke, er wird eine ganze Weile brauchen, das Gehörte zu verdauen. Er weiß jetzt im großen und ganzen um deine zukünftige Rolle und wie wichtig es ist, vorläufig darüber Stillschweigen zu wahren. – Aber nun zu dir. Heute will ich dir einen Überblick über den Ausbildungsverlauf bis zu deiner Initiation geben. Deine Schulung erfolgt in drei Phasen von je zehn Sonnenumläufen. In der ersten lernst du mit Hilfe spezieller, autosuggestiver Formeln die Gleichschaltung der emotionalen und rationalen Energien deines Wesens bis zur völligen Harmonisierung beider Hirnhemisphären, so daß in allen Teilen deines Gehirns für einen Moment der gleiche Energiezustand besteht. In der zweiten Phase trainierst du, diesen Zustand über einen möglichst langen Zeitraum zu stabilisieren und aus ihm heraus passiv wahrzunehmen. Du wirst feststellen, daß sich alle deine Sinne um ein Vielfaches ausdehnen werden und du beispielsweise im wahrsten Sinne des Wortes ‚das Gras wirst wachsen hören' und daß du den Luftdruck des Flügelschlags eines Schmetterlings auf große Entfernung wirst spüren können.*

In der letzten Phase wirst du lernen, aus diesem Zustand – dessen Bestehen und Dauer sich mit fortlaufender Übung immer mehr festigen und vergrößern wird – aktiv zu handeln und Wirkungen auf große Distanzen zu erzielen. Du wirst Einfluß auf das Bewußtsein anderer Lebewesen nehmen können, bis sie der verlängerte Arm deines Willens sind. Du lernst also in dieser Endphase, dich mental so zu beherrschen, daß du die Welt beherrschen lernst. Vor dem Hintergrund dieser Ausbildung ist die Initiation nur der letzte Schritt im Prozeß deiner Metamorphose, vergleichbar dem Moment, wenn der Schmetterling die Puppenhülle durchbricht. Der gesetzte Energieimpuls im Rahmen der Einführung verbindet die einzelnen ausgereiften Aspekte deiner Gesamtpersönlichkeit miteinander, so wie ein Dirigent aus der Individualität der Solisten die orchestrale Einheit schafft. Alles in dir schwingt dann im gleichen Takt. Diese grobe Skizzierung des Einweihungsweges gilt für alle Kandidaten der Sonnenpriesterschaft und führt letztlich bei allen zum gleichen Ergebnis.

Was macht nun den Unterschied zu dir aus? Warum bist du eine Ausnahme, und was macht dich dazu? Wie dir jetzt aus den Prophezeiungen bekannt ist, kommt in dir eine Entwicklung zum Abschluß, die auf der seelischen und körperlichen Ebene einer langen Vorbereitung bedurfte. Aus bio-

logischer Sicht brauchte sie viele Generationen, um zu einem Punkt zu gelangen, der nun die Offenbarung einer Geistpersönlichkeit einer höheren Dimension erlaubt. Mit anderen Worten: Es mußten erst ein seelischer und ein physischer Körper heranreifen, die beide Träger und Gefäße höchster geistiger Energien sein können, ohne zu verbrennen.

Wenn du mich nun fragst, warum ausgerechnet ich, dann muß ich dich auf den unerforschlichen Willen des All-Einen verweisen, dessen Werkzeug du ganz offensichtlich sein sollst. Darüber hinaus wird dir die Initiation die Tore zu deinem Unterbewußtsein öffnen, so daß kein Raum bleibt für Fragen. Du wirst eins sein mit allem, und alles wird eins sein in dir! Versuche, diese Aussagen nicht nur mit deinem Intellekt zu verstehen, sondern auch mit deiner Intuition zu erfassen. Ansonsten, mein junger Freund, gilt auch für dich, daß Geduld die Tugend der Könige ist. Und in gewissem Sinne sollst du ein König sein."

Cargo schweigt. Mein Herz ist so voll von dem Vernommenen, daß es mich fast schwindlig macht. Tiefe Freude und Dankbarkeit durchströmen mich, und ich spüre, wie sich meine Augen unwillkürlich mit Tränen füllen. Obwohl ich Tränen bei einem Mann bisher für unmännlich hielt, schäme ich mich nicht und lasse meinen Gefühlen freien Lauf. Ganz unbewußt mache ich die Dankesgeste der Sonnenpriester und sehe gerührt, wie Cargo meinem Beispiel folgt. Sein Blick ruht voller Verständnis und Freude auf mir, und impulsiv erhebe ich mich und umarme ihn herzlich. Als wir uns – etwas verlegen über unseren Gefühlsausbruch – wieder gegenüber sitzen, frage ich ihn: *„Und wie geht es jetzt konkret weiter?"* Er schaut mich ernst und mit großem Nachdruck an. *„Nun, Algor, nenne ich dir eine magische Wortfolge, die du ab sofort in deine Meditationen einfließen läßt, d.h. du ersetzt deine aufsteigenden Gedanken künftig durch bewußtes Denken dieses Begriffs. Es ist der geheime Name der Einheit Gottes, der Verschmelzung des weiblichen mit dem männlichen Gesicht des All-Einen, und er lautet:*

‚ISAL MA'IL RA'."

Als Cargo diesen Namen auf eine ganz bestimmte Art ausspricht, fühle ich eine sehr starke Resonanz im Zentrum meines Herzens, und ein unglaubliches Gefühl von Angehobensein, wie ich es nie zuvor in meinen Meditationen und Exerzitien erlebt habe. Cargo erklärt mir, daß sich aus diesem heiligen Namen die profanen Namen von ISMAR und ALILA, unserer Doppelsonnen, ableiten, die als erste Manifestation des ungeoffenbarten Schöpfers aller Dinge gelten. *„Dieser heilige Name Gottes, Algor, ist nur den höchsten Rängen der jeweiligen Priesterhierarchie der verschiedenen Kulte bekannt und darf nur zu bestimmten Anlässen im Allerheiligsten des betreffenden Tempels laut ausgesprochen werden. Auf seinen Mißbrauch oder Verrat steht in unserem Staatenbund seit altersher die Todesstrafe. Wie du weißt, hat kein anderes Verbrechen die gleiche Strafe zur Folge, und du kannst daran ermessen, wie ernst und verantwortungsvoll dieser erhabene Name zu handhaben ist. Am Beispiel der Bestrafung der Schlangenmenschen, die diesen Namen in ihren fluchwürdigen Riten mißbrauchten, magst du erkennen, welche Konsequenzen ein solcher Verrat nach sich ziehen muß. Ich betone dies so ausdrücklich, da du möglicherweise bald gezwungen sein wirst, in der Auseinandersetzung mit dem Dhan-Kult solche Bestrafungen verhängen zu müssen. Dies soll ohne falsches Mitleid und in der Erkenntnis geschehen, daß es keine größere Sünde gibt als den Mißbrauch der Kraft und Liebe Gottes."*

Cargos Stimme hat einen metallischen Klang angenommen, seine Augen funkeln kämpferisch, und ich erkenne staunend, daß da ein wahrer Streiter Gottes vor mir sitzt. Es ist kein blinder Fanatismus, sondern kompromißlose Gottesliebe, die ihn bestimmt und ihn so unerbittlich erscheinen läßt. Mir wird klar, daß solche Menschen von anderen oft verkannt und als unbequem oder engstirnig, als nur in Schwarz-Weiß-Kategorien denkend, verleumdet werden. Aber kann, ja, darf es in den letzten Fragen des Glaubens Kompromisse geben? Mit dem Gefühl einer schweren Last auf den Schultern verabschiede ich mich für heute von Cargo, um all das Neue in Ruhe auf mich wirken zu lassen und um mit dieser neuen geheiligten Meditationsformel erste, tiefe Erfahrungen zu machen.

Der Mond ist erst eine Handbreit weitergewandert, als ein Zittern und Vibrieren des Felsens, auf dem ich sitze, mich jäh in die Gegenwart zurückreißt. Ein Geräusch wie ein urzeitliches Stöhnen bricht aus den Tiefen der Erde hervor, und die Wasseroberfläche des Sees beginnt, sich wild zu kräuseln. Ein mächtiger Felsblock löst sich dicht unter dem Gipfel des Hügels, dort wo meine Hütte steht, poltert in einer Steinlawine den Hang hinab und stürzt sich in die hoch aufspritzenden Wasser der Bucht. Einer der Eukalyptusbäume neigt sich ächzend und fällt dann laut krachend zu Boden. Staub wirbelt auf, und die Luft scheint wie von tausend wild gewordenen Geistern besetzt.

Ich kralle mich angstvoll mit beiden Händen im zerklüfteten Gestein fest, um nicht von dem wie ein wildes Lama bockenden Felsen herabgeschleudert zu werden. Nur allmählich beruhigt sich die aufgewühlte Natur. Immer wieder folgen Nachbeben dem ersten machtvollen Erdstoß und entfachen erneut das Grollen aus der Tiefe. Dann – es kommt mir wie nach Stunden vor – liegt über allem eine gespenstische Stille. Als ich mühsam und wie zerschlagen von dem Felsen herabklettere, höre ich fernes Schreien und Wehklagen aus der Nachbarbucht, dort wo das Fischerdorf steht. Obwohl Erdbeben in meiner Heimat keineswegs selten sind, trifft es die einfache Bevölkerung immer am härtesten. Nur das von meinem Volk geübte gemeinschaftliche Arbeiten und die ausgeprägte Nachbarschaftshilfe lassen uns in dieser unwirtlichen Hochgebirgslandschaft überleben. Und so wird es auch diesmal sein. Nachdem die Toten beklagt und nach den Riten unserer Vorfahren bestattet sind, wird man gemeinsam den Wiederaufbau betreiben. Das Leben geht weiter und fordert seinen Tribut. Immer wieder habe ich die Zähigkeit und den Überlebenswillen meiner Landsleute zutiefst bewundert. Aber ohne diese Eigenschaften, die der Natur auch unter den schwierigsten Rahmenbedingungen das zum Überleben Notwendige abzutrotzen vermögen, gäbe es kein Inkareich, wäre Cuzco nicht das glanzvolle Zentrum unserer Welt.

Etwas außer Atem, erreiche ich die Mulde und sehe erleichtert, daß die Hütte noch steht. Einen Augenblick überlege ich, ob ich den Fischern helfen soll. Aber in meinem Alter wäre ich ihnen wohl mehr Last als Hilfe, und so entscheide ich mich, in meiner Klausur zu bleiben. Vorsichtshalber beschließe ich, den weiteren Verlauf der Nacht im Freien zu verbringen und die Nähe von Bäumen und überhängenden Felsen zu meiden. In meine Yacolla gewickelt, lege ich mich auf einen Platz, der nicht von herabstürzendem Gestein bedroht ist, und schließe müde und erschöpft die Augen.

Die Tage der ersten Ausbildungsphase sind wie im Flug vergangen. Dank des heiligen Namens Gottes mache ich in meinen Meditationen Erfahrungen, die mein ganzes Wesen verändern. Ich lerne bei allen wichtigen Tätigkeiten im Außen, mich zuvor auf mein Herzzentrum zu konzentrieren. Ein feiner Klang in meinem Inneren, vergleichbar dem Singen von Drähten im Wind, signalisiert mir, daß ich nun einen Zustand von Ausgeglichenheit und Gleichgerichtetheit erreicht habe, aus dem heraus ich viel zielgerichteter und wirkungsvoller handeln kann. Ich erinnere mich an die Worte Cargos, der mir in den Anfängen des Unterrichts mit Hilfe eines Vergleichs aus dem Soldatenleben die Gesetzmäßigkeit dieses Geschehens erläuterte. Er erklärte mir, daß beispielsweise ein Bogenschütze der Leibgarde Mahatras im Außen gleiches tut, wie ich im Innen. So wie ich mein Bewußtsein mit Hilfe der Macht des göttlichen Namens aus dem Außen zurückziehe und auf meinen innersten Kern ausrichte, spannt der Schütze seinen Bogen bis zum Punkt der höchsten Anspannung und Kraft. Dann visiert er sein Ziel an, um schließlich aus diesem Zustand höchster Konzentration und Kraftansammlung sich diese Kraft entfalten zu lassen. Er läßt den Pfeil fliegen, der dann auch treffsicher sein Ziel erreicht.

Nach Abschluß des Unterrichts notiere ich mir sorgfältig alle Lehren und Anweisungen Cargos, um sie immer wieder zu lesen und tief in meinem Bewußtsein zu verankern. Zum Abschluß der gestrigen Unterweisung eröffnete er mir, daß Mahatra, unser König, mich am heutigen Abend zu sehen wünsche und daß, neben Sitalee und ihm, auch mein Vater an diesem Treffen teilnehmen würde. Voll gespannter Erwartung sitze ich nun in der hereinbrechenden Nacht in meinem Wohnraum und warte auf Cargo, der mich abholen will.

Ich war noch nie im Königspalast, und so beobachte ich mit Staunen und Neugierde all das Neue, diese fremde und ganz andere Welt, die mir seit dem Passieren der streng bewachten Palasttore begegnet. Der erste Eindruck ist der großer Geschäftigkeit und militärischer Machtentfaltung. Im weitläufigen Vorhof exerzieren Hunderte von Bogenschützen und Reitern unter den lautstarken Befehlen junger Offiziere in beeindruckenden Kampfuniformen. Diese massive militärische Präsenz befremdet mich anfänglich, bis mir bewußt wird, daß dem Staat – und damit jedem von uns – die angekündigte endzeitliche Auseinandersetzung mit den Anhängern des Dhan-

Kults bevorsteht. Und dieser – wie mir ja nun zwischenzeitlich bekannt ist – schreckt nicht vor mörderischer Gewalt zurück. Die Vorstellung, daß uns wieder eine Schlacht von Ghor oder gar Schlimmeres erwartet, läßt mich schaudern und meinen Umhang enger um mich ziehen.

Ich folge Cargo durch ein Spalier von salutierenden Gardesoldaten die breite Treppe hinauf in die prachtvolle Eingangshalle des Palastes. An den teils unterwürfigen Grüßen der Entgegenkommenden erkenne ich die Macht und das Ansehen, die der Sonnentempel und sein zweithöchster Vertreter in der Öffentlichkeit genießen. Haron, mein Vater, kommt in der Tempelhierarchie an dritter Stelle. Dann folgen die Leiter der einzelnen Sparten und Abteilungen sowie die Vorsteher der Tempel in den anderen Gemeinden unseres Zwölf-Städte-Bundes.

Die zentrale Empfangshalle ist mit einer Kuppel aus Lyra gekrönt, die das Licht der Feuerbecken und Fackeln tausendfach zurückwirft und den Raum in ein Meer von Farben taucht. Entlang der Seiten wachen überlebensgroße Statuen aus dem weißen Stein der Vorberge über das lebhafte Treiben in der Halle. Sie sind getreue Nachbildungen der ehemaligen Könige von Ismaratu, die bereits zu Lebzeiten des jeweiligen Monarchen gefertigt und am Tage seiner Heimkehr zum All-Einen zum Abschluß der Feierlichkeiten hier aufgestellt wurden. Der Boden der Halle ist mit polierten schwarzen Steinplatten ausgelegt, die an den Hängen des Vulkangebirges gebrochen werden. Das Gestein ist durchsetzt mit einem goldglänzenden Mineral, das stark mit dem tiefen Schwarz kontrastiert und dem Raum etwas Edles und Erhabenes verleiht.

Am Halleneingang erwartet uns ein älterer Ordonanzoffizier in Galauniform, der uns respektvoll begrüßt und uns zu Mahatra in dessen Privatgemächer führen soll. Wir durchqueren die Halle, vorbei an den vielen Bittstellern und den Vertretern der Stände und Kulte, die auch noch um diese Zeit auf die Erledigung ihrer Anliegen, auf ein Gespräch mit einem der Sekretäre Mahatras oder auf eine Audienz beim König selbst warten. Viele der Anwesenden wollen allerdings nur ihr Gefühl befriedigen, im Zentrum der Macht zu sein, sie wollen sehen und gesehen werden. *„Auf dem Boden der Macht gedeihen die Gewächse der Eitelkeiten am besten“,* wie mein Vater zu sagen pflegt. Unzählige neugierige Blicke folgen uns, als wir den privaten Bereich des Palastes durch ein von zwei Gardesoldaten bewachtes Seitenportal betreten.

Der Charakter der Räumlichkeiten ändert sich schlagartig. Wo vorher Prunk und Pracht dominierten, herrscht nun eine karge Eleganz, die etwas über das Wesen seines Bewohners aussagt. Tatsächlich sagt man Mahatra nach, daß er sehr asketisch lebe und sich in jeder freien Minute durch Studium, Meditation und Kontemplation auf seine Vereinigung mit der Quelle allen Seins vorbereite. Unser Führer geleitet uns in einen Raum, der mehr einer Meditationshalle als einem Wohnraum ähnelt, und verläßt uns dann salutierend. Die Atmosphäre hier erinnert mich sehr an die in der Halle der Unterweisungen im Sonnentempel. Alle überflüssigen Ausschmückungen, die die Aufmerksamkeit nur ablenken könnten, fehlen.

„Willkommen und herzlichen Dank für euer Erscheinen!“ Ohne daß wir es bemerkten, hat Mahatra durch eine unscheinbare Seitentür den Raum betreten. Von mittlerer Größe, ist er ganz in schlichtes Weiß gekleidet. Lediglich sein goldener Stirnreif mit den Insignien des Reiches und dem Emblem des Sonnenrades weist ihn als den augenblicklichen Herrscher aus. Das strenge Gesicht eines Mannes in mittleren Jahren wird durch die schwärzesten und durchdringendsten Augen beherrscht, die ich je bei einem Menschen sah. Wir verbeugen uns auf die rituelle Art der Sonnenpriester. Er mustert uns wohlwollend und bittet uns dann, auf den bequemen Polstern vor der breiten Fensterfront Platz zu nehmen, von wo man einen atemberaubenden Blick auf die beleuchteten Palastgärten hat.

Kaum sitzen wir, als er seinen Blick voller Intensität auf mich richtet und fast inbrünstig sagt: *„Das also ist unser Retter!“* Auf eine solche Gesprächseröffnung nicht gefaßt, stockt mir einen Augenblick der Atem. Dann reiße ich mich zusammen und antworte ihm ganz spontan aus diesem neu erworbenen Zustand der inneren Zentrierung heraus: *„Ich bin nur das Werkzeug eines höheren Willens. Unser Schicksal liegt in seiner Hand.“ „Weise gesprochen, mein Sohn. Ich wollte, alle Menschen unseres Volkes wären sich dieser Tatsache bewußt!“* Ich vermute, daß dies eine Anspielung auf die Anhänger des Dhan-Kults ist. Bevor wir aber unser Gespräch fortsetzen können, betreten Sitalee und mein Vater das Zimmer.

Mahatra und wir erheben uns, und ich sehe mit Freuden, mit welcher Hochachtung er die Hohepriesterin und wie freundlich er meinen Vater begrüßt. Ich umarme meinen Vater, den ich seit meinem Abschied aus dem Elternhaus nicht mehr gesehen habe, und fühle seine Rührung. Als ich Sitalee mit dem ihr gebührenden Respekt begrüßen will, nimmt sie mich einfach in die Arme und küßt mich auf beide Wangen. Ich bin so überrumpelt von dieser liebevollen, mütterlichen Geste, daß mir Tränen in die Augen schießen. Sie spürt meine Verlegenheit, faßt mich am Arm und führt mich zu meinem Sitz, wo sie neben mir Platz nimmt. Mahatra und die anderen folgen unserem Beispiel, und plötzlich habe ich den Eindruck, an einem Familientreffen teilzunehmen. Alle Augen ruhen einen Moment auf mir, aber diesmal habe ich dabei kein Gefühl der Beklemmung, sondern eines der Zugehörigkeit und Gleichberechtigung.

„Cargo hat mir berichtet, daß du sehr gute Fortschritte machst“, meint Sitalee, um mit erhobener Stimme, an Mahatra gewandt, fortzufahren: *„Ich bin nun guten Mutes, mein königlicher Bruder, daß wir den bevorstehenden Kampf siegreich beenden werden. Der All-Eine hat sein Versprechen wahr gemacht und uns in Gestalt Algor dym Caldaras den angekündigten Streiter für unsere Sache gesandt. Das Licht wird die Finsternis vertreiben, und unser Volk wird weiter in Frieden leben.“*

Wieder spüre ich diesen kraftvollen, königlichen Blick auf mir ruhen und fühle, wie sein Geist mein Innerstes durchforscht. Ich lasse es zu und höre erneut das Singen meines Seins, das mir sagt, daß ich ganz bei mir bin. Mahatra senkt zustimmend sein Haupt, um dann bestimmt zu erklären: *„Ich bin auch deiner Meinung, Herrin des Tempels. Mehr noch, ich finde in ihm die göttliche Kraft, die mich hoffen läßt, daß die bevorstehende Auseinandersetzung weniger Blutopfer kosten wird, als wir noch bis vor kurzem befürchteten. Haron, du kannst stolz auf deinen Sohn sein, und auch dir gebührt Dank für die hervorragende Herzensbildung, die du ihm zukommen ließest. Das Gefäß ist nun bald reif, seinen kostbaren Inhalt auszugießen. Es wird ein Meilenstein in der weiteren Entwicklung unseres planetarischen Bewußtseins sein, wenn sich der Gottesgeist seit langer Zeit erstmals wieder in einem Menschen unserer Erde offenbart.“*

Alle schweigen. Der Blick meines Vaters ruht voller Zärtlichkeit und Liebe auf mir, und auch im Blick Cargos ist ein gläubiges Leuchten. Plötzlich wird mir bewußt, daß unser heutiger Besuch eine Form königlicher Prüfung war, die ich offenbar bestanden habe. Wie im Traum, tief versunken in meinen Gedanken, erlebe ich den weiteren Verlauf des Abends. Die anderen unterhalten sich über Maßnahmen und Vorbereitungen. Das alles geht an mir vorüber. Man respektiert meine Selbstversunkenheit. Das Singen in meinem Inneren steigert sich zu einem kraftvollen Klangstrom, der alles in mir zum Mitschwingen anregt. Als das Treffen endet, fühle ich mich wie in Trance, und, zurückgekehrt in meine Räume, gehe ich sofort zu Bett und versinke in einen tiefen, traumlosen Schlaf.

In diesen Tagen sehe ich Belus nur im Rahmen des offiziellen Unterrichts. Während ich von Cargo meine weiterführenden Unterweisungen erhalte, assistiert er einem der Priesterheiler in den Krankenanstalten des Tempels. Mit viel Begeisterung berichtet er mir von seinen Fortschritten und ersten Erfolgen, so daß ich fast neidisch werde. Er kann unbeschwert das leben, was doch mein Traum war. Als er meine Gefühle und Gedanken bemerkt, ist er ein wenig erschrocken über seinen unsensiblen Überschwang und versucht mich unter Hinweis auf meine große Aufgabe zu trösten. Nun bin ich es, der ein schlechtes Gewissen bekommt. Ich will ihm auf keinen Fall die Freude an seiner Tätigkeit rauben. Schließlich sind es mein Schicksal und mein Auftrag, die ihn aus den gewohnten Bahnen seines Alltags geworfen haben. Und ich weiß, daß ihm der enge Kontakt zu seinem Vater sehr fehlt. Wortlos nehme ich ihn einfach in die Arme, um alles auszulöschen, was sich aus egoistischen Gefühlen trennend zwischen uns aufbauen will. Dankbar nehme ich seine brüderliche Liebe wahr, als er mich in seiner impulsiven Art fast erdrückt. Schweigend sitzen wir dann im Licht der tiefstehenden Sonnen auf den Stufen der Halle der Unterweisungen, jeder in seine Gedanken vertieft.

Kurz darauf kommt ein Tempeldiener auf uns zu und bittet mich, ihm zu Sitalee zu folgen. Wir verabschieden uns mit der gewohnten Rangelei, die mir zeigt, daß unser Verhältnis wieder ungetrübt ist. Als ich Sitalees Empfangszimmer betrete, ist auch Cargo anwesend. Ich begrüße beide spontan mit einer Umarmung, und erst hinterher wird mir bewußt, daß sich meine Einstellung ihnen gegenüber über Nacht geändert hat. An Stelle von respektvoller Distanz und Autorität des Amtes ist Akzeptanz und Gleichberechtigung getreten, und im Vollgefühl dieser neuen Selbsterfahrung setze ich mich neben Cargo und warte gelassen auf das, was immer auf mich zukommen mag.

„Wir wollen dich über das, was sich inzwischen draußen ereignet hat, informieren und gemeinsam unsere nächsten Schritte beraten.“ Sitalee schaut

Cargo auffordernd an, und der fährt fort: „*Wie wir vermutet haben, hat sich Dorman nicht täuschen lassen. Aus verläßlichen Quellen wissen wir, daß er nach deinem überraschenden Umzug in den Tempel glaubt, sein Plan sei verraten worden. Seit Tagen beobachten wir hektische Aktivitäten im Mondtempel, die auf einen Machtwechsel hindeuten. Enge Vertraute Caras, der Hohepriesterin, wurden abberufen oder in andere Tempel versetzt. Cara selbst ist seit dem Abschluß des Fünf-Monde-Festes nicht mehr in der Öffentlichkeit gesehen worden. Da eine Hohepriesterin auf Lebzeiten gewählt ist, machen wir uns große Sorgen um ihr Wohlergehen. Von Imela wissen wir, daß sie – angeblich zur weiteren Ausbildung – in den Mondtempel von Ghor geschickt wurde. Da sie, wie die Berichte unserer dortigen Brüder melden, in Ghor scheinbar Bewegungsfreiheit genießt, nehmen wir an, daß sie nicht unter direktem Verdacht steht. Vielmehr glauben wir, daß Dorman der Überzeugung ist, Cara hätte die Fronten gewechselt.*

Dein Vater informierte uns, daß der Rat des Clans der Schwert- und Feuertänzer die Entscheidung über die Berufung deines Bruders überraschend auf seine nächste Sitzung verschoben hat und daß Urmi wegen einer Fortbildung zur Traumheilerin für viele Sonnenumläufe in Klausur im hiesigen Mondtempel leben muß. – Dorman kappt also im Moment alle Verbindungen zu deiner Familie. Ganz offensichtlich hat er seinen Plan, auf diesem Weg Zugang zum Sonnentempel zu finden, fallen lassen. Vermutlich will er erst seine Position im Mondtempel festigen und seine Basis erweitern, bevor er einen neuen Versuch startet, die Macht im Staat über einen Umsturz an sich zu reißen. Dafür spricht auch, daß Gerüchte im Umlauf sind, die besagen, daß der Tempel der Unbefleckten Jungfrauen sich dem Mondtempel anschließen will. Was für den, der nichts über die wahren Hintergründe weiß, auf Grund der Ähnlichkeit der Lehren beider Kulte durchaus vernünftig und plausibel klingt. Du siehst, Algor, die Dinge sind in Bewegung geraten. Nun gilt es zu erahnen, was Dorman als nächstes plant und wie wir dem begegnen können.“

Cargo verstummt. Sitalee sitzt mit geschlossenen Augen in ihrem Sessel, und ich lasse das eben Gehörte erst einmal auf mich wirken. Instinktiv weiß ich, daß ich mir um Imela keine Sorgen machen muß. Tybor und meine Mutter tun mir leid, zerschlagen sich doch jetzt all ihre Träume. Aber ich nehme mir vor, wenn der Kampf beendet ist, alles in meiner Macht stehende zu tun, meinem Bruder doch noch zu seiner geliebten Urmi zu verhelfen. Ich habe zum erstenmal eine fast konkrete Vorstellung von dem, was an Möglichkeiten auf mich wartet. Aber was sollen unsere nächsten Schritte in Bezug auf Dorman sein? Auf dem Feld der Politik fühle ich mich hilflos und unerfahren. Taktieren und Intrigieren sind mir fremd, stoßen mich ab. Und doch müssen wir dem Dhan-Kult entgegentreten und ihm Einhalt gebieten. Ich suche Rat und Hilfe in meiner Mitte, und sofort ist da wieder dieses starke Singen in mir. Und aus diesem Klang steigt eine Idee in mir auf: Sind wir nicht Boten des Lichts? Ist der All-Eine nicht mit uns? Wieso wenden wir uns nicht an ihn, nutzen die Gaben, die er uns so reichlich zur Verfügung stellt?

Und das Bild einer Lichtpyramide, gebaut aus der Kraft unserer Imagination, steigt in mir auf, die wir über den Mondtempel stülpen sollen, um die von dort ausgehenden negativen Energien zu neutralisieren bzw. auf ihre Urheber zurückzuwerfen. Die Vision verdichtet sich vor meinem inneren Auge, und ich sehe, wie durch die Kraft der Pyramide im Mondtempel ein Prozeß der Auseinandersetzung beginnt. Gestärkt durch das pyramidale Licht, erheben sich die positiven Kräfte des Mondtempels und wehren sich gegen die Beherrschung und den Mißbrauch durch die Kinder Dhans. Ich sehe erbitterte Kämpfe auf magischer wie auf physischer Ebene. Blut wird vergossen. Aber schließlich siegen die wahren Kinder Caliastras, der Mondgöttin, und die Schlangenbrut muß das Feld räumen. In wilder Flucht ziehen sich die Überlebenden des Dhan-Kults in den Tempel von Ghor zurück, dorthin, wo alles begann.

Und ein letztes Bild steigt raumfüllend in mir auf, und ich sehe mich an der Spitze eines Heeres in einer Entscheidungsschlacht in der Ebene am Fuß des Vulkans Urgo. Ich reite unbehelligt durch die feindlichen Truppen direkt auf die beiden tiefstehenden Sonnen zu, die sich immer näher kommen und schließlich zu einem flammensprühenden gigantischen Lichtball verschmelzen. Das Licht ergreift mich, und ein ungeheurer Liebesstrom läßt mein ganzes Wesen erbeben. Jauchzend stürze ich mich in diese Lichtflut und nehme als letztes ein nie erlebtes Gefühl von Leichtigkeit und Einssein wahr. Dann wird es dunkel vor meinem inneren Auge, und als ich wieder mit meinen physischen Augen sehen kann, bemerke ich, daß Sitalee und Cargo sich vorgebeugt haben und mich gespannt beobachten. Ohne zu verstehen, erkenne ich, daß sie trotz ihrer telepathischen Fähigkeiten meinem inneren Erleben nicht folgen durften. Daß sie diese Energie- und Lichterfahrung, diese machtvolle Offenbarung Gottes, nicht ohne Schaden für Leib und Seele hätten ertragen können. Ich atme einige Male tief ein und aus, um gänzlich ins Hier und Jetzt zurückzukommen.

„Laßt mich meine Erfahrungen in abgeschwächter Form in euer Bewußtsein projizieren!“ Ich bin selbst am meisten über die neue Autorität in meiner Stimme erstaunt und nicht wenig überrascht, als beide wortlos gehorchen, sich zurücklehnen und die Augen schließen. Als die Bilder, die ich ihnen vermittele, in ihnen erloschen sind, sitzen beide noch eine Weile schwer atmend und wie betäubt vor sich hinstarrend in ihren Sesseln. Sitalee faßt sich als erste, und mit einer ganz neuen Hochachtung in ihrer Stimme sagt sie dann zu mir: *„Dem All-Einen sei Dank! Jetzt sind meine letzten Zweifel am guten Ausgang unseres Vorhabens restlos beseitigt. Deine Vision war von einer so geballten Macht, wie ich sie noch nie erlebt habe. Der göttliche Rat, die Kraft der Pyramide zu nutzen, ist bei aller Einfachheit von solcher Genialität, daß ich von seiner Wirksamkeit schon jetzt vollkommen überzeugt bin. Letztlich wird also das Böse, von der Pyramide auf seine Urheber zurückgeworfen, diese besiegen. Gott benutzt somit die Kraft, die Böses will, um Gutes zu erreichen. Laßt uns ihm danken für seine unschätzbare Hilfe und sein Vertrauen in uns!“*

Als Sitalee zu Ende gesprochen hat, sinkt sie auf die Knie, und wir folgen ihrem Beispiel. Gemeinsam sprechen wir das Dankgebet der Sonnenpriesterschaft mit einer Inbrunst, wie ich sie noch nie empfunden habe. Dann versenken wir uns erstmals gemeinsam in Meditation. Auf einen Gedankenimpuls von mir hin, bündeln wir unsere geistige Kraft und stülpen in unserer Vorstellung das Bild der Lichtpyramide über den Mondtempel. Kaum ist das geschehen, scheint sich das Licht in uns zu verstärken, so, als wäre eine Wolke von der Sonne gezogen worden. Und es wird uns schmerzlich bewußt, wie groß bereits der Einfluß der negativen Kräfte auf die geistige Atmosphäre unseres Planeten war. Zum Abschluß unseres Treffens verabreden wir, uns zukünftig regelmäßig zu treffen und die Pyramide durch die Zuführung unserer mentalen Kraftströme immer wieder mit Lichtenergie zu stärken.

Die Zeit vergeht. Die letzte Phase meiner Ausbildung hat begonnen. Und wieder sitzen Cargo und ich zusammen, und ich lausche gebannt seinen

Ausführungen. Zu meinem Erstaunen findet das heutige Treffen in meinem Meditationszimmer statt, und so sitzen wir beide vor dem Altar im flakkernden Licht der ewigen Flamme. *„In den vergangenen Tagen, Algor, hast du gelernt, die Pole in dir zu vereinen, dein Bewußtsein auf deine Mitte zu zentrieren, und du erlebtest diesen Zustand erweiterter Wahrnehmung, der letztlich grenzenlos ist. In diesen Momenten bist du eins mit der Quelle aller Schöpfung und folglich auch eins mit all ihren Geschöpfen.*

Stell dir einen Menschen wie ein Blatt an einem Baum vor! Das Blatt ist Teil eines Zweiges. Der Zweig entspringt einem Ast, der aus dem Stamm wächst. Der Stamm wurzelt in der Erde, die ihn nährt und ihm Halt gibt. Der Baum symbolisiert die gesamte Schöpfung, von der der Mensch nur ein kleiner Teil ist. Die Erde entspricht in meinem Beispiel der göttlichen Quelle, die diesen Baum hervorbringt und sich durch ihn offenbart. Das einzelne Blatt ist also das letzte Glied in einer Offenbarungskette, die untrennbar ist. Wird sich das Blatt dieser Tatsache bewußt, beginnt es, sich mit dem Baum zu identifizieren. Der Mensch erkennt sich als untrennbaren Teil der ganzen Schöpfung. Das nennen wir das kosmische Bewußtsein.

Im nächsten Schritt wird sich das Blatt des Ursprungs seines „Baumseins" bewußt. Es erkennt, daß alles, was den Baum und auch das Blatt ausmacht, letztlich der Erde entstammt, daß der gesamte Baum Ausdruck der schöpferischen Potenz dessen ist, den wir den All-Einen oder die göttliche Quelle nennen. Das Blatt erkennt seine eigene Herkunft, seinen eigenen Bezug zum Ursprung und beginnt, sich mit ihm gleichzusetzen. Der Mensch erahnt sein eigenes Gottsein und taucht am Ende eines langen Erkenntnisweges in seinem Bewußtsein wieder ein in diese Quelle, die ihn hervorbrachte. Diesen Zustand nennen wir Gottesbewußtsein. Das Geschöpf und sein Schöpfer sind wieder eins. Die Illusion aller Trennung ist zu Ende.

Aus diesem Bewußtsein heraus handelt nicht mehr der Mensch, sondern Gott im Menschen. Und so verfügt der betreffende Gottmensch über alle Eigenschaften des All-Einen. Gott ist allmächtig und grenzenlos. Folglich sind auch dem Gottmenschen keine Grenzen gesteckt, nichts ist ihm unmöglich. Vergleichst du, Algor, nun deine Vision von der letzten Schlacht und dein Eintauchen in die vereinigte Ur-Sonne mit dem eben Gehörten, dann verstehst du, was dir bevorsteht und worauf dein Wesen sich in vielen Existenzen im ganzen Kosmos vorbereitet hat. Die auf dich wartende Initiation ist nur der erste Schritt auf deinem letzten Weg vom Geschöpf zum Schöpfer, vom Begrenzten ins Unbegrenzte.“

Cargo macht eine Pause. Tief ergriffen bin ich seinen Worten gefolgt, eingehüllt in das kraftvolle Singen in meinem Innern. Ich erfasse die Bedeutung seiner Worte jenseits allen intellektuellen Verständnisses. Ich spüre eine starke Resonanz, so als würde in mir etwas aus einem endlos langen Schlaf erwachen und wieder lebendig werden. *„Wir haben uns heute in deinem von allen Umwelteinflüssen geschützten Meditationsraum getroffen, um, aus der Zentrierung auf deinen Wesenskern heraus, die ersten Schritte von der Wahrnehmung zur Handlung zu üben. Der Anspannung des Bogens folgt das Abschießen des Pfeils. Konzentriere dich nun auf den vor uns stehenden Altar! Dringe mit deinem Bewußtsein in seine Struktur ein und versuche, seine Einheit, die sich aus dem Zusammenspiel von Myriaden kleinster Teilchen bildet, zu erfassen!“* Verblüfft schaue ich meinen Lehrer an und sehe, daß er es todernst meint. Also konzentriere ich mich auf den vor mir liegenden dunklen Steinblock, schließe dann meine Augen und versuche, in sein Inneres zu sehen: nichts! Nur Schwärze vor meinen inneren Augen. Ich verstärke mein Bemühen. Das gleiche Ergebnis. Als ich schon frustriert aufgeben will, erinnere ich mich daran, aus meiner Mitte zu handeln, und sofort verstärkt sich wieder der innere Klangstrom. Ich leere meinen Geist von jeglicher Vorstellung und versuche, den Stein in seinem Sein so zu erfassen, wie ich die Schwingungen meines Seins akustisch als „Singen“ wahrnehme. Verblüfft erlebe ich, daß ich mit meinem inneren Ohr plötzlich einen fremden Ton höre, der einige Oktaven tiefer schwingt als der meine.

Ich tauche ein in diese andere Klangschwingung, und als hätte man einen Vorhang weggezogen, entfaltet sich vor meinem inneren Auge die faszinierende Welt eines Kosmos mit Gebilden wie Sonnen und einer Vielzahl von Planeten, die diese Sonnen umkreisen. Die scheinbare Leere zwischen diesen Sonnensystemen ist gefüllt mit feinen, nebelartigen Energieströmen, die alles miteinander verbinden. Sonnen flammen auf und erlöschen. Farbiges Licht leuchtet auf und verliert sich im endlosen Raum. Alles ist in Bewegung, folgt geordneten Bahnen.

Während ich diesem Schauspiel gebannt zuschaue, dringt Cargos Stimme wie aus weiter Ferne zu mir: *„Was du siehst, ist die wahre Natur der*

Materie. Überall in der Schöpfung gelten die gleichen Gesetze, herrscht dieselbe Ordnung. Wie im Großen, so im Kleinen. Und so spiegelt der Mikrokosmos den Makrokosmos. Da aber alles, was ist, dem Gesetz der Evolution unterworfen ist, kann nichts bleiben, wie es ist. Deshalb sorgt ein steter Liebesstrom aus der göttlichen Quelle für ein unaufhaltsames Aufwärtsstreben zurück in die Einheit. Wie diese göttliche Kraft wirkt und welche Konsequenzen das bis hinab in die Bausteinebene der Materie hat, sollst du nun erfahren. Konzentriere und verbinde dich noch intensiver mit dem göttlichen Geist in dir! Und dann öffne dein Herz und stell dir vor, eine Flut lichtvoller Liebe ströme in den vor dir liegenden Kosmos!"

Wie in Trance folge ich Cargos Anweisungen. Der Klang in mir schwillt zu einem mächtigen Akkord an, bis er mir fast die Brust sprengt. Als der Energiedruck in mir schier unerträglich wird, stelle ich mir vor, daß sich ein Tor in meinem Herzen öffnet und eine mächtige Welle flüssigen Lichts in diese Welt vor meinem inneren Auge flutet und alles durchdringt. In dem Moment, als das Licht auch den letzten Winkel dieses Kosmos erreicht hat, beginnen sich alle Bewegungen – das Kreisen der Sonnen und Planeten – zu beschleunigen. Der ursprünglich dumpfe Ton schwingt nun in einer deutlich höheren Oktave, klingt sehr viel heller. Und als ich auf Cargos Geheiß vorsichtig die leiblichen Augen öffne, sehe ich den tonnenschweren Steinaltar wie ein Blatt schwerelos zwei Fuß über dem Boden meines Meditationsraumes schweben. Er strahlt dabei ein zartes Licht in den Farben des Regenbogens ab. Atemlos verfolge ich dieses unglaubliche Geschehen.

„Nun wünsche in deinem Inneren, daß sich der Altar in eine von dir gedachte Richtung bewegt!" Kaum habe ich mir den schweren Steinblock unter der Decke schwebend vorgestellt, als dies auch schon mit einer verblüffenden Leichtigkeit geschieht. Ich bin so begeistert, daß ich vor Freude wie ein Kind in die Hände klatsche. Und dann lasse ich den Altar wie eine Glocke hin und her schwingen. Als ich Cargos amüsiertem Blick begegne, schäme ich mich etwas für meinen Übermut und lasse den Block wieder in seine ursprüngliche Position auf dem Boden herabsinken. Er ruht nun wieder auf seinem angestammten Platz. Nur das schwache Leuchten, das im Halbdunkel des Raumes gut sichtbar von ihm ausgeht, bezeugt, daß dies alles kein Traum war.

Wortlos schaue ich meinen Lehrer an und versuche, das Unglaubliche mit meinem Verstand zu begreifen. Es hält mich nicht mehr an meinem Platz, und so erhebe ich mich, trete zu dem Altar und lege meine Rechte auf seine Oberseite. Deutlich nehme ich eine leichte Wärme wahr, die der Stein abstrahlt. Ansonsten fühlt er sich ganz normal an. Kopfschüttelnd wende ich mich wieder Cargo zu: *„War das wirklich ich, der das gemacht hat? Fast bekomme ich vor mir selber Angst. Was ist, wenn ich die Kontrolle über diese Kräfte verliere? Und fürchtest du nicht, daß ich sie mißbrauchen könnte?"* Cargo lächelt verständnisvoll und antwortet mir dann: *„Jetzt spricht Algor, der Mensch, das begrenzte Ich oder – wenn du so willst – das Gefäß zu mir. Gehandelt hast du eben aber aus deinem innersten Kern, aus deinem Geist heraus. Dein Ich ist zurückgetreten und hat Ihm die Führung überlassen, das Gefäß offenbarte seinen Inhalt. Der Geist in uns aber ist vollkommen. Menschliche Eigenschaften wie Angst, Egoismus oder Mißbrauch gehören dem Begrenzten und Unvollkommenen an, sind dem Gottesgeist in uns fremd. Nur dann, wenn dein Ich sich deinem Geist willentlich unterordnet, sind diese Dinge möglich. Dann handelt Gott in dir und durch dich, und nicht der junge Mann, der jetzt etwas ratlos und verwirrt vor mir steht.*

In der nächsten Zeit werden wir das verstärkt üben, und es wird dir immer deutlicher bewußt werden, wer der wahre Handelnde in dir ist. Für heute soll es genug sein. Laß uns zu Bett gehen. Du brauchst in dieser Phase viel Schlaf. Dein Körper muß sich erst langsam an diese starken Energien gewöhnen und benötigt deshalb ausreichend Zeit für seine Regeneration." Cargo erhebt sich nun ebenfalls. Wir umarmen uns zum Abschied, und ich merke erst jetzt, wie müde und zerschlagen ich mich fühle. In dieser Nacht schlafe ich wieder tief und traumlos.

Das Licht der aufgehenden Sonne weckt mich. Der See zu meinen Füßen liegt unter einer dichten Frühnebelglocke, die sich langsam durch die wärmenden Strahlen aufzulösen beginnt. Ein auffrischender Wind treibt Nebelschwaden wie weiße Schleier über die Insel. Die Hügelspitzen leuchten golden im Morgenlicht. Ein Kondorpärchen kreist lautlos in der unendlichen Weite des blaßblauen Himmels über mir. Es ist bereits auf der Suche nach Futter für seine Jungen, die ungeduldig in einem hochgelegenen Felsenversteck auf die Rückkehr der Alten warten. Aus dem Fischerdorf in der Nachbarbucht weht der klagende Schrei eines Esels zu mir herüber und erinnert mich an die Schrecken der vergangenen Nacht. Der scheinbare Frieden des jungen Tages kann nicht darüber hinwegtäuschen, daß heute und in den kommenden Tagen die Erde erneut beben kann.

Eine Gruppe freilaufender Lamas stolziert hoheitsvoll über den Hügelkamm zu meiner Linken und beginnt, auf den sanft abfallenden Grasmatten zu weiden. Sicherlich gehören sie den Fischern im Dorf, die sie vom Festland herübergebracht haben. Zwei Krähen streiten sich lautstark um eine zappelnde Beute, die sie in den Wurzeln des umgestürzten Eukalyptusbaumes entdeckt haben. Ein schwarzer Tausendfüßler verschwindet eilig in den Spalten eines großen grauen Felsblocks zu meiner Rechten. Die Feuchtigkeit der Nacht hat Wasserperlen auf dem Grün der Blätter zurückgelassen, die nun im Licht der hochsteigenden Sonne blitzen und blinken.

Meine Yacolla, in die ich mich zum Schutz gegen die Kühle der Nacht gewickelt hatte, ist klamm und liegt schwer auf mir. Ich spüre jetzt die Härte des steinigen Bodens und fühle die Zerschlagenheit meines Körpers. Schwerfällig erhebe ich mich, dehne und strecke meine verkrampften Muskeln. Meine alten Knochen schmerzen; vielleicht sind es auch die angstvollen Erfahrungen der letzten Nacht, die noch in ihnen stekken. Ich bin einfach schon zu alt für solche Abenteuer.

Mit Wehmut erinnere ich mich an die wärmende Geborgenheit meines Hauses in Cuzco, wo mir dienstwillige Helfer, meinem Rang und meinem Lebensalter entsprechend, immer hilfreich zur Seite standen. Meine Frau ist schon früh bei der Geburt unseres ersten Kindes an Kindbettfieber gestorben. Das kleine Mädchen mit dem winzigen Altweibergesicht ist ihr bald darauf gefolgt. Um meine Trauer und meinen Schmerz zu vergessen, hatte ich mich ganz in meine Arbeit vergraben. Bald hatte ich mich an das Alleinsein gewöhnt, und heute bin ich froh, mich in diesen unruhigen Zeiten nicht um andere sorgen zu müssen.

Mein Magen knurrt und erinnert mich daran, daß ich mich auf die Suche nach etwas Eßbarem begeben muß. Meine letzten Vorräte sind verbraucht, und es wird nicht einfach sein, meinen Hunger unter diesen Umständen zu stillen. Ich erinnere mich an die verlassenen Kartoffelfelder am Fuß des Hügels und mache mich auf den Weg hinab. Dort angekommen, dient mir ein abgebrochener Ast des umgestürzten Eukalyptusbaumes als Grabehilfe. Mühsam durchpflüge ich das harte Erdreich und habe tatsächlich Glück. Fünf mittelgroße Knollen sind die karge Ausbeute einer Stunde harter Arbeit. Auf dem Rückweg komme ich unter einem alten Baum an einem zerstörten Vogelnest vorbei, das wohl von den Erdstößen der Nacht aus der Höhe hinabgefegt wurde. Zwei Eier sind nicht zerbrochen und vervollständigen meinen Vorrat für die erste Mahlzeit des Tages. Ein Feuer ist schnell gemacht, und in seiner Glut lasse ich dann die Kartoffeln garen.

Gesättigt setze ich mich in die nun hochstehende Sonne und gebe mich ganz ihren wärmenden Strahlen hin. Sofort steigt wieder die Erinnerung an dieses nun schon fast vertraute, andere Leben in mir auf. Und so lasse ich mich willig in die Flut der auftauchenden Bilder fallen, die mich schnell gefangen nehmen.

Der letzte Tag der Ausbildung zum Sonnenpriester ist angebrochen. Die Vorfreude auf das Kommende hat mich heute nacht nur unruhig schlafen lassen. Der Gesang der Vögel in den Kronen der hohen Tarabäume, die den Tempelplatz umsäumen, hat mich schon früh geweckt. Das Leben in der Tempelstadt ist noch nicht erwacht. Aber bald wird der liebliche Klang der Lyrascheiben die noch Schlafenden zum Frühgottesdienst rufen. Für die Sonnenpriester und alle Tempelbediensteten beginnt damit ein langer Tag, an dem sich Gottesdienst und Dienst am Nächsten in etwa die Waage halten. Ich nutze den Frieden und die Stille des jungen Morgens, um mir noch einmal die Erfahrungen der vergangenen Tage in Erinnerung zu rufen.

Unter Anleitung Cargos lernte ich, mich mit dem Sein anderer Lebensformen zu verbinden und es von Innen her zu erfassen. Mein Bewußtsein verschmolz in Liebe mit Pflanzen und Tieren. Und so erlebte ich, was die Blume empfindet, wenn Sonnenstrahlen ihre Blätter durchströmen, wie es sich anfühlt, wenn ein Baum kraftvoll Nährstoffe der Erde in sich einsaugt, wie es ist, sich als Vogel in die unendliche Freiheit des Himmels zu erheben und voller Vertrauen zu spüren, wie die tragenden Winde durch meine Federn strömen. Ich wurde eins mit dem munteren und geschwätzigen Geist einer Flußquelle, loderte, alles verzehrend, als feurige Flamme und schlang als Berglöwe voll lustvoller Gier blutige Stücke aus dem noch zuckenden Leib meiner Beute.

Und in allem fand ich die gleiche Urkraft, denselben Antrieb zum Sein. Ich verstand durch eigenes Erleben, wie sich das Bewußtsein im Durchlaufen der Formen festigt, heranreift und immer mehr seine wahre Natur erkennt, wie alles spiralförmig der Vollendung entgegenstrebt. Ich erfuhr das kosmische Gesetz, daß das Höhere das Niedere bestimmt und beide dem Allerhöchsten dienen. Mein Wille lenkte die Bewegung von Fischen im Teich des Tempelgartens, gebot den wilden Luftgeistern während eines heftigen Gewitters Ruhe und ließ einen Tempeldiener mir unaufgefordert den gewünschten Früchtetee bringen. Dies alles gelang nur, wenn ich mich zuvor mit dem Gottesgeist in mir verband. Algor, meine menschliche Persönlichkeit, erlebte dies als Beobachter mit, stand staunend daneben, lernte ehrfurchtsvoll und wuchs mit den gemachten Erfahrungen.

Der Klang der Lyrascheiben reißt mich aus meinen Gedanken. Ich erhebe mich und spreche in meinem Meditationsraum voll dankbarer Inbrunst das rituelle Morgengebet der Sonnenpriesterschaft. Der offizielle Unterricht fällt heute für mich aus, und so habe ich Muße, mich in aller Ruhe auf meine abschließenden Unterweisungen durch Sitalee und Cargo vorzubereiten. Nach einem ausgiebigen Frühstück in der Halle der Speisungen und einem kurzen Gespräch mit Belus, der meiner morgen bevorstehenden Initiation genauso aufgeregt entgegenfiebert wie ich, mache ich mich auf den Weg zu den Gemächern der Hohepriesterin.

Als ich das Empfangszimmer betrete, finde ich Sitalee und Cargo in ein telepathisches Gespräch vertieft, das sie bei meinem Eintritt beenden. Ein warmer Willkommensgruß beider flutet durch meine Gedanken, und ich antworte ihnen mit einem dankbaren Lichtstrom aus meinem Herzen. Es bereitet mir immer wieder eine große Freude, wie eng wir drei zwischenzeitlich miteinander verbunden sind. Alles Förmliche ist aus unserer Beziehung und unseren Begegnungen verschwunden, und so fühle ich mich ungezwungen und frei, wie unter guten Freunden.

Sitalee ergreift meine beiden Hände und schaut mir dabei schelmisch lächelnd in die Augen. *„Na, nun hast du es ja bald geschafft! Ich hoffe, du freust dich auf morgen.“* Als wenn sie das nicht ganz genau wüßte. Ich mache ein möglichst blasiertes Gesicht und sage dann mit gespielter Unschuld: *„Ach, darüber habe ich mir noch gar keine Gedanken gemacht!“* Lachend läßt sie meine Hände fahren, so daß ich nun auch Cargo zur Begrüßung umarmen kann. Auch er schmunzelt und meint dann ironisch zu Sitalee: *„Vielleicht sollten wir wirklich mit der Initiation noch ein Weilchen warten. Schließlich wollen wir ihn ja nicht überfordern!“* Mit einem respektlosen Rippenstoß quittiere ich diese provozierende Bemerkung, um dann noch eins draufzusetzen: *„Vielleicht sollte ich mir überlegen, ob ihr mich überhaupt verdient. Zu Hause würde man mir jetzt das Frühstück ans Bett bringen und mich fragen, was ich sonst noch für Wünsche habe!“* Das spöttische Gelächter der beiden zeigt mir, daß sie das strenge Regiment meines Vaters, der viel von Disziplin und wenig von Verwöhnen hält, sehr wohl kennen. In dieser lockeren Stimmung lassen wir uns in den bequemen Sesseln nieder. Auf dem niederen Tisch steht eine Karaffe mit gekühltem Tee, aus der Sitalee uns allen einen Becher ausschenkt.

Nun wieder ernst geworden, lehnt sich Sitalee zurück, die Augen liebevoll auf mich gerichtet. *„Heute wollen wir dich auf den morgigen Tag und den Ablauf der Initiation vorbereiten. Deine Schulung ist nun beendet. Von morgen an wird dein Höheres Selbst dein denkbar bester Lehrmeister sein. Was wir dich lehren konnten, haben wir dir gegeben. Der Gottesgeist in dir wird dich nun schrittweise in Sphären führen, in die dir niemand von uns folgen kann. Am Ende wird deine leibliche Vereinigung mit dem All-Einen stehen. Wie und wann das geschehen wird, kann dir niemand sagen. Das wirst du durch den Geist in dir erfahren. Er wird dir auch sagen, was er von dir und uns erwartet, wie sich der Verlauf der Dinge nach seinem Willen weiter gestalten soll. Damit wirst du zum Boten Gottes, dessen Anweisungen wir, wie auch Mahatra, folgen werden. Das alles unterscheidet dich dann von allen anderen Mitgliedern der Sonnenpriesterschaft.“* Sitalee schweigt nachdenklich. Cargo schaut mit gefalteten Händen gedankenverloren durch die weit geöffneten Fenster in das Azurblau des wolkenlosen Himmels. Ich spüre die Last der Verantwortung auf meinen Schultern. Aber zum erstenmal seit Beginn meiner Ausbildung fühle ich mich kraftvoll genug, sie auch zu tragen.

„Vor deiner Initiation solltest du nichts mehr essen, aber sehr viel trinken, damit dein Körper von allen Schlacken gereinigt wird. Cargo wird dir

im Anschluß eine spezielle Kräutermischung geben, die diesen Prozeß der Reinigung stark beschleunigt. Der Vorsteher der Halle der Speisungen ist angewiesen, dir daraus eine große Kanne Tee zu brühen, die du bitte bis zum Abendgebet ausgetrunken haben mußt. Der Tee wird dich so beleben, daß es dir leicht fallen wird, die kommende Nacht in Meditation und Kontemplation des heiligen Namens Gottes in deinem Gebetsraum zu verbringen. Du verläßt diesen Raum bitte nicht vor Morgengrauen! Für die Erleichterung und Entleerung von Blase und Darm geben wir dir einen speziellen Behälter, der im Laufe der Nacht mehrfach von einem Sonnenpriester schweigend entleert wird. Sprich ihn nicht an, stelle ihm keine Fragen! Konzentriere dich ganz auf die ewige Flamme auf deinem Altar und ihre Entsprechung in dir. Du wirst nach kurzer Zeit in einen Zustand tiefster Trance fallen, aus dem du nur aufwachen wirst, wenn dein Körper sein Recht verlangt.

Wenn du zu levitieren beginnst, richte deinen Blick auf das Symbol des All-Einen in der Decke. Diese nach oben gerichtete Kopfhaltung erleichtert den Fluß der Lebensenergie vom Ende der Wirbelsäule bis hinauf in das Energiezentrum auf deinem Scheitel. Falls die Energie in dir zu stark wird, leite sie durch deine ausgestreckten Hände in das Zentrum des Altars. Er wird dann zu leuchten beginnen, so wie du es schon erlebt hast. Verschwende keine weiteren Gedanken daran, sondern bleibe ganz in dir zentriert. Die Aufmerksamkeit dieser Nacht sollte ausschließlich der Anbetung Gottes vorbehalten sein.

Wenn Ismar und Alila drei Faden über dem Horizont stehen, wird dich Cargo in Begleitung von sechs weiteren Priestern abholen kommen. Sie werden dich entkleiden, dich von Kopf bis Fuß waschen und dann deinen ganzen Körper mit dem geweihten Öl vom Altar des Heiligtums einreiben. Dann ziehen sie dir die Robe eines Sonnenpriesters an, die bis zu deiner Vereinigung mit dem All-Einen nun dein tägliches Kleid sein wird. Die sechs setzen dich dann in einen speziellen Stuhl, der von vier Tempeldienern getragen wird. Erst nach erfolgter Initiation darf dein Fuß wieder diese Erde berühren. Angeführt von Cargo, gefolgt von den sechs Priestern, die die Dankeshymne der Sonnenpriesterschaft singen, wirst du in das Allerheiligste getragen. Dort warten bereits Mahatra mit dem Rat der Priesterschaft, ich selbst, deine Familie und Freunde und alle Sonnenpriester. Die vier dich begleitenden Priester heben dich vom Stuhl und legen dich in die Mitte des leeren Hauptaltars. Du faltest deine Hände über deinem Herzzentrum und wartest auf deine Initiation. Deine Augen hältst du geöffnet."

Wieder schweigt Sitalee, und ich wiederhole schnell in Gedanken die einzelnen Schritte des eben Gehörten, um sie tief in mir zu verankern. Sitalee bittet in Gedanken Cargo fortzufahren, und so spricht nun die mir zwischenzeitlich so vertraute Stimme meines Lehrers zu mir: „*Die Initiation beginnt mit dem Segen Sitalees und einem Loblied auf den All-Einen durch die versammelte Gemeinde. Dann trete ich zu deinen Füßen und Sitalee zu deinem Haupt. Während ich meine Hände auf deine Fußsohlen lege, legt Sitalee die ihren auf deine Schläfen. Beim Erklingen der Lyrascheiben in der Kuppel öffnet ein Tempeldiener dort oben zwei Schieber, so daß das Licht unserer beiden Sonnen in zwei Bahnen nach unten fällt, die sich dicht über dem Altar vereinen. Wenn der vereinigte Lichtstrom auf deinen Körper fällt und auch uns beide durch die Reflexion des Lyragesteins des Altars umhüllt, beginnen Sitalee und ich, die dir aus der Vota bekannten roten und blauen Energieströme in deinen Körper zu leiten. Diese Energien treffen sich in deinem Herzen, vereinigen sich dort und entzünden deinen Geistfunken zu einer weißgoldenen kleinen Sonne.*

Als äußeres Zeichen der inneren Erweckung beginnt dein liegender Körper nun zu schweben, und Sitalee und ich treten zurück vom Altar. Gemeinsam sprechen alle Sonnenpriester die Vota, an deren Ende du deine Hände entfaltest und neben dir schweben läßt. Aus deinen geöffneten Handflächen strömen dann die rote und blaue Energie in die Höhe und lassen die Lyrascheiben erklingen. Damit demonstrierst du allen Anwesenden den erfolgreichen Vollzug deiner priesterlichen Einweihung. Der Tempeldiener in der Kuppel schließt die beiden Schieber, das Licht erlischt, und du beendest deine Energieabstrahlung. Dann läßt du deinen Körper wieder sanft auf den Altar sinken. Sitalee und ich treten neben dich und helfen dir, dich aufzurichten.

Jetzt wird Mahatra an dich herantreten und dir einen goldenen Stirnreif anlegen, in dem sich das Symbol des Königs und das der Hohepriesterin vereinen. Niemand anderes trägt einen solchen Reif, der auf ausdrückliche Anweisung des Orakels schon vor vielen Sonnenumläufen gefertigt wurde. Mahatra wird dann in einer offiziellen Ansprache deine Mission bekannt-

geben und auf die betreffenden Prophezeiungen des Sonnen- und Mondtempels hinweisen. Daraufhin nimmst du die Huldigungen und Glückwünsche der Anwesenden entgegen, und wir beide bitten dich schon jetzt, anschließend einige Worte an sie zu richten.“

Cargo schweigt und nimmt ein paar Schlucke von dem Früchtetee. Ich folge seinem Beispiel. Mein Mund ist ganz trocken vor innerer Anspannung. Sitalee spürt das. *„Laß uns jetzt eine Pause machen, gemeinsam meditieren und danach einen kurzen Spaziergang machen. Das wird dich erden und dein inneres Gleichgewicht wieder herstellen. Heute nachmittag werden wir weiter machen und auch alle deine Fragen beantworten!“* Ich bin einverstanden, und so versenken wir uns in Meditation, in der wir auch die Pyramide über dem Mondtempel durch die gedankliche Projektion von Licht stärken. Während des anschließenden Spaziergangs durch die parkähnlichen Gärten des Tempels erzählt mir Sitalee von ihrer Jugend, wie sie als junge Priesterin erstmals diese Wege beschritt und daß sich seitdem wenig verändert hat.

Am späten Nachmittag sitze ich in meinem Wohnraum vor der letzten Tasse Tee der speziellen Kräutermischung zur inneren Reinigung meines Körpers. Auch das volle Aroma kann den bitteren Nachgeschmack der Heilkräuter nicht überdecken. Warm und schwer liegt der Tee in meinem Bauch, und ich spüre, wie in meinen Gedärmen ein sanftes Rumoren beginnt. Bald rufen die Lyrascheiben zum Abendgebet. Das ist der Zeitpunkt, zu dem ich mich – wie von Sitalee angeordnet – in meinen Meditationsraum zurückziehen werde. Der Nachmittag sollte eigentlich der Beantwortung meiner Fragen dienen. Aber ich hatte keine. Zu sehr füllt das Gehörte meinen Kopf und mein Herz.

Das Rumoren in meinem Bauch nimmt beängstigende Formen an. Deshalb bin ich froh, als zwei Tempeldiener den angekündigten Behälter bringen, den ich auch sofort in Gebrauch nehme. Erleichtert überlege ich, wie das heute nacht weitergehen soll, wenn ich dauernd Blase und Darm entleeren muß. Wie kann ich mich da entspannen? Als hätte er meine Frage gehört, betritt in diesem Moment Cargo mein Zimmer. Ein Blick auf meine auf den Unterleib gepreßten Hände sagt ihm, wie es um mich steht. *„Nur am Anfang ist die Wirkung so stark“*, versucht er mich zu beruhigen. *„Heute nacht wirst du dich höchstens zwei- bis dreimal entleeren müssen“*, meint er dann und reicht mir gnadenlos die letzte Tasse Kräutertee, vor der ich mich gerade drücken wollte. Mein ablehnender Gesichtsausdruck scheint ihn zu belustigen, aber er läßt sich nicht erweichen, und so trinke ich den Tee mit einem Zug aus. Es schüttelt mich, und fast hätte mein Magen gegen diese Vergewaltigung rebelliert. Der Klang der Lyrascheiben zeigt mir den Beginn einer langen Nacht an, die gleichzeitig das Ende meines bisherigen, normalen Lebens bedeutet.

Die Nacht muß weit fortgeschritten sein. Ich habe jegliches Zeitgefühl verloren. Im tiefen Klangstrom meines Wesens schwebe ich an der Grenze zwischen Traum und Wirklichkeit im Licht einer mystischen, unsichtbaren Sonne. Hitzewellen breiten sich entlang meiner Wirbelsäule aus. Meinen Kopf weit zurückgelehnt, halte ich meinen Blick unverwandt auf das göttliche Rad in der Decke gerichtet. Ein Strom von Energie fließt durch meinen Scheitel bis hinab in meinen Steiß und breitet sich dann in meinem Körper aus. Der heilige Name Gottes hat sich in mir verselbständigt, und wie tiefe Gongschläge füllt er rhythmisch wogend alle Winkel meines Seins. Mein ganzer Körper ist ein einziges Vibrieren, und meine Sinne scheinen sich hundertfach erweitert zu haben. Das leise Zischen der ewigen Flamme auf dem Altar schneidet schmerzhaft in mein Innerstes, und selbst der feine Luftzug der verdeckten Abzugsschächte faucht dröhnend durch mein Bewußtsein. Meine Haut prickelt und sticht, ist so sensibilisiert, daß ich das Gefühl habe, mein Gewand läge auf bloßem Fleisch. Der Geruch des Weihrauchöls vertieft meine Trance und legt sich pelzig auf Zunge und Gaumen. Nur ganz am Rand meines Bewußtseins nehme ich die gelegentlichen Besuche des mich betreuenden Priesters wahr. Seit einiger Zeit sind Blase und Darm zur Ruhe gekommen, und ich sinke immer tiefer in diesen Zustand jenseits aller körperlichen Bindung. So schwebe ich mit hängenden Armen und Beinen, den Kopf weit nach hinten gebogen, im fahlen Licht der Flamme und im geheimnisvollen Leuchten des Altars eine Armeslänge über meiner gelben Meditationsmatte. Irgendwo in der Peripherie meines Denkens taucht überraschend, wie ein Kobold im Wald, eine ironische Frage in mir auf: Was Belus wohl sagen würde, wenn er mich so sähe? Bestimmt würde ihn die unwirkliche und unheimliche Atmosphäre dieser Situation sehr erschrecken, aber auch faszinieren. Der Gedanke verliert sich wieder in den Tiefen meines Bewußtseins, und von einer sanften Woge leuchtenden Regenbogenlichts werde ich davongetragen in Regionen meines Seins, die sich jeder Beschreibung entziehen.

Ganz von Ferne nehme ich den Klang der Lyrascheiben wahr, die zum Frühgottesdienst rufen. Ein monotoner Gesang nähert sich, schwillt an, um in meiner unmittelbaren Nähe zu verstummen. Ich fühle Hände an meinen Hüften, die mich nach unten ziehen und dann sachte auffangen, da meine Levitation infolge der abrupten Unterbrechung dieses Zustands schlagartig zusammenbricht. Noch ganz benommen, erlebe ich, wie man mich entkleidet, wäscht und salbt. Ein Kleidungsstück wird mir übergezogen, und erst, als ich spüre, wie ich in einen merkwürdigen Stuhl gesetzt werde, bin ich wieder in der Lage, meine Augen zu öffnen. In dem schwankenden Sitz, geschultert von den vier Tempeldienern, wird mir fast übel. Erst die frische Luft des frühen Morgens, die ich tief in meine Lungen sauge, vertreibt die letzten Reste der nächtlichen Trance und die Nachwirkungen des Reinigungstees aus meinem Körper. In einer feierlichen Prozession mit Cargo an der Spitze werde ich in das Allerheiligste unseres Tempels getragen. Die Vielzahl der Eindrücke und die natürliche Erhabenheit des Raumes verschmelzen zu einer Sinfonie harmonischer Bilder, die sich tief in mein Gedächtnis eingraben. Als letztes sehe ich, bevor ich auf den Altar gebettet werde, das ernste und ergriffene Gesicht meines Vaters in der ersten Reihe des Chorgestühls, direkt neben der imposanten Gestalt Mahatras in seinem Herrscherornat.

Es fällt mir sehr schwer, das Folgende zu schildern. Worte sind zu dürftig, Bilder zu zweidimensional, um die ungeheure Tiefe des Erlebten zu beschreiben. Die Erfahrung des vereinten Lichtstrahls war in etwa die gleiche, wie bei meiner Vision der vereinigten Sonnen auf dem Schlachtfeld zu Ghor. Den Fluß der blauen und roten Energie aus den Händen von Sitalee und Cargo und ihre Vereinigung in meinem Herzen erlebte ich als die Verschmelzung der Gegensätze in mir, weit stärker als jemals zuvor in meinen Übungen. Dieses Gefühl der Einheit ist jenseits aller Vermittelbarkeit. Man muß es empfunden haben. Man muß diesen inneren Umbau erfahren haben, und selbst dann bleibt jeder Versuch, das Erlebte zu schildern, Stückwerk.

Getragen von meinem inneren Klangstrom, schwebte ich liegend über dem Altar, entfaltete meine Hände und ließ zum erstenmal die polaren Energien unseres Schöpfers aus meinen Handchakren strömen. Das damit verbundene Glücksgefühl sprengt alles Vorstellbare. Die Lyrascheiben des Allerheiligsten klingen zu hören und zu wissen, mehr noch, zu beobachten, wie die Kraft des eigenen Herzens dies vollbringt, war eine alles übersteigende Bestätigung und Offenbarung der eigenen göttlichen Kraft.

Den Rest der Zeremonie, das Anlegen des Stirnreifs, die Huldigungen, Mahatras Ansprache, all das erlebte ich wie im Traum. Auch an meine eigenen Worte erinnere ich mich nicht. Nicht ich sprach, „es" sprach durch mich. Die Wirkung allerdings war unerwartet stark. Am Ende meiner Rede knieten alle Teilnehmer vor mir, und ich war mehr als verblüfft, als ich aus diesem Zustand erwachte und alle Anwesenden so erblickte. In meiner neuen Rolle noch sehr unsicher, tat ich das in einer solchen Situation einzig Richtige: ich zog mich in meine Gemächer zurück. Aber nicht, ohne vorher eine Kundgabe des göttlichen Willens für den abendlichen Gottesdienst des folgenden Tages anzukündigen.

Man hatte mir angeboten, in einem anderen zentralen Tempelbereich größere Räume für mich bereitzustellen. In Anbetracht der Tradition und im Hinblick auf die räumliche Nähe zu Cargo und Sitalee hatte ich dieses Angebot abgelehnt. Tatsächlich fühle ich mich ja in diesen beiden Zimmern, die mir inzwischen zum Heim wurden, sehr wohl. Es klopft, und auf meine Aufforderung hin betritt meine Familie den Wohnraum. Ich trage immer noch den göttlichen Stirnreif, was mir aber erst bewußt wird, als ich die ehrfürchtigen Reaktionen meiner Eltern und Tybors bemerke. Schnell ziehe ich ihn aus und plaziere ihn auf einem dafür vorgesehenen Ständer im verdeckten Schrank. Dann umarme ich die drei herzlich. Bei meinem Vater ist das Gefühl so wie immer. Rafta, meine Mutter, und Tybor, mein Bruder, sind spürbar zurückhaltend. Ich erforsche ihre Gedanken und Gefühle und begegne zu meinem Erstaunen Angst vor Autorität und Macht. Beide sind unsicher und wissen nicht, wie sie sich mir gegenüber verhalten sollen.

Im Hinblick auf meine zukünftige Rolle beschließe ich blitzschnell, daran nichts zu ändern, sondern – im Gegenteil – meine neu gewonnene Autorität ihnen beiden gegenüber zu wahren. Dies geschieht zu ihrem Besten und ermöglicht mir, sie leichter zu leiten. Ich setze mich und fordere dann alle auf, ebenfalls Platz zu nehmen. An Raftas und Tybors angespannter Körperhaltung erkenne ich, wie unangenehm ihnen die Situation ist. Mein Vater lächelt still in sich hinein. Ein kurzer Gedankenimpuls von mir hat ihn ins Bild gesetzt.

„Liebe Eltern, lieber Bruder, seid willkommen! Es freut mich sehr, euch nach so langer Zeit wieder zu sehen. Viel hat sich zwischenzeitlich verändert, und so steht euer Sohn, dein Bruder, Tybor, heute spirituell an der Spitze unseres Volkes. Eine große Last ist auf meine Schultern gelegt, doch der All-Eine wird mir beistehen, sie zu tragen. Bei all dem habe ich eure Sorgen nicht vergessen. Du, Tybor, leidest sehr unter deiner Trennung von Urmi. Vater hat dich über die Hintergründe informiert. Du weißt also, daß uns allen die Auseinandersetzung mit Dorman und seinen Schlangenkindern bevorsteht. Ich werde aber meine schützende und verzeihende Hand über die Tochter des Hochverräters halten. Wenn sie sich nichts Schwerwiegendes zuschulden kommen läßt, werde ich alles tun, euch nach gewonnener Schlacht wieder in Liebe zu vereinen. Dies auch als Zeichen der Vergebung und Versöhnung. Bis dahin mußt du dich gedulden!"

Auf dem Gesicht Tybors zieht ein zufriedenes Lächeln auf. Er hat bekommen, was er wollte, und so wende ich mich Rafta, meiner Mutter, zu. Auf ihrem Gesicht streiten sich widerstrebende Gefühle. Ein kurzer Einblick in ihre Gedanken- und Gefühlswelt verrät mir ihr Dilemma. Einerseits gönnt sie Tybor sein Glück. Andererseits hat dieses Glück für sie einen bitteren Beigeschmack bekommen. Unter den veränderten Machtverhältnissen und im Hinblick auf die Zukunft ist für sie jetzt eine Verbindung ihres geliebten Sohnes mit dem Hause Dormans absolut nicht mehr verlokkend. Sie kennt allerdings die starken Gefühle Tybors für Urmi und weiß, daß sie ihn verlieren würde, sollte sie versuchen, sie ihm auszureden. Meine Ankündigung hat nun das Blatt wieder gewendet. Als Symbol der Wiedervereinigung und des Ausgleichs der feindlichen Kräfte wartet auf Tybor und Urmi – und damit auch auf Rafta – ein Platz in der Geschichte unseres Volkes. Das hat sie schnell begriffen. Und so dauert es auch nicht lange, bis ihr zufriedenes Zurücklehnen anzeigt, daß sie mit dem Verlauf der Dinge durchaus einverstanden ist. Ich tausche einen verschwörerischen Blick mit meinem Vater, und innerlich lachen wir beide laut. Kurz darauf verabschiede ich die drei unter Hinweis auf weitere Verpflichtungen.

Die schrägstehende Nachmittagssonne scheint mir voll ins Gesicht. Mit der Rechten vertreibe ich ein lästiges Insekt, das sich im dichten Gestrüpp meiner langen Haare verfangen hat. Verschlafen öffne ich die

Augen, um sie – geblendet durch die starke Reflexion des ruhig daliegenden Sees – schnell wieder zu schließen. Ich schirme meine Augen mit der Linken ab und nehme voll Freude den Frieden und die Harmonie dieser Insellandschaft wahr.

Ein Spaziergang wird mir gut tun. Und so mache ich mich entlang des Hügelkamms auf den Weg, die menschenleere Nachbarbucht zu erkunden. Der Pfad ist schmal und das Gelände manchmal sehr steil. Durch das Erdbeben ausgelöste Geröllawinen haben den Weg an einigen Stellen fast unpassierbar gemacht. Obwohl es nicht ungefährlich ist, überwinde ich – zeitweise auf allen Vieren kriechend – alle Hindernisse. Als ich durch einen Paß zwischen zwei hohen Hügeln die andere Bucht betrete, fällt mein Blick sofort auf die Spuren eines gewaltigen Erdrutsches. Der halbe Hügel zu meiner Linken liegt wie von Riesenhand zerschlagen und zerstreut auf dem Talboden. Baumwipfel ragen wie Arme von Ertrinkenden hilfesuchend aus dem Chaos von ockerfarbenem Sand und großen grauen Steinen.

Beim Näherkommen entdecke ich zu meiner Überraschung in der entblößten Hügelwand Spuren uralten Mauerwerks, hinter dem sich dunkle Höhlen geheimnisvoll verbergen. Das macht mich sehr neugierig. Über in den Fels gehauene Stufen klettere ich bis zur untersten Galerie einer Anlage hinauf, die wohl von früheren Bewohnern dieser Insel geschaffen wurde. So ganz wohl ist mir aber nicht in meiner Haut. Vielleicht ist dies eine alte mystische Kultstätte? Und möglicherweise lauern hier unbekannte Gefahren oder die Geister Verstorbener auf mich!

Als Angehöriger der höchsten Kaste unseres Reiches weiß ich, was wir dem einfachen Volk wohlweislich verschweigen: daß nämlich unser Land – bereits lange vor Manco Cápac, unserem ersten Herrscher und dem Gründer von Cuzco – von Menschen hoher Kultur und großem Wissen bewohnt war. Sie bauten rings um den Titicacasee Pyramiden und steinerne Tempel und verehrten Götter mit Stäben in den Händen und den körperlichen Merkmalen von Raubkatzen. Von ihrer prächtigen Stadt Tiahuanaco aus, nahe dem heiligen See, beherrschten sie die südlichen Anden. Lange bevor der erste Inka den Thron bestieg, war ihre Kultur bereits untergegangen. Nur die Reste ihrer großartigen Bauwerke zeugen noch heute von dem hohen Stand ihrer Zivilisation. Diese Menschen vollzogen uns fremde Riten, und unsere Priester munkeln von geheimnisvollen, magischen Zeremonien und großem Zauber, der auch heute noch die Kraft haben soll, ihre heiligen Stätten zu schützen. Also habe ich allen Grund, vorsichtig zu sein!

Beim Näherkommen entdecke ich aber untrügliche Zeichen meiner eigenen Vorfahren: ein gemeißeltes Inkakreuz in einer Mauer aus präzise behauenen Steinen, die nahtlos zusammenpassen. Ein Zeugnis hoher handwerklicher Kunst, die nur von den Steinmetzen meines Volkes beherrscht wird. Licht fällt seit langer Zeit zum ersten Mal in das Dunkel der dahinterliegenden Höhle. Der Anblick, der sich mir bietet, macht mich traurig und glücklich zugleich.

Ein Junge von vielleicht sieben Jahren, gehüllt in einen Umhang aus gelben Keilschwanzsittichfedern und einige bestickte Decken, kauert mit angezogenen Beinen an der Höhlenrückwand. Der Tod kam offensichtlich schon vor vielen Jahren zu ihm. Seine Haut ist inzwischen lederartig mumifiziert, der ganze Körper durch die trockene Höhenluft gut erhalten. Das Gesicht ist rot angemalt, ein Symbol ewigen Lebens. Seit wir zurückdenken können, opfern unsere Priester in geheimen Zeremonien junge und ausgesucht schöne adlige Kinder, um die Götter der betreffenden Bergregion gnädig zu stimmen und um Inti, dem Sonnengott, zu huldigen.

Man betäubt diese Kinder mit viel Chicha, bevor man sie lebendig begräbt. Verschiedene Gaben, die man ihnen mitgibt, sollen ihnen im Jenseits helfen. Dieser Knabe vor mir hat eine Kokatasche und einige Beutel umhängen, in denen sich seine Milchzähne, abgeschnittene Fingernägel und Haare befinden. Metallfiguren, die mächtige Wesen unserer Mythologie in Menschen- oder Tierform darstellen und den Toten auf seiner Reise begleiten und behüten sollen, liegen verstreut zu seinen Füßen. Ich spreche ein kurzes Gebet zu Inti und bitte um Schutz und Hilfe für die Seele dieses Kindes. Dann wende ich mich um und verlasse gedankenvoll diesen heiligen Ort. Der Rückweg dauert länger als der Hinweg. Oft bleibe ich stehen und verliere mich in Erinnerungen an die Vergangenheit meines Volkes, seine Sitten und Gebräuche. Zurückgekehrt in „meine“ Bucht, beschließe ich, die Nacht fastend in der Hütte zu verbringen und meiner eigenen Sterblichkeit zu gedenken.

Und diese Gedanken führen mich fast automatisch zurück in das Leben als Sonnenpriester in diesem anderen Sonnensystem.

Die große Gebetshalle des Sonnentempels, in der üblicherweise die Gottesdienste stattfinden, ist an diesem Abend bis auf den letzten Platz besetzt. Meine gestrige Ankündigung, daß an diesem Abend erstmalig eine Botschaft des All-Einen übermittelt werden soll, hat bei der Bevölkerung für großes Aufsehen gesorgt. Bereits die Tatsache meiner außergewöhnlichen Initiation und die Ansprache und Ankündigungen Mahatras haben sich in diesen beiden Tagen wie ein Lauffeuer herumgesprochen. Um meine herausragende Rolle im zukünftigen Leben unseres Volkes zu verdeutlichen, hat man mir einen erhöhten Sitz dicht neben dem Hauptaltar errichtet, von dem ich einen guten Überblick über alle Versammelten habe. Ich schätze, daß etwas mehr als tausend Personen anwesend sind, die sich nun beim Klang der Lyrascheiben erheben, um gemeinsam ein Loblied auf den All-Einen zu singen.

Mahatra, Sitalee, Cargo, mein Vater und die führenden Persönlichkeiten der anderen Kulte und aller Stände sind anwesend. Überraschenderweise ist auch Dorman in seiner Rolle als Oberhaupt des Clans der Schwert- und Feuertänzer unter den Gottesdienstbesuchern. Der Mondtempel wird durch den Colord der Hohepriesterin vertreten, Cara selbst fehlt. Bei der Begrüßung erhielt ich auf meine Frage nach ihrem Befinden und Verbleib nur eine ausweichende Antwort. Meinem forschenden Geist stellte sich im Bewußtsein des Colords ein so massiver Hypnoseblock entgegen, daß ich ihn ohne Schaden für die Seele des Betreffenden nicht schnell habe auflösen können. Mir war sofort klar, daß ich hier die Marionette eines fremden Willens vor mir habe. Und ich weiß, wer die Fäden zieht.

Mein Blick wandert zu Dorman, der scheinbar mit Inbrunst und ganz versunken an diesem Gottesdienst teilnimmt. Heute kann er mich nicht mehr täuschen! Ich will und werde ihm das Handwerk legen! Ich denke an die von Sitalee, Cargo und mir errichtete Pyramide über dem Mondtempel, deren Wirken – wie ich hörte – tatsächlich erste Ergebnisse zeigt. So soll ein enger Vertrauter Dormans in der Hierarchie des Mondtempels am Morgen tot aufgefunden worden sein. Der Tempelklatsch spricht von Vergiftung und rätselt darüber, ob es Mord oder Selbstmord war. Drei Jungpriester des

Mondtempels haben um Aufnahme in den Sonnentempel gebeten und ihren sensationellen Schritt mit schwerwiegenden theologischen Auseinandersetzungen in der Führung des Mondtempels begründet.

Plötzlich spüre ich, wie etwas Fremdes, Kaltes wie ein Spion in mein Wesen eindringen will. Ich konzentriere mich kurz auf meine Mitte, vernehme sofort das vertraute Singen und werfe dann den Eindringling mit einem kraftvollen Flammenimpuls aus meinem Bewußtsein. Dorman zuckt wie unter einem Peitschenschlag zusammen, und für einen kurzen Moment der Fassungslosigkeit sehe ich in seinen weit aufgerissenen Augen ein ungläubiges Erschrecken. Dann wird sein Gesicht wieder glatt und ausdruckslos. Zugegeben, das war auch eine passende Antwort und eine kleine Genugtuung für sein unverschämtes und arrogantes Verhalten bei seinem Besuch im Hause meiner Eltern und eine deutliche Warnung, es nicht zu weit zu treiben.

Als der den Gottesdienst zelebrierende Priester – übrigens unser Ausbilder aus der Halle der Unterweisungen – die Vota vollzieht, spüre ich durch meinen Scheitel das Einströmen eines machtvollen Lichtimpulses. Diese Kraft ist Träger vieler Informationen, die sich langsam in meinem Bewußtsein zu Bildern und Worten formen. Ich fühle, wie in mir die Algor-Persönlichkeit zur Seite tritt und einem Wesen aus purer Lichtenergie demütig Platz macht. Liebe und Ehrfurcht begleiten diesen Aufenthalt des All-Einen im Tempel meines Herzens. Wieder schwemmt mich eine Woge von Glückseligkeit davon, so daß ich abwesend bin, während „Er“ mich als Kanal für seine Botschaft an die hier Versammelten benutzt. Als ich wieder die Bühne meines Tagesbewußtseins betrete, schwebt noch ein Nachklang seines Seins wie eine Wolke aus den köstlichsten Düften durch meine Seele. Ich erlebe sein Zurückziehen aus meiner Wahrnehmung wie das Untergehen einer Sonne am Horizont, und ein wenig Wehmut macht sich in mir breit.

Als ich meine Augen öffne und in die sprachlosen Gesichter vor mir blicke, wird mir klar, daß sich etwas Außergewöhnliches und Beeindrukkendes ereignet haben muß. Ein kurzer Anflug von Ärger wallt in mir auf. Da bin ich zwar das Werkzeug des All-Einen, bekomme aber selbst am wenigsten von seinem Hiersein mit. Dann wird mir bewußt, wie ungerecht und undankbar diese Betrachtungsweise ist, und beschämt bitte ich Ihn in mir um Verzeihung. Ein warmer, tröstender Fluß um mein Herz überzeugt mich davon, daß mir vergeben wurde. Seufzend wird mir klar, daß ich noch einen langen Weg bis zur widerstandslosen Vereinigung mit seinem Willen vor mir habe. So bleibt mir vorerst nichts anderes übrig, als mich bei anderen zu erkundigen, was „ich" denn gesagt habe. Und wieder will ein Gefühl von Ausgeschlossensein und Demütigung in mir aufsteigen, dem ich diesmal aber gleich entschlossen entgegentrete.

Cargo kennt und versteht mein Problem, und so besucht er mich unaufgefordert nach Ende des Gottesdienstes in meinen Räumen, um mich ins Bild zu setzen. *„Ich will versuchen, dir die göttlichen Worte so authentisch wie möglich wiederzugeben. Sie waren begleitet von so viel mentaler Energie, daß uns allen ganz warm wurde und viele zu schwitzen begannen. Seine Botschaft lautete wie folgt: ‚Friede sei mit euch, Kinder dieser Welt, Kinder meiner Liebe! Überall in der physischen Schöpfung ringt das Unbewußte um Bewußtheit, bittet das Lichtlose um Erleuchtung. Aus der Einheit kommend, habt ihr den Weg der Dualität gewählt, um Wissen und Erkenntnis zu erlangen. Und so fandet ihr euch wieder im Spannungsfeld von Licht und Dunkel, Gut und Böse, Richtig und Falsch. Was aus geistiger Sicht Illusion ist, erlebt ihr, die ihr diesen Lernweg beschreitet, als leidvolle Realität. Daher seid ihr gehalten, euch mit dem dualen Pol eures Seins auseinanderzusetzen, euren dunklen Zwilling liebend anzunehmen und zu läutern. Wie im Innen, so im Außen. Und so erlebt ihr zur Zeit diese Auseinandersetzung zwischen dem Licht- und dem Schattenpol in euch, gespiegelt im Außen durch den Konflikt zwischen den Kindern der Sonne und denen Dhans. Und doch seid ihr alle Kinder und Geschöpfe des Einen. Vergeßt dies nie bei allem, was euch in den kommenden Tagen euer Bewußtseinszustand scheinbar zu tun zwingt. Spielt das Spiel des Lebens. Spielt es mit aller Ernsthaftigkeit. Aber denkt immer daran, daß Ich euer letztes Ziel bin und mein Wille die Regeln dieses Spiels bestimmt. So soll es sein. Jetzt und in alle Ewigkeit. Mein Friede sei mit euch und meine Liebe wird euch begleiten!'"*

Cargo hat Tränen der Ergriffenheit in den Augen. Auch ich spüre den lebendigen Nachhall dieser Worte in mir, erkenne sie wieder. Meine Brust zerspringt fast vor Glück, und ich muß einige Male tief ein- und ausatmen. Als ich mich wieder gefangen habe, gehe ich auf ihn zu, und wir umarmen uns wortlos. Dann machen wir uns auf den Weg zu Sitalee, um uns auf die morgige Ratssitzung bei Mahatra vorzubereiten und unsere Positionen abzustimmen. Der König will morgen meine und des Sonnentempels Einschätzung und Empfehlung, wann und auf welche Art und Weise gegen die Unterwanderung des Mondtempels durch die Kinder Dhans vorgegangen werden soll. In dieser Sitzung sollen also Entscheidungen von großer Tragweite getroffen werden.

An diesem Morgen nehme ich das Frühstück in meinen Räumen ein, ein Vorrecht, das nur der Tempelführung und nun auch mir zusteht. Ich habe gerade mit einem gekühlten Trank aus dem saftigen Fleisch exotischer Früchte meinen Durst gestillt und damit das Mahl beendet, als es klopft. Ein junger Priester tritt auf meine Aufforderung hin ein, verbeugt sich respektvoll und reicht mir eine versiegelte Briefrolle. Dann sagt er verhalten: *„Eine Botschaft von Tokar, dem Vorsteher unseres Tempels in Ghor, an den Gesandten. Sie hat uns soeben durch eine Pilgergruppe erreicht, in der sich auch getarnt ein Sonnenpriester befindet, der auf deine Antwort wartet, um sie dann unverzüglich nach Ghor zu bringen. Ich nehme an, das Schreiben erklärt die sehr ungewöhnliche Form der Kommunikation zwischen Mitgliedern des Sonnentempels."* Der junge Priester ist sichtlich befremdet. Für ihn ist dies ein Bruch der Tradition. Das Gespräch zwischen den Tempeloberen folgt normalerweise strengen Regeln. Hinzu kommt, daß er – wie ich seinen Gedanken entnehme – nicht weiß, wo er mich in der religiösen und gesellschaftlichen Hierarchie einordnen soll. Ich erlöse ihn aus seinem Zwiespalt, indem ich ihn bitte, draußen zu warten, damit er den Brief, nachdem ich ihn gelesen habe, zu Sitalee bringen kann. Sich verneigend, verläßt er schweigend den Raum.

Als ich das Siegel entfernt und die Botschaft aufgerollt habe, fällt mir eine durchbohrte Gedenkmünze Caliastras entgegen. Ein freudiger Gedanke durchzuckt mich: ein Gruß meiner geliebten Imela! Dieses unverwechselbare, sehr alte Amulett trug sie in unserer ersten und bisher leider auch letzten Liebesnacht. Ich hatte Imela nach seinem Sinn gefragt, und sie hatte mir erklärt, daß Caliastra, die Mondgöttin, auch die Schutzgottheit der Liebenden sei. Dabei hat sie mich liebevoll schelmisch angelächelt und gemeint: *„Wenn ich jemals das Gefühl haben werde, dich daran erinnern zu müssen, werde ich dir diese Münze schicken. Du weißt dann, daß ich sehnsüchtig auf dich warte."*

Ich muß mich erst von den aufsteigenden Erinnerungen und den sie begleitenden starken Gefühlen lösen, um mich überhaupt auf die schriftliche Botschaft konzentrieren zu können: „*An Algor dym Caldara, den Gesandten Gottes, von Tokar, Vorsteher des Sonnentempels zu Ghor. Der Friede des All-Einen sei mit dir. Die Umstände machen es erforderlich, dir meine Botschaft auf diesem Weg direkt zukommen zu lassen. Vor vier Sonnenumläufen wurde ein Sterbender in das Hospiz unseres hiesigen Tempels gebracht. Er bat um ein Gespräch mit mir. Dieser alte Mann, den wir zuerst für einen der vielen Bettler hielten, offenbarte sich mir als ranghoher Priester des Mondtempels von Muria (eine der kleineren Städte unseres Staatenbundes). Er hatte den hiesigen Mondtempel besucht und war über die augenblicklichen Ereignisse und das, was er erlebt und gehört hatte, mit seinen Mitbrüdern aus Ghor in heftigen Streit geraten. Der alte Priester behauptete, man hätte ihn vergiftet, um ihn zum Schweigen zu bringen. Er fürchtete um den Fortbestand seines Tempels und wollte unsere Unterstützung bei der Reinigung seines Kultes von allen fremden und bösen Elementen. Vorgestern verstarb er qualvoll, nicht ohne mir vorher alles, was er wußte, mitgeteilt zu haben. Über das Wesentliche will ich dich hiermit respektvoll unterrichten: Cara, die Hohepriesterin, sei nach Abschluß des Fünf-Monde-Festes mit einem hohen Mitglied ihres Tempels in Streit geraten, das sie durch Einsatz von Hypnose und Drogen entmachtet haben soll. Man habe die Willenlose hierher verschleppt und würde sie nun in den unterirdischen Kammern des Mondtempels von Ghor gefangen halten. Die Aufrührer – nach Angabe des Verstorbenen sollen fast alle hohen Ränge im Mondtempel dazu zählen – wollten angeblich auch Imela, die Tochter Caras, gefangensetzen, um ein Druckmittel gegen ihre Mutter in der Hand zu haben. Da wir von Sitalee beauftragt waren, ein wachsames Auge auf Imela zu haben und sie notfalls unter Einsatz aller Mittel zu schützen, haben wir sie gestern bei einem Besuch in den hiesigen Tempelgärten entführt und dann – wie mit Sitalee besprochen – über alles Wesentliche ins Bild gesetzt.*

Als Zeichen, daß sie verstanden hat und mit allem einverstanden ist, was du in ihrem Fall beschließt, sendet sie dir das beiliegende Amulett. Wir haben Imela zwischenzeitlich unbemerkt in eines unserer Tempelgüter vor den Toren von Ismaratu gebracht, wo sie dein Vater in seine Obhut genommen hat. Der hiesige Mondtempel gleicht inzwischen einem überfüllten

Schlangennest, und man begegnet auf Schritt und Tritt Priestern oder Anhängern des Kultes aus anderen Städten, hauptsächlich aber aus Ismaratu. Irgend etwas bahnt sich an. Wir, die Priester des Sonnentempels, fühlen uns ständig beobachtet. Deshalb habe ich mich vorsichtshalber für diese Art der Übermittlung meiner Botschaft entschieden. Der beauftragte Priester wartet auf deine Antwort. Der Segen des All-Einen sei mit dir!"

Meine Freude, Imela in Sicherheit und so nah zu wissen, ist riesig groß. Aber die Angelegenheiten der Religion und des Staates haben jetzt für mich Vorrang. Und so teile ich dem wartenden jungen Priester mit, daß ich selbst mich sofort zu Sitalee begeben werde, um sie zu informieren, und bitte ihn, Cargo aufzusuchen, damit er ebenfalls zu uns stößt. Der getarnte Priester aus Ghor möge warten, bis heute Nachmittag der Kronrat getagt hat und er sich dann möglicherweise noch heute nacht mit wichtigen Botschaften auf den Weg nach Hause machen könne. Der junge Mann verbeugt sich gehorsam, und ich eile zu Sitalee.

Der Kronrat tagt traditionell in einer repräsentativen Halle direkt neben dem Thronsaal. Die Wände sind mit hochpolierten Lyraplatten verkleidet, die das Licht verdeckter Lampen sanft brechen und dem Raum etwas abgehoben Überirdisches verleihen. Die Decke ist ebenfalls verspiegelt, so daß das imposante Fußbodenmosaik doppelt zur Wirkung kommt. Da diese Halle häufig auch für Empfänge des Kronrats genutzt wird, verschwindet dann bei Bedarf der massive, uralte Rundtisch mit den kleinen Thronsesseln durch Versenken in Stauräumen unter dem Fußboden. Heute allerdings tagen hier die vierundzwanzig Kronratsmitglieder, Mahatra, Sitalee, Cargo und ich. Nach Sitzungseröffnung durch Mahatra, der mich zu meinem Einstand gesondert begrüßt, trägt ein älterer Mann mit würdevollem weißen Bart die heutige Tagesordnung vor. An oberster Stelle steht die Entwicklung im Mondtempel. Da Cara, die Hohepriesterin und Mitglied dieses Rates, fehlt und nach den Statuten die Mitglieder des Kronrats keine Stellvertreter haben, ist der Mondtempel heute offiziell nicht mit am Tisch. Aber einige Anwesende sind als Sympathisanten und Zuträger dieses Kults und auch als gute Freunde Dormans bekannt, so daß man sicher sein kann, daß dieser alles, was hier besprochen und verabschiedet wird, noch heute abend erfährt.

Erwartungsgemäß blockieren und vereiteln die Betreffenden mit scheinheiligen Argumenten alle Versuche, eine amtliche Untersuchung zu den

Vorgängen im Mondtempel einzuleiten. Da wir dies erwartet haben, werden wir uns – die Vertreter des Sonnentempels und Mahatra – im Anschluß an diese Sitzung geheim in den Privatgemächern des Königs treffen. Und so habe ich Gelegenheit und Muße, mir die Machtspiele und Intrigen in diesem Gremium anzuschauen, die hier wort- und gestenreich in Szene gesetzt werden. Ich finde es schon abstoßend, wie jeder hier nur versucht, seine persönlichen Interessen durchzusetzen, ohne Rücksicht darauf, was für das Ganze gut ist. Es erstaunt mich immer wieder, wie es Menschen so niedrigen Niveaus gelingt, in die höchsten Sphären der Macht vorzustoßen. Doch ist mir bewußt, daß nach geistigen Gesetzen jedes Volk die Regierung hat, die es verdient. So betrachtet, wirft dies kein gutes Licht auf das in unserem Reiche herrschende Bewußtsein. Kein Wunder, daß da Menschen wie Dorman ein leichtes Spiel haben.

Das geheime Treffen findet wieder in dem mir bereits von meinem ersten Besuch her bekannten königlichen „Meditationsraum" statt. Gleich zu Beginn informiere ich Mahatra darüber, was mir Tokar, der Vorsteher unseres Tempels zu Ghor, mitgeteilt hat. Der Ausdruck seines Gesichtes verdüstert sich. Seine Augen werden hart und durchdringend. *„Das paßt zu den Informationen, die ich aus anderen Quellen habe. Dorman scheint wirklich zu allem entschlossen zu sein. Was empfiehlst du mir, Sitalee, und was ist dein Rat, Algor?"* Sitalee schaut mich auffordernd an, und so spreche ich für uns drei und damit auch für den Sonnentempel. *„Wir, Mahatra, sind der Ansicht, daß – wenn wir schnell handeln – das Ärgste verhindert werden kann. Wir meinen, daß eine rasche Festnahme Dormans und die Anklage wegen Hochverrats die Entwicklung nicht nur stoppen, sondern den Aufstand der Kinder Dhans bereits im Keim ersticken kann."*

Ich werde durch das Eintreten eines Ordonnanzoffiziers unterbrochen, der – sichtlich erregt – Mahatra etwas ins Ohr flüstert. Der König reagiert darauf mit einem erstaunten und betroffenen Blick und fordert uns auf, an die Fensterfront zu treten. Seine Hand weist über die Tempelgärten und Ismaratu hinaus in die Ebene, in der – wie wir jetzt erst bemerken – etwas in hellen Flammen steht. *„Zu spät, meine Freunde! Ihr seht ja selbst, große Teile des Mondtempels brennen. Wie mir die Ordonnanz berichtete, fanden heute abend im Innern des Tempels blutige Kämpfe statt. Das Tor wurde aufgesprengt, und viele Mondpriester sollen auf der Flucht sein."* Wir drei schauen uns nur an. Alles genau wie in meiner inneren Schau! Die Pyramide hat also die gewünschte Wirkung erzielt! Sitalee unterrichtet in knappen Worten Mahatra über meine Vision einige Sonnenumläufe vor meiner Initiation und über unser gemeinsames Werk, das schneller von Erfolg gekrönt war, als wir dachten.

Mahatra ruft die wartende Ordonnanz zu sich und befiehlt Bardo, den Befehlshaber der königlichen Leibgarde, zu sich. Als der alte Haudegen kurz darauf eintritt, gibt ihm Mahatra den Auftrag, mit einer entsprechend großen Gruppe von Bogenschützen und Reitertruppen Ruhe und Ordnung im Mondtempel wiederherzustellen. Er soll alle Mondpriester, derer er habhaft werden kann, vorläufig festnehmen. Darüber hinaus gibt der König Bardo den Befehl, neben dem Mondtempel auch das Haus Dormans zu durchsuchen und den Clanführer wegen des Verdachts auf Hochverrat zu verhaften. Weiterhin ordnet er an, daß alle Niederlassungen des Mondtempels, besonders aber die Tempelgebäude in Ghor, umgehend gründlich zu durchsuchen und auf geheime Verliese hin zu durchforschen sind. Mögliche aufgefundene Gefangene und belastendes Material sind unter militärischer Bedeckung sofort in den Palast zu bringen. Bardo salutiert stramm und verläßt eilig den Raum. Sein zufriedener Gesichtsausdruck läßt darauf schließen, daß ihm sein Auftrag gefällt und daß er nicht gerade ein Freund des Mondtempels zu sein scheint.

Mahatra wendet sich wieder uns zu. *„Aber was machen wir, wenn uns Dorman – wie ich vermute – bereits entwischt ist?“* Sitalee erinnert ihn noch einmal an meine Vision. *„Wahrscheinlich ist auch der weitere Verlauf der Dinge so, wie ihn Algor gesehen hat. Die Kinder Dhans sammeln und formieren sich in Ghor. Das hat Algor gesehen, und die Botschaft Tokars bestätigt es. Wir müssen uns also auf eine baldige Entscheidungsschlacht vorbereiten.“* Alle blicken mich an. *„Ich fühle, daß der All-Eine zu euch sprechen will. Setzen wir uns wieder, damit ich mich versenken kann! Ich ahne, daß wir dann nicht mehr diskutieren müssen, sondern genau wissen, was zu tun ist.“* Wir setzen uns, und ich falle sofort in eine tiefe Trance.

Wie mir Cargo später berichtete, spürte er bei meiner Botschaft eine Kraft und Entschlossenheit, die er und die anderen so noch nie empfunden hatten: *„Seid gegrüßt, Kinder des Lichts, Söhne und Töchter des All-Einen! Mein Friede ist mit euch, und meine Liebe tröstet euch. Nun ist die Zeit der Son-*

nenfinsternis gekommen. So, wie es euch eure Propheten seit lang kündigt haben. Die Schlange zeigt ihr wahres Gesicht. Licht und F ringen um die Macht. Und doch ist dieser Kampf bereits vor seine entschieden. So wie die kleinste Lampe die Dunkelheit eines großen Raumes vertreibt, so muß auch in dieser Auseinandersetzung das Licht siegen. Ich sage bewußt ‚muß', denn das Licht ist nach meinem Willen immer der Sieger. Die Überwindung der Finsternis ist sein Auftrag.

Jetzt fragt ihr mich, wieso dann die Dunkelheit überhaupt existiert? Und ich sage euch, tatsächlich existiert sie ja auch nicht. Ihr glaubt daran, daß sie existiert. Erst euer Glaube verleiht der Finsternis ihre scheinbare Realität. Als meine Kinder seid ihr Schöpfer eurer Wirklichkeit. Und so erntet ihr, was ihr sät, und was ihr denkt, nimmt Gestalt an.

Auf eurer Existenzebene haben Generationen von verkörperten Geistwesen über lange Zeit duale Gedanken und Gefühlsformen geschaffen, die euch als Archetypen begegnen und euch unbewußt beeinflussen. Meine Wirklichkeit liegt aber jenseits dieser Urmuster. In der Welt der Zweiheit ist alles polar. Und deshalb muß es scheinbar neben dem Licht seinen Gegenpol, die Finsternis, geben. In der Dualität ist alles „ent-zweit", aus der Einheit in die Trennung der Zweiheit gefallen. Aber diese scheinbare Trennung ist illusionär, hat keine Wirklichkeit. Das Licht kommt aus der Einheit und ist deshalb wirklich. Die Finsternis ist eine Täuschung der Dualität und daher unwirklich. Sie existiert lediglich in eurem beschränkten dualen Bewußtsein.

Finsternis ist somit nichts anderes als das scheinbare Nichtvorhandensein bzw. Nichtwahrnehmenkönnen von Licht. Ich sagte bewußt ‚scheinbar', denn mein Licht leuchtet überall. Auch dort, wo ihr es nicht wahrnehmen könnt. Was euch hindert, ist euer Glaube, euer begrenztes Bewußtsein.

Dorman, zum Beispiel, glaubt nicht an die Wirklichkeit des Lichts, und so nimmt er es auch nicht mehr wahr, was ihn wiederum in seinem falschen Glauben bestärkt. Und so hat er sich der illusionären Wirklichkeit der Finsternis zugewandt. Die kommenden Ereignisse werden aber alle Blinden sehend machen, und ihre Täuschung wird offenbar werden.

Bereitet euch auf eine Schlacht an alter Stätte vor, so wie von meinem Medium geschaut, und seid gewiß: Ich bin bei euch und werde euch aus eurem Inneren heraus leiten. So soll es sein!"

Als ich aus meiner Trance erwache, fühle ich mich wie neu geboren. Ich spüre den Nachhall der Kraft und des Lichts in mir und bin voller Zuversicht. Wir beschließen, die Ergebnisse der eingeleiteten militärischen Untersuchungen abzuwarten und dann erst alle weiteren Maßnahmen zu planen. Wir verabreden, uns übermorgen zur gleichen Zeit wieder hier zu treffen. Dann beenden wir unsere Zusammenkunft. Inzwischen ist es tiefe Nacht. Aus der Ferne sieht der brennende Mondtempel in der Ebene wie ein friedliches Lagerfeuer aus. Mir wird schmerzlich bewußt, daß nun ein tiefer Riß durch unsere Gesellschaft und unsere Religion geht. Es wird meine wichtigste Aufgabe sein, die Gräben, die die Kontrahenten dieses Kampfes noch aufwerfen werden, wieder zuzuschütten und die Harmonie und die Einheit in unserem Volk wiederherzustellen. Mit schwerem Herzen gehe ich zu Bett.

Zum zweiten Mal benutze ich den unterirdischen Gang. Diesmal von den Gemächern Sitalees aus zum Haus meines Vaters. Was ist bereits alles geschehen in der kurzen Zeit, seit ich der Hohen Priesterin voller Erwartung in ein unbekanntes Leben folgte! Heute gehe ich den gleichen Weg zurück, und nichts in und außerhalb von mir ist so, wie es in den Tagen meiner unbeschwerten Jugend war. Seelisch zum Mann gereift, geistig zu Horizonten unterwegs, in Sphären zu Hause, die den meisten meiner Mitmenschen noch viele Leben verschlossen bleiben werden, eile ich durch das fahle Licht, das unzählige Insekten noch mit ihrem Tod spenden. Obwohl es recht kühl hier unten ist, spüre ich die Wärme freudiger Erregung, wenn ich an die bevorstehende Begegnung denke. Heute werde ich meine geliebte Imela wiedersehen! Sie wartet in meinem Elternhaus auf mich. Mein Vater hat sie auf meine Bitte hin in unser Haus aufgenommen, wo ich sie – von der Öffentlichkeit unbemerkt – zukünftig häufiger werde sehen können. Bis unser weiterer Lebensweg klar ist, lebt sie nun in meinen alten Räumen. Der Gedanke daran stimmt mich froh und bringt mir Imela noch näher. Wieder wird mir meine starke gefühlsmäßige Bindung zu ihr bewußt.

Am Ziel angekommen, überprüfe ich durch einen Spion in der Wand, daß niemand Uneingeweihtes im Raum ist. Dann entriegele ich die Geheimtür und trete durch das zurückklappende Bild meiner Urahnin in das lichte Arbeitszimmer meines Vaters. Ich schließe den Gang sorgfältig hinter mir. Auf meinen Zug am Glockenstrang hin betritt Milo den Raum und bleibt bei meinem unerwarteten Anblick wie angewurzelt im Türrahmen stehen. Mit weit aufgerissenen Augen stammelt er dann: *„Wie kommst du denn hierher? Das Eingangstor ist doch noch verschlossen! Wie, bei Alila und Ismar, hast du das jetzt wieder geschafft?"* Sein Gesicht ist ein einziges Fragezeichen. Glaubt er doch, alle Geheimnisse des Hauses zu kennen. In Erinnerung an seine Wichtigtuerei, als er damals mir, dem Jüngeren, sein Wissen über das alte Haus und seine Verstecke nur scheibchenweise enthüllte, mache ich nun ein denkbar geheimnisvolles Gesicht. Verschwörerisch lege ich meine Finger auf die Lippen und flüstere: *„Kannst du schweigen?"* Und als er atemlos nickt, sage ich nur: *„Ich auch!"*

Es dauert einen Moment, bis er sich von seiner Verblüffung erholt und ihm bewußt wird, daß ich ihn auf den Arm genommen habe. Mein schallendes Gelächter macht die Sache nicht leichter für ihn. Auf seinem Gesicht wechseln Zorn, Entrüstung und Verlegenheit. Doch bevor er sich zu irgendeiner Reaktion durchringen kann, erscheint mein Vater in der Tür, und Milo nutzt die Gelegenheit und verschwindet wortlos mit einer knappen Verbeugung. Mein Vater schmunzelt verständnisvoll, als ich ihm die Geschichte im Rückblick auf die entsprechenden Erfahrungen meiner Kindheit erzähle, meint dann aber: *„Ich bitte dich, wahre noch eine Zeitlang dieses unschuldige Geheimnis! Milo ist zwar verschwiegen und vertrauenswürdig, aber was er nicht weiß, kann er auch unter Druck nicht verraten. Und in diesen Tagen müssen wir – was die Kinder Dhans betrifft – mit allem rechnen. – Aber nun laß Imela nicht länger warten. Beim Frühstück konnte sie schon vor Aufregung nichts essen. Und wir wollen doch beide nicht, daß sie vor ungestillter Sehnsucht ohnmächtig wird."* Nun ist es an meinem Vater, wie ein kleiner Junge zu grinsen. Irgendwie scheinen Ironie und Spott in unserer Familie zu liegen. Lachend stürme ich die Treppe hinauf zu meinen früheren Räumen. Imela hört mich kommen, reißt die Tür auf, und schon liegen wir uns atemlos in den Armen. Mit einem Hackentritt schließe ich die Tür hinter mir, während wir in einem innigen Kuß versinken.

Nach einer langen und intensiven Begrüßungsphase lassen wir uns eng umschlungen auf meiner alten Meditationsdecke auf dem Boden nieder und erzählen uns gegenseitig unsere Erlebnisse seit unserer ersten Begegnung in den Gärten Barcas. Imela macht sich große Sorgen um ihre Mutter, und ich muß ihr versprechen, sie über die Entwicklung und das Ergebnis der

Durchsuchung des Mondtempels zu Ghor auf dem Laufenden zu halten. Gespannt lauscht sie meinem Bericht über meine Ausbildung und die von mir gemachten Erfahrungen und ist voller Begeisterung, als ich zum Beweis einen Stapel Bücher meines Großvaters vor ihr schweben lasse. Viel zu schnell gehen die wenigen Stunden vorüber, die ich mit ihr verbringen kann. Nur das Wissen um ein baldiges Wiedersehen tröstet uns, als ich mich bald darauf von ihr verabschieden muß, da für den Nachmittag ein Treffen in den Gemächern des Königs verabredet ist. Mahatra liegen dann erste Berichte und Ergebnisse von der Durchsuchung der Mondtempel vor. Und vielleicht fallen bereits in dieser Sitzung die Entscheidungen für unser weiteres Vorgehen.

Zurückgekehrt in den Sonnentempel, mache ich mich gleich auf den Weg in den Königspalast. Sitalee und Cargo sind bereits dort, da sie vorab mit Mahatra die Feierlichkeiten anläßlich seines unmittelbar bevorstehenden sechsten Thronjubiläums besprechen wollen. Damit ist die Hälfte der Regierungszeit des Königs vorüber, und jeder Tag bringt ihn nun ein Stück der ersehnten Vereinigung mit dem All-Einen näher. Als ich eintrete, begrüßen mich alle drei flüchtig und fahren dann in ihrer gedanklichen Diskussion fort. Sie unterhalten sich gerade telepathisch über die Notwendigkeit, bald mit der Anfertigung der üblichen Königsstatue für die Empfangshalle des Palastes beginnen zu müssen, da deren Herstellung bekanntlich mehrere Jahre in Anspruch nehmen würde. Ein überraschend an mich gerichteter Gedankenimpuls Sitalees läßt mich aufschrecken. Verblüfft erfahre ich, daß die drei auch von mir eine solche Skulptur anfertigen lassen wollen, wenn der Feldzug gegen die Kinder Dhans erfolgreich abgeschlossen ist. Das bringt uns alle zurück zu den uns momentan beschäftigenden Problemen, und so berichtet uns Mahatra, daß ein Kurier Bardos, des Befehlshabers der Garde, das Auffinden und die Befreiung Caras aus den Verliesen des Mondtempels zu Ghor gemeldet habe. Sie würde zusammen mit anderen befreiten Gefangenen bald hier eintreffen. Ich bin froh, daß Imelas Mutter am Leben ist. Gemeinsam begeben wir uns dann in einen Besprechungsraum nebenan, wo die Befreiten vernommen werden sollen. Zuvor aber reicht uns die Ordonnanz verschiedene Getränke und süßes Gebäck, damit wir uns für eine lange und wahrscheinlich tief in die Nacht reichende Sitzung stärken können.

Die Tage auf der Sonneninsel im heiligen See meiner Ahnen vergehen wie im Flug. Und auch mein Vorrat an Kokablättern geht unaufhaltsam zur Neige. Die wohltuende Wirkung der Blätter des Kokastrauches helfen uns, das harte Leben im Schatten der hohen Berge zu meistern. Das Kauen dieser Blätter wirkt einerseits narkotisierend, andererseits leistungssteigernd. Der Genuß von Koka ist für viele aus meinem Volk der einzige Luxus in einem sonst ärmlichen Leben. Sein Anbau wird vom Adel kontrolliert und bei hohen Festen im Auftrag des Sapay Inka auch kostenlos verteilt.

Da mein Kokabeutel fast leer ist und ich auf diesen Trost meines Alters nicht verzichten will, mache ich mich nun doch auf den Weg ins Fischerdorf in der Nachbarbucht. Obwohl ich meinen ganzen Besitz bei meiner überstürzten Flucht zurücklassen mußte und somit über keine Mittel verfüge, wird man mich unterstützen und mir alles Verlangte geben, da ich untrüglich an meinen Ohren als wahrer Inka, Angehöriger der obersten Kaste, zu erkennen bin. Die Spanier nennen uns „orejones", Großohren, da wir als Zeichen besonderer Gunst des Sapay Inka goldene oder silberne Schalen an unseren Ohren tragen, die die Ohrläppchen weit nach unten ziehen. Und so fürchten unsere jungen Inkas nichts mehr, als im Krieg ein oder beide Ohren zu verlieren und so auf das Erkennungssymbol ihres elitären Ranges verzichten zu müssen.

Ein ausgetretener Pfad schlängelt sich am Fuß des Hügels vorbei an aufgegebenen Mais- und Kartoffelfeldern in die Nachbarbucht. Nach einer dreistündigen Wanderung mündet der Pfad dort oberhalb der Uferlinie in einen breiteren, steinernen Weg, der den Bootsliegeplatz mit dem etwas höhergelegenen Dorf verbindet. Einige Boote ruhen auf dem Sandstrand, weit draußen dümpeln ein paar in der schwachen Dünung. Es ist um die Mittagszeit. Die Sonne brennt heiß vom Himmel, und Mensch und Tier haben sich ins kühle Innere der höhlenartigen Hütten geflüchtet. Hundegebell verkündet meine Ankunft, als ich mich den Hütten nähere. Aufmerksam geworden, umringt mich bald in gebührendem Abstand die ganze Dorfgemeinschaft. Im Dorf leben weniger als sechzig Familien, wie mir der untertänig buckelnde Führer der Gemeinschaft berichtet. Das ganze Land, insbesondere aber die im Laufe der Zeit von uns eroberten Gebiete sind zur besseren Erfassung und

Beherrschung der Bevölkerung in Zehnereinheiten gegliedert. Je zehn Familien werden von einem gewählten Familienoberhaupt geleitet. Dieses wiederum untersteht den Leitern von 50 Familien, die ihre Anordnung von den Leitern von 100, 500, 1000, 5000 und 10.000 Familien erhalten. Die ganze Hierarchie untersteht direkt dem Sapay Inka, der so ohne Schwierigkeiten Steuern erheben und Güter verteilen kann.

Alles eroberte Land gehört dem göttlichen Herrscher, der es an sein Volk verteilt. Wir besitzen kein Geld, was die Spanier sehr erstaunte. Also bezahlen die Bürger unseres Staates ihre Steuern in erarbeiteten oder erwirtschafteten Produkten. Der Bauer zahlt mit seinen Feldfrüchten, der Fischer mit dem, was ihm der See oder das Meer schenkt, der Goldschmied mit kunstvollem Schmuck. Die Curacas, die Vorstände von 1000 und mehr Familien, schätzen jährlich die Erträge der Familien und Gemeinden. Die Gesamterträge werden gedrittelt. Ein Teil dient dem Lebensunterhalt der Familie, ein Teil gehört dem Sapay Inka und seinem Hofstaat, das letzte Drittel steht Inti und allen anderen Göttern unserer Religion zu und wird den Priestern abgeliefert. Dieses System der Gütervermehrung und -verteilung ist so gut organisiert, daß niemand in unserem Land darben muß. Kommt es doch einmal in Provinzen auf Grund schlechter Ernten zu Hunger, so werden die Hilfsbedürftigen aus den Magazinen des Sapay Inka, die es in jeder Region gibt, unterstützt. Über all dies wacht die Hierarchie der Familienvorstände mit den drei Adelskasten der Inkas an der Spitze. Da ich der obersten Kaste angehöre und mich der Dorfvorsteher von meiner bisherigen Amtstätigkeit her kennt, hat er ungeheuren Respekt und eine gehörige Portion Angst vor mir, zumal die Kunde von meiner Amtsenthebung noch nicht bis hierher vorgedrungen ist.

Als ich das Dorf rechtzeitig vor Sonnenuntergang verlasse, bin ich mit Vorräten beladen wie ein Lastesel. Hilfe habe ich dankend abgelehnt. Wenn das auch ungewöhnlich ist für einen Mann meines Standes, so sorgt die Autorität meines Ranges dafür, daß niemand wagt, Fragen zu stellen. An meiner Hüfte baumelt mein mit Kokablättern prall gefüllter Beutel. Ich kaue bereits genüßlich auf einer Handvoll Blätter und schmecke wieder die süße Bitterkeit, die alles so einfach und unbeschwert macht. Und so fällt mir der Rückweg leicht.

Am Abend sitze ich über dem See vor meiner Hütte und schaue der untergehenden Sonne zu, die soeben rotgolden hinter den fernen Bergen versinkt. Die Droge läßt mich wieder einen leichten Einstieg in die farbigen und berauschenden Bilder von diesem anderen Leben finden.

„Bei Alila und Ismar, was haben sie mit dir gemacht?“ Der unkontrollierte Gefühlsausbruch Sitalees beim Anblick Caras zeigt ungeschminkt unser aller Betroffenheit über den Zustand der Hohepriesterin des Mondtempels. Ihre Amtsrobe ist schmutzig und befleckt und an zwei Stellen eingerissen. Ihr Gesicht ist grau und aufgedunsen, die Augen eingefallen und glanzlos, wie tot. Statt einer Antwort kommt ein unterdrücktes Stöhnen über Caras Lippen, als sie sich in den Sessel uns gegenüber niederläßt. Ganz offensichtlich hat sie auch große körperliche Schmerzen. Ich erkenne kaum in ihr die imponierende Gestalt wieder, die den Ritualen des Fünf-Monde-Festes so bewundernswert vorstand. Cara scheint um Jahre gealtert.

Sanft taste ich mich in ihr Bewußtsein vor und finde unter einer dünnen Schicht mühsamer Selbstbeherrschung ein aufgewühltes Meer seelischen und körperlichen Leids. Am meisten bedrückt mich der schreckliche Klang von Qual und namenlosem Grauen in ihren Gedanken und Gefühlen. Mir scheint, als sei ihr Bild von sich selbst zerstört, in Stücke gebrochen und in den Schmutz getreten worden. Ich fühle und ahne, daß sich die, die da vor uns sitzt, nur unter Aufbietung der letzten Kräfte am Leben hält. Ganz tief unten in ihrem Bewußtsein, fast vergraben in den tiefsten Schichten ihres Seins, finde ich einen archaischen Wunsch nach Überleben und einen wahnsinnigen Haß, der blindwütig nach Rache schreit. Die zerstörerische Kraft, die diesen Haß treibt, erschreckt mich zutiefst, scheint aber im Augenblick das einzige zu sein, was diese Frau noch leben läßt.

Gedanklich stimme ich mich mit Mahatra, Sitalee und Cargo ab, daß Cara zuerst behandelt werden muß, bevor sie befragt werden kann. Alle sind sehr beunruhigt und natürlich mit meinem Vorschlag einverstanden. Zwei vom König herbeigerufene Palastdiener tragen Cara mehr, als daß sie sie führen, in einen Nebenraum, in dem ein Liegesofa steht, auf das sie sie betten. Ich trete zu ihr und überprüfe zuerst ihre Hauptenergiezentren entlang ihrer Wirbelsäule. Alle Zentren – mit Ausnahme des Basiszentrums – sind blockiert und deuten damit auf einen schweren seelischen Schockzustand hin. Mit kreisenden Bewegungen meiner rechten Hand in die entsprechende Richtung öffne ich wieder die einzelnen Zentren bis hinauf zum Scheitel. Als die Energie wieder strömt, kehrt Leben in die toten, starr auf die Decke gerichteten Augen zurück, und die Wangen röten sich leicht. Mit einem tiefen Seufzen schließt Cara kurz darauf die Augen und ist bald darauf fest eingeschlafen. Diese Reaktion verblüfft die anderen, die mich fragend anschauen. Erleichtert erkläre ich ihnen, daß sich der Schock zu lösen beginnt und der entsetzlichen, tagelangen Anspannung durch das Erlebte nun eine entsprechend starke Gegenreaktion folgt, die für Entspannung und Gesundung sorgt. Beruhigt kehren wir alle in den Besprechungsraum zurück, um unser weiteres Vorgehen abzustimmen.

Mein Eintauchen in die Gedanken- und Gefühlswelt Caras hat mich davon überzeugt, daß eine normale Befragung ohne Gefahr für ihre Seele in den nächsten Tagen nicht möglich sein wird. Was uns bleibt, ist eine behutsame Erforschung ihres Inneren mittels Telepathie, was gemäß dem Ehrenkodex der Sonnenpriesterschaft ohne Zustimmung des Betreffenden normalerweise nicht erlaubt ist. Darüber hinaus ist das Verschmelzen mit den Gedanken und Gefühlen eines seelisch so zerrütteten Patienten für den Therapeuten nicht ungefährlich, da es zu einer Übertragung oder einer unbewußten Gefangennahme des Bewußtseins des Behandlers durch die kranke Seele des Patienten kommen kann. Das Sein des Therapeuten verliert sich dann in den finsteren Abgründen und Bildern des Schreckens in der Patientenseele und ist ebenfalls vom Wahnsinn bedroht. Das alles gilt es zu bedenken. Wir alle sind der Meinung, daß allerdings die aktuelle Bedrohung durch die Kinder Dhans so groß ist, daß das übergeordnete Interesse der Gemeinschaft den Bruch der Privatsphäre Caras in diesem Ausnahmefall rechtfertigt. Ich erkläre den anderen, daß ich bereit bin, das Risiko, das eine telepathische und energetische Behandlung Caras in diesem Zustand bedeutet, auf mich zu nehmen. So beschließen wir, daß ich gleich damit beginne, damit wir morgen ohne weiteren Zeitverzug die Folgerungen aus dem im Bewußtsein Caras Erforschten ziehen können.

Caras schwere Atemzüge, ständig unterbrochen von Seufzen, Stöhnen und heftigen Kopfbewegungen, zeigen mir, wie sehr sie das Erlebte selbst noch im Schlaf quält. Und so mache ich mich bereit für eine gefährliche Reise in das Unterbewußtsein meiner Patientin. Ich schließe die Augen und dringe vorsichtig wie ein Dieb mit meinem geschärften Bewußtsein in die Welt ihrer bewußten und unbewußten Gedanken und Gefühle ein.

Flackerndes, gelbrotes Licht umfängt mich, das von schwarzen Rauchschwaden durchzogen ist, und ein intensiver, stechender Geruch raubt mir fast den Atem. Eine endzeitliche Landschaft schält sich aus einem wild lodernden Flammenmeer. Grauschwarze, scharfkantige, nackte Felsen ragen wie Speerspitzen in einen fahlen Himmel ohne Sonne. Tote Bäume auf sandigem Boden strecken ihre verkohlten Äste anklagend in diesen Feuersturm aufgewühlter Gefühle. Mir wird klar, daß ich mich hier in einer Seelenlandschaft Caras befinde, die ihrem augenblicklichen Empfinden entspricht. Schwebend bewegt sich mein Geist durch dieses düstere, wüstenähnliche Szenario aus Aggression, Haß und Verzweiflung, als ich über das Tosen des Sturmes hinweg das Wimmern eines Kindes höre. Im Windschatten eines bizarren Felsens entdecke ich die zusammengekauerte Gestalt eines kleinen Mädchens. Das Gesicht zwischen den angezogenen Knien versteckt, die Arme schützend über dem Kopf verschränkt, schüttelt ein wildes Schluchzen die ausgemergelte Gestalt. Die nackten Arme und Beine sind verdreckt und mit verkrusteten Verletzungen überzogen. Die Lumpen, in die das Kind gewickelt ist, starren vor Schmutz. Nur die weit in den Rücken fallenden verfilzten dunklen Haare verraten, daß es ein Mädchen ist.

Ich streichele es sanft an der Schulter. Meine Berührung durchzuckt es wie ein Blitzschlag. Mit einem angstvollen Aufschrei fährt es vor mir zurück, die wasserhellen Augen vor Panik weit aufgerissen, die Hände abwehrend ausgestreckt. Unverständliche Wortfetzen quellen wie Erbrochenes über ihre aufgerissenen Lippen. Als ich eine Bewegung auf sie zu mache, werden die Hände zu Krallen, und die hochgezogenen Lippen verzerren sich zu einem wölfischen Fauchen voll aggressiver Angst. Ich sende ihr einen Strom beruhigender Gedanken, die aber wirkungslos an ihr abprallen. Es wird mir bewußt, daß ich sie zuerst aus der Gefangenschaft dieser entsetzlichen Gefühls- und Gedankenbilder befreien muß, wenn ich sie erreichen will. Und so beginne ich, eine paradiesische Umgebung voll Frieden und Einklang telepathisch in ihr Bewußtsein zu projizieren. Anfänglich wehrt sie sich dagegen, und ihre Seelenlandschaft gestaltet sich zu einer seltsamen Mischung aus höllischen und himmlischen Gefilden. Ich verstärke meine mentalen Bemühungen, und langsam läßt ihr Widerstand nach, was sich an der weiteren positiven Veränderung ihrer Umgebung ablesen läßt, die ich durch sie miterlebe. Nun sitzt das Mädchen auf einer sattgrünen Obstwiese mit leuchtenden, vollreifen Früchten an den Bäumen. Dicht bei ihr weiden Schafe, und zwei schneeweiße Lämmer kommen neugierig auf sie zu.

Noch immer hat sich am Aussehen des Kindes nichts verändert, was mir sagt, daß sich im Kern ihres Wesens noch nichts gewandelt hat, daß die Hauptarbeit noch vor mir liegt. Die suggerierten Gedankenformen der beiden Lämmer zeigen Wirkung. Die starre Abwehrhaltung des Kindes lockert sich, das verzerrte Gesicht entspannt sich etwas, und, die Lippen leicht geöffnet, streckt das Mädchen langsam und voll wachsamer Vorsicht eine Hand aus, um das vorderste der Tiere zu berühren. Ich bin nicht Teil dieser Projektion, und so bin ich für das Mädchen im Augenblick auch nicht wahrnehmbar. Fast scheint es unsere Begegnung bereits vergessen zu haben. Das Tierchen ist nun auf meinen gedanklichen Wunsch hin ganz nahe gekommen und schmiegt seinen Kopf vertrauensvoll in die Hand des Kindes. Ich lasse das Lamm noch näher kommen und sich schließlich zärtlich an die Brust des Mädchens drücken. Behutsam nimmt es das Tier in seine Arme und vergräbt sein Gesicht in dem weichen Fell. Wieder zuckt der kindliche Körper in haltlosem Weinen. Aber diesmal sind die Tränen Ausdruck von Entkrampfung und Befreiung. Alles Bittere, alles Böse und Selbstzerstörerische löst sich in diesem Strom von Tränen auf. Entsprechend beginnt sich das Selbstbild Caras zu verändern.

Wie von Zauberhand verschwinden die Verletzungen und der Schmutz von ihrer Haut, und bald sitzt sie in einem sauberen Kleid von leuchtend blauer Farbe im frischen Grün der Wiese. Noch immer sieht sie sich als junges Mädchen, verharrt sie in einem frühkindlichen Bild, will sie noch nicht wieder die Leiden und schmerzhaften Erfahrungen des Erwachsenseins in ihr Sein aufnehmen. Und so suggeriere und projiziere ich ihr ein scheinbar Jahre dauerndes, glückliches Kinderleben in ihr Bewußtsein. Ein unbeschwertes Leben voll heilsamer und märchenhafter Begegnungen mit dem Pflanzen- und Tierreich, die ich bereits bruchstückhaft in den tiefen Schichten ihres Bewußtseins vorfinde und für ihr Tagesbewußtsein zu neuem Erleben zusammenfüge. Ihr Geist nimmt meine Impulse und Bilder willig auf, und ich beobachte voll Staunen, wie schöpferisch ihr Sein damit umgeht und sie zu Szenen voller Freude und Lebenswille gestaltet. Langsam – anfänglich kaum merklich – verändert sich ihr Selbstbild weiter. Wie im Zeitraffer altert das Kind, reift zu einer Jugendlichen und dann zur jungen Frau heran. Längst Vergessenes wird wieder in ihr lebendig und zieht als Erinnerung durch die Räume ihrer Seele. Die schlafende Cara auf der Liege begleitet diese Erfahrungen mit unbewußter Mimik und unkontrollierter Gestik. Alle Teile ihres Körpers sind zeitweise in Bewegung und begleiten die Flut der inneren Bilder. Es ist schön zu sehen, wie sich der Gesichtsausdruck der reifen Frau wieder normalisiert, wie wieder Cara, die Hohepriesterin, zum Vorschein kommt.

Ich betrete noch einmal die Sphäre ihrer Gedanken und Erinnerungen vor und während der Zeit des Fünf-Monde-Festes. Ich erlebe ihre Auseinandersetzung mit Dorman dym Caldara mit, der sie nach meinem überraschenden Umzug in den Sonnentempel verdächtigt, ihn verraten und verkauft zu haben. Ich fühle mit, wie Dorman und die Mitglieder der Hypnosegruppe des Mondtempels Cara unter ihre Kontrolle zwingen und wie verzweifelt sich ihr Bewußtsein gegen diese Vergewaltigung wehrt. Als ihre Seele fast daran zu Grunde geht, rettet sich ihr Bewußtsein durch Flucht in die frühkindlichen Schichten ihrer Persönlichkeit. Aber sie kann die Erinnerungen an die schrecklichen Erlebnisse unter der Hypnosebefragung und in den Verliesen des Mondtempels nicht ganz abschütteln. So vergiften sie auch diesen Bereich ihrer zeitlichen Persönlichkeit und schaffen damit diese höllische Seelenlandschaft, in der ich sie als kleines Mädchen zu Beginn angetroffen habe. Ich übermittle ihr gedanklich die Vorstellung des Eingreifens einer engelhaften Lichtgestalt, die sie aus dieser selbstgeschaffenen Hölle befreit hat und nun hierher in das Paradies führte. Ich verankere dieses heilsame Bild im kindlichen Aspekt ihres Wesens und erreiche damit eine Stabilisierung der Gesamtpersönlichkeit. Und noch einmal durchleben wir beide die qualvollen Erfahrungen der letzten Tage. Doch diesmal bleibt die Flucht in die Kindheit aus. Cara kann sich ihrer Erinnerung stellen, sich ihre Niederlage verzeihen und ihre Selbstachtung bewahren. Ich suggeriere der Schlafenden telepathisch weitere kraftvolle Unterstützung durch „ihren Engel“ und leite gleichzeitig Licht in ihre Energiezentren.

Caras Aura hat sich zwischenzeitlich in ihrer farblichen Zusammensetzung stark verändert. Wo sich vorher aggressive und depressive Farben ausbreiteten, dominieren nun Farbschwingungen, die auf positive gedankliche und gefühlsmäßige Aktivitäten hinweisen. Auch äußerlich feststellbar, hat sich ihr Zustand stark gebessert. Caras Schlaf ist nun wesentlich ruhiger, und der Atem geht tief und gleichmäßig.

Erst jetzt wird mir bewußt, daß die Nacht fast vorüber ist. Ich beschließe, es meiner Patientin gleich zu tun, und lege mich auf eine Polstergruppe im leeren Sitzungsraum zum Schlafen nieder. Ich bin gespannt, wie sich meine Behandlung auf das Verhalten und Empfinden der wachen Cara auswirken wird. Über diesen Gedanken bin ich bald darauf eingeschlafen.

Sanftes Rütteln an der Schulter weckt mich. Ein Palastdiener steht vor mir und informiert mich, daß meine Patientin erwacht ist und im Moment frühstückt. Dankend entlasse ich ihn und recke und strecke mich dann ausgiebig. Durch die ungewohnt weiche Unterlage fühle ich mich etwas zerschlagen. Ich erhebe mich und mache einige Übungen, um meinen Körper wieder in Schwung zu bringen. Dann ordne ich meine Kleider, fahre mir kurz durch die Haare und mache mich auf den Weg zu Cara.

Als ich eintrete, hat sie ihr Frühstück gerade beendet. Sie ist in neue Gewänder gekleidet und macht einen erholten Eindruck. Mit fragenden Augen blickt sie mir entgegen. Ganz offensichtlich kann sie sich nicht an die Ereignisse der letzten Nacht und an meine Behandlung erinnern. Ihr Gesicht ist entspannt, die ganze Gestalt wieder kraftvoll, so wie ich sie vom Mondfest her in Erinnerung habe. Caras Gedanken entnehme ich, daß sie nicht weiß, wer ich bin. Das ist verständlich, hat sie doch die Zeit meiner Initiation und meiner anschließenden öffentlichen Auftritte in den dunklen Verliesen des Mondtempels verbracht. Ich verbeuge mich nach Art der Sonnenpriester: *„Ich freue mich, daß die Hohepriesterin des Mondtempels wieder gesund unter uns weilt. Mein Name ist Algor dym Caldara, und ich bin gekommen, dich über das zu informieren, was sich während deiner Gefangenschaft zugetragen hat.*" Beim Klang meines Namens geht ein schmerzliches Zucken über ihr Gesicht, erinnert er sie doch an die Ursache ihrer Leidenszeit. Gleichzeitig verändert sich ihr Gesichtsausdruck. Neugierig und gespannt schaut sie mich an. Mit einer Handbewegung fordert sie mich auf, ihr gegenüber Platz zu nehmen. *„Ich habe schon viel von dir gehört und ich kenne die Prophezeiungen. Aber sag mir zuerst: Was ist mit Dorman? Du lebst noch, also müssen seine Pläne endgültig fehlgeschlagen sein?"*

Lächelnd schaue ich in ihr angespanntes Gesicht. Sie hat sich vorgebeugt, und ich spüre ihre Erregung wie eine Welle, die auf mich einstürmt. *„Zuerst möchte ich dir Grüße von deiner Tochter ausrichten. Sie ist gesund und wohlauf! Es ist so viel geschehen seit dem Fünf-Monde-Fest, daß ich – dein Einverständnis vorausgesetzt – dir aus Gründen der Zeitersparnis das Wichtigste gedanklich in dein Bewußtsein einblenden will. Über alles weitere können wir uns dann unterhalten."* Wortlos lehnt sich Cara zurück und schließt ihre Augen. Etwas überrascht über diese spontane und unkomplizierte Form der Zustimmung, beginne ich, ihr die Bilder des vergangenen Geschehens – soweit es für sie von Bedeutung ist – in ihr Bewußtsein zu projizieren. Schließlich übermittele ich ihr ganz behutsam und vorsichtig meine Erinnerungen an die Erfahrungen und Gefühle der letzten Nacht und an meine therapeutischen Bemühungen. Ihre Augen werden feucht, und sie hält sie noch eine Weile geschlossen, nachdem ich meinen Bericht beendet habe. Als sie sie endlich öffnet, ist ein rätselhafter Glanz wie ein Triumph nach gewonnener Schlacht in ihnen. *„Zuerst möchte ich dir, Algor, danken für das, was du für meine Tochter und mich getan hast. Ich freue mich sehr über eure Liebe. Ich brauche aber noch ein wenig Zeit, um die Fülle dessen, was du mir mitgeteilt hast, zu verarbeiten. Darüber hinaus bin ich sehr glücklich und dankbar, daß du mich auch an deinen persönlichen Visionen und Erlebnissen hast teilnehmen lassen. Es ist mir bewußt, daß du mir damit bei meiner Heilung helfen willst. Besonders deine Licht- und Gotteserfahrungen empfand ich als sehr heilsam. Ich weiß nun, daß ich all das Schreckliche der letzten Zeit mit Hilfe des All-Einen überwinden werde, und danke ihm, daß er dich uns wie versprochen in dieser Zeit schwerster Prüfungen gesandt hat."* Sie schweigt und wischt sich die Tränen aus den Augenwinkeln. Ich erhebe mich, trete zu ihr und lege meine Rechte beruhigend auf ihren Nacken. *„Wie wäre es, wenn du – nach der Befragung durch den König – bis zur Beendigung des Konflikts Gast im Hause meines Vaters wärst? Imela könnte sich ein wenig um dich kümmern, und meine Eltern würden sich bestimmt über deinen Besuch freuen!"*

Cara kann vor unterdrückten Tränen nicht sprechen. Sie nimmt meine Linke und drückt sie fest an ihre Brust, während sie ihren Kopf an mich lehnt. Ich bin tief gerührt von dieser Form der Antwort, die mich an ihre Begegnung mit dem weißen Lamm heute nacht erinnert. Ich streiche ihr sanft übers Haar und verlasse sie dann ohne weitere Worte, um den Zauber des Augenblicks nicht zu zerstören. Gedanklich teile ich ihr im Hinausgehen noch mit, daß man sie abholen wird, wenn das Gespräch mit Mahatra stattfinden soll. Eine Ordonnanz führt mich zum König, der kurz eine Sitzung verläßt, um sich von mir ins Bild setzen zu lassen. Wir vereinbaren, uns am frühen Abend in den Gemächern Sitalees im Tempel zu treffen. Während dieser Zusammenkunft soll dann auch Cara befragt werden. Ich übernehme es, Sitalee und Cargo zu informieren, und so begebe ich mich nach einer kurzen, aber freundschaftlichen Verabschiedung in den Sonnentempel.

Als ich nach der Unterrichtung von Sitalee und Cargo in meine Räume komme, finde ich dort eine Botschaft meines Vaters vor, die mich dringend nach Hause ruft, da Bila, die Kinderfrau von Belus und mir, im Sterben läge. Betroffen will ich Belus informieren, höre aber von seinem Lehrer, daß er bereits früh am Morgen an das Sterbebett unserer Amme geeilt ist. Wieder benutze ich den Geheimgang zum Hause meines Vaters, der mich bereits im Arbeitszimmer erwartet. Wir umarmen uns kurz, und ich erzähle ihm schnell von meiner Einladung an Cara. Er ist selbstverständlich einverstanden. Gastfreundschaft wird in unserem Hause traditionell groß geschrieben. Dann begleitet er mich zum Zimmer Bilas im obersten Stockwerk unseres Hauses.

Die ganze Familie, alle Hausbediensteten und Imela sind versammelt. Belus kniet schluchzend am Bett und klammert sich an die Hand der Sterbenden, die ihm – viel mehr als mir – auch Muttterersatz war. Ich berichte kurz Imela gedanklich von dem Gespräch mit ihrer Mutter und bade in einer Flut liebevoller, zärtlicher Gefühle, die sie mir entgegenbringt. Voll Liebe im Herzen trete ich dann an das Bett der alten Frau, um meiner Pflicht als Sonnenpriester nachzukommen und um sie – als dankbarer Schützling ihrer Fürsorge vergangener Tage – wie ein Sohn heimzubegleiten. Meine Mutter und Tybor räumen respektvoll ihren Platz an der linken Seite des Sterbebetts.

Bila liegt schweratmend in den Kissen. Die altersdürre Brust hebt und senkt sich rasselnd. Ein kurzer Gedankenimpuls von Belus sagt mir, daß die Sterbende auf Heilenergie nicht mehr anspricht, daß er nichts mehr für sie tun konnte. Ihre Zeit ist gekommen. Wehmütig schaue ich in das müde Gesicht, das sich, in meiner Erinnerung noch jung, so oft liebevoll über uns beugte, wenn wir wieder einmal nicht einschlafen wollten oder konnten. Und dann diese greisen Hände, die nun wie suchend über die Decke tasten, ohne zu finden, was ihnen Frieden geben könnte! Wie oft haben diese Hände, damals noch fest und glatt, uns liebkost und getröstet, wenn kindliches Leid tränenreich ihre ganze Liebe, ihren Schutz und die Geborgenheit ihrer Arme forderte. In meiner Erinnerung wird Bila auch immer verbunden bleiben mit dem lieblichen Duft der Aleolen, deren Blüten sie pflückte und in ihrem Wäscheschrank verteilte. Der Gedanke, sie bald zu verlieren, schmerzt mich sehr. Und doch ist es meine Pflicht, mich nun mit ihrem Geist in seinem Seelenkleid zu verbinden und ihn ins Licht zu führen.

Ich lasse mich auf einem besonderen Hocker nieder, der speziell für diesen Akt der erbarmenden Liebe für den betreffenden Sonnenpriester in jedem Sterbezimmer bereitsteht. Ich schließe meine brennenden Augen, konzentriere mich auf mein Herzzentrum und höre wieder das Singen meines Seins. Dann intoniere ich einen magischen Klang, der die Seele des Sterbenden zum freiwilligen Loslassen ihres Körpers auffordert. Hellsichtig beobachte ich, wie, von ihrem Herzen ausgehend, ein violetter Strom durch den Geistleib Bilas fließt. Langsam zieht sich ihr Energiekörper daraufhin aus den physischen Beinen und Armen zurück und ballt sich in Höhe des Nabelzentrums zusammen. Wie ein Ei, das in allen Regenbogenfarben strahlt, schwebt ihr Seelenkörper dann in Richtung Halszentrum. In dem Maße, wie sich ihre Seele zurückzieht, kommt ihr Körper zur Ruhe. Der Atem geht ruhiger, die Hände liegen nun entspannt auf dem weißen Bettuch.

Ich singe die nächste Klangfolge des Sterberituals, die dem Geist des Sterbenden hilft, die letzten Bande an die physische Sphäre zu lösen. Die Augen Bilas haben sich geweitet. Ein friedvolles Staunen liegt jetzt in ihnen. Ihr Atem ist nun fast unhörbar. Langsam öffnet sich ihr Mund und entläßt ihre Seele in die Freiheit der nächsten Welt. Ein letzter leiser Atemzug, und vor uns liegt nur noch die sterbliche Hülle unserer Amme.

Sie ist gegangen. Belus, mein Vater und ich, die wir alle hellsichtig begabt sind, sehen den Geist Bilas in seinem durchsichtigen Seelenkleid über dem Leichnam schweben und sich langsam aufrichten. Nun beginnt der zweite Teil der Aufgabe eines Sonnenpriesters bei der Durchführung des Sterberituals.

Die geistigen Augen der ehemaligen Bila sind noch geschlossen, die ganze Gestalt wirkt wie schlafend. Das, was da träumend vor mir schwebt, hat nur noch entfernte Ähnlichkeit mit dem soeben verstorbenen Menschen. Der Prozeß der Wandlung und Anpassung ist in vollem Gang. Das Wesen wirkt jetzt viel jünger, alles Unreife und seelisch noch dieser Erde Zugehörige beginnt von ihr abzufallen. Der Geist formt den Körper, der von nun an sein Träger auf der nächsten Ebene der Existenz sein soll. Die, die einmal Bila war, hat nun einen transparenten, voll ausgebildeten Seelenkörper, der schwach leuchtend hinter dem Leichnam im scheinbar unendlichen Raum schwebt.

Wie bei der Behandlung Caras sende ich ein Energiebild von mir auf die augenblickliche Aufenthaltsebene meines Schützlings. Dann lasse ich meinen lichten Doppelgänger auf die scheinbar Schlafende zugehen und sie bei der Hand nehmen. Ein Strom von Energie fließt von mir zu ihr, den ich bis in meinen auf dem Hocker sitzenden Körper spüre. Unter diesem Energiezufluß leuchtet der Seelenleib meines Schützlings stärker, und die nun junge Frau öffnet die Augen. Ich verbinde mich mit ihrem Bewußtsein und sehe so durch ihre seelischen Augen. Sie sieht sich durch einen dunklen, endlosen Sternenhimmel schweben. Ihr toter menschlicher Leib, das Zimmer, die Trauernden, all das ist ihrer Wahrnehmung entzogen, gehört einer anderen Existenzebene an, die sie für den Zeitraum des Übergangs nicht einsehen kann. Durch ihre Augen betrachtet, ist meine Energieprojektion ein geheimnisvolles Lichtwesen, das auf sie zukommt, sie an der Hand nimmt und sie nun zu einer schwach leuchtenden Energiequelle hinzieht, die sich rasend schnell nähert. Beim Näherkommen entpuppt sich dieses Licht als ein sonderbarer kosmischer Energiewirbel, der alles anzieht, was in seine Nähe kommt. Lichtgestalten, ähnlich wie mein Doppelgänger, aus allen Bereichen des physischen Kosmos kommend, schweben mit den ihnen Anvertrauten in die trichterförmige Öffnung des Wirbels, der wie ein Tunnel hinüberführt in eine andere Welt hinter der uns bekannten Welt der Formen und physischen Manifestationen. Die Schutzengel übergeben die, über die sie ein Leben lang getreulich wachten, nun dem liebevollen Sog des Lichts, das die Verstorbenen hinüberzieht auf eine andere Ebene der Existenz, wo das ewige Leben seinen Fortgang nimmt.

Als Schüler des Sonnentempels lernte ich, daß diese Tore nach drüben auf der materiellen Ebene die Relikte ehemaliger Sonnen sind. In der letzten Phase ihrer Existenz verdichten sich ihre Massen so sehr, daß sie „Löcher“ in das Raumgefüge reißen und dadurch tunnelartige Übergänge in eine andere Dimension schaffen. Im weisen Plan des Schöpfers dient somit jede Sonne durch ihr Sterben der Rückführung der aus der Materie freiwerdenden Seelen, gleichgültig, wo im weiten Kosmos sie zu Hause waren. Meine Wesensprojektion begleitet die ehemalige Bila solange, bis am Ende des Tunnels das wartende Licht die Heimkehrende so gefangen nimmt, daß sie meiner Führung nicht mehr bedarf. Sanft und von ihr unbemerkt, lösen sich unsere Hände, und während sie ihrer neuen Heimat entgegeneilt, ziehe ich meine ausgesandte Bewußtseinsform in mein Sein und in meinen Körper zurück, der neben dem Sterbebett wartet. Ich erhebe mich, um den weinenden Belus zu trösten. Arm in Arm verlassen wir beide das Zimmer. Die anderen werden sich um die Beerdigung der sterblichen Überreste Bilas kümmern. Sie wird in unserer beider Erinnerung weiterleben, und nach unserer Heimkehr ins Reich des All-Einen werden wir sie wiedersehen. Dieser Gedanke tröstet uns und gibt uns die Kraft, ihren Abschied zu akzeptieren.

In den folgenden Tagen erholt sich Cara sichtlich. Imela und meine Eltern kümmern sich rührend um sie. Leider bleibt ihre und auch die Befragung der anderen Gefangenen des Mondtempels unergiebig und liefert uns keine neuen Erkenntnisse. Wieder sitzen der König, Sitalee, Cargo und ich zusammen, um das weitere Vorgehen zu besprechen. *„Wie mir Bardo aus Ghor mitteilte, spitzt sich die Lage dort zu.“* Mahatras Stirn ist von Sorgenfalten durchzogen. Er spielt nervös mit dem Siegelring an seiner Linken. *„Man hat von seiten der Mondpriesterschaft zwar keinen Widerstand geleistet, aber die Atmosphäre ist höchst explosiv. In der Nähe der Dhan-Höhle sollen sich viele Menschen versammelt haben. Andere Meldungen sprechen von Truppenbewegungen in unmittelbarer Umgebung dieses Schlangennestes. Offensichtlich werden Teile der Höhle, die damals der Zerstörung entgangen sind, wieder für verschwörerische Zwecke genutzt. Dorman wurde seit deiner Initiation im Tempel nicht mehr in der Öffentlichkeit gesehen. Ich nehme an, er hat sich aus taktischen Gründen dorthin zurückgezogen und steuert nun alle Aktivitäten der Kinder Dhans aus dem Untergrund. Aus seiner Sicht ist das auch klug, knüpft er doch damit an die alte Tradition seines Kultes an, und das erhöht in den Augen seiner Anhänger seine*

Legitimität. Was mich aber am meisten beunruhigt, sind Berichte über das plötzlich gehäufte Auftreten angeblicher Geisteskrankheiten bei Amtsträgern und kirchlichen Würdenträgern in und in unmittelbarer Umgebung von Ghor. Ganz offensichtlich sind Dorman und seine Hypnosegruppe zum Angriff übergegangen und schalten nun systematisch alle potentiellen Gegner in ihrer Nähe aus. Darüber hinaus schaffen sie damit ein Machtvakuum und sorgen für Unsicherheit bei der Bevölkerung. – Es ist also höchste Zeit, daß wir eingreifen. Ohne unseren Beschlüssen vorgreifen zu wollen, habe ich bereits die Mobilisierung der Reserve meiner Truppen angeordnet."

Der König schweigt nachdenklich, und Cargo ergreift das Wort: *„Ich denke, daß das morgige Fest anläßlich der Halbzeit deiner Regierung, mein König, der richtige Zeitpunkt wäre, das Volk von der zwingenden Notwendigkeit eines sofortigen Eingreifens zu überzeugen und damit auf die unausweichliche Auseinandersetzung einzustimmen. Cara ist soweit wieder hergestellt, daß sie die beste Zeugin für die verbrecherischen Umtriebe der Kinder Dhans ist. Und Algor und sein Vater haben soviel Ansehen in ihrem Clan, daß auch dann nichts zu befürchten ist, wenn wir den Clanführer als Verbrecher verfolgen und bekämpfen."*

Ich habe bisher geschwiegen. Nun ist es an der Zeit, daß ich meinem geistigen Auftrag gerecht werde und den Willen dessen kundtue, dem ich mich verpflichtet habe. *„Ich stimme Cargo zu und fühle in mir die Gegenwart des All-Einen, der uns alle leiten wird. Ein weiteres Abwarten spielt nur unseren Gegnern in die Hände und kostet am Ende mehr Opfer. Treten wir Dorman jetzt entgegen, so begrenzen wir den Konflikt auf seinen Herd und vermeiden sein Übergreifen auf andere Teile unseres Landes. Ich schlage deshalb vor, daß wir direkt nach dem festlichen Gottesdienst, mit dem Einverständnis und der moralischen Unterstützung der versammelten Gemeinde im Rücken, uns mit den Truppen auf den Weg nach Ghor machen. Ich habe meine Vision nicht vergessen und bin bereit, als Streiter Gottes auf das Schlachtfeld zu reiten. Und ihr werdet an meiner Seite sein!"* Ich erhebe mich, und alle folgen mir: *„Laßt uns unser Treuegelübde wiederholen und dem All-Einen unsere Gefolgschaft schwören!"* Jeder von uns betet in Gedanken das Treuegelöbnis, das jeder Priester und auch der König bei Amtsantritt ablegt. Dann setzen wir uns wieder und beginnen die Details des bevorstehenden Feldzuges zu diskutieren.

In diesen ruhigen Tagen auf der Sonneninsel habe ich viel Gelegenheit, über die visionären Bilder von diesem faszinierenden Leben in einer anderen Welt nachzudenken. Es fällt mir auf, daß es viele Parallelen und Ähnlichkeiten zu meinem heutigen Leben gibt. Zum Beispiel erinnert mich das Aufstellen der Königsstatuen in der Empfangshalle des Palastes von Ismaratu sehr an unseren uralten Brauch der „Panaca". Darunter verstehen wir die Nachkommenschaftsregelung in der männlichen Linie eines verstorbenen Sapay Inka. Während der Thron an den Nachfolger fällt, verbleibt der gesamte weltliche Besitz bei dem Verstorbenen und wird von der Sippe verwaltet und dient dem Lebensunterhalt der Verwandten des verstorbenen Königs.

Der tote Herrscher wird kunstvoll einbalsamiert, in teure Gewänder gehüllt und die Mumie auf einen Thronstuhl im Palast gesetzt. Die Mumie ist das symbolische Oberhaupt der „Panaca" und wird behandelt wie ein Lebender. Man serviert ihr Getränke und Speisen, befragt sie um Rat, den dann die ältesten Mitglieder der Panaca in ihrem Auftrag erteilen; man trägt sie auch in Sänften zu Besuchen der Mumien anderer toter Herrscher in deren Paläste. Und so lebt der tote Sapay Inka in Gestalt seiner Mumie weiter und empfängt die gleichen Ehren und dieselbe Hochachtung wie zu Lebzeiten.

Als die Spanier unser Land überfielen, existierten zwölf Panacas, die ein wichtiger Machtfaktor in unserer Gesellschaft sind und denen sogar der größte Teil unseres Reichtums gehört. Jetzt hat man allerdings alle Königsmumien aus Cuzco weggebracht und vor den Spaniern draußen im Land gut versteckt. Der Gedanke daran, wie viele unserer heiligen Traditionen und Bräuche durch die Weißen und ihre düster gekleideten Priester zerstört wurden, macht mich traurig und wütend zugleich. Wäre ich jünger, würde ich sie mit allen Mitteln bekämpfen. Sie sind Menschen ohne Ehre, die Versprechen und Absprachen so schnell brechen, wie sie sie geben.

Atahualpa, meinem Herrn, versprachen sie nach seiner Gefangennahme Leben und Freiheit, wenn er ihre unermeßliche Gier nach Gold und Silber befriedige. Kaum war das Erpreßte von meinem um seinen König besorgten Volk geliefert, töteten sie Atahualpa auf die niederträchtigste Art und erwürgten ihn öffentlich wie einen Sklaven. Aber

Atahualpa beschämte sie tief, als er klaglos und ohne Angst zu zeigen starb. Francisco Pizarro heißt der Anführer der Ehrlosen. Ich bin ihm nur einmal begegnet, als man meinen Herrn in Cajamarca so hinterhältig gefangennahm. Ich fand das Gesicht dieses Spaniers, vor allem aber seine taxierenden, dunklen Augen anmaßend und abstoßend. Man beauftragte mich, die Beschaffung des riesigen Lösegeldes mit zu organisieren, und deshalb bin ich noch frei und am Leben.

Auch werde ich den Spaniern nie die gefühllose Schändung unseres heiligen Sonnentempels in Cuzco verzeihen, als sie uns in ihrer grenzenlosen Gier zwangen, die reflektierenden Goldbleche von den Wänden und Mauern zu reißen. Und wieder brach Pizarro sein Wort, als er die gelieferten Kunstwerke, das kulturelle Erbe meines Volkes, einschmelzen ließ. Das ist jetzt etwas über ein Jahr her, und wie ich hörte, plündern die Eroberer nach wie vor jedes Haus und jedes Heiligtum auf der Suche nach immer mehr Gold.

Von den traurigen Erinnerungen dieses Lebens innerlich sehr aufgewühlt, flüchte ich mich fast in jenes ferne Leben, in dem ich die Kraft und Macht besaß, den Kindern der Dunkelheit erfolgreich entgegentreten zu können.

Als Sitalee, Cargo und ich den festlich geschmückten Tempel betreten, stimmen die versammelten Sonnenpriester die Grazella an. Dieses erhebende Dankgebet für göttliche Führung wird fünfstimmig gesungen und ist fester Bestandteil jedes Gottesdienstes. Wir nehmen in der ersten Reihe Platz, dort, wo sonst der König sitzt, der heute einen besonderen Ehrenplatz einnehmen wird. Die schweren silberweißen Vorhänge vor dem Allerheiligsten schwingen zur Seite und geben den Blick auf die Sonnenbarke aus Lyra frei, in deren geschmücktem Innenraum der König in seinem Krönungsornat thront.

Die Barke ist einem Prunkboot nachempfunden, das in der Frühzeit unserer Geschichte eine bedeutende Rolle bei der Inthronisation der Seekönige von Demara spielte. In Demara, der vor vielen Sonnenumläufen untergegangenen Vorläuferkultur unserer heutigen Zivilisation, nahmen der Sonnenkult und die Anbetung des Lichts als Ausdruck Gottes ihren Anfang. Bei der Thronbesteigung eines Königs ruderte man den neuen Herrscher bei

Sonnenaufgang vom Meer her an Land, wo eine atemlose Menge den Lichtgeborenen ehrfurchtsvoll in Empfang nahm. Die Strahlen der beiden aufgehenden Sonnen im Rücken schufen um den neuen König in seinem kostbaren Umhang aus Lyragewebe eine farbsprühende Lichtaura und verwandelten ihn so in eine überirdische Gestalt, wie der Märchen- und Sagenwelt unseres Volkes entsprungen. Heute tragen sechs Männer und sechs Frauen, die von den Clanführern ausgesucht werden, die Sonnenbarke neben den Hauptaltar. Dorthin, wo sonst mein Platz ist. Die Zwölf repräsentieren die zwölf Speichen am Rad Ismars und sind jeweils in die Prunkgewänder ihrer Clans gekleidet. Es gilt als hohe Ehre, zum Barkenträger berufen zu werden. Ein Amt, das während der ganzen Regierungszeit des Königs im Besitz des Betreffenden bleibt. Stirbt er oder sie in dieser Zeit, so stellt die Familie automatisch einen Nachfolger des gleichen Geschlechts für die verbleibende Lebenszeit des augenblicklichen Herrschers. Unsere Mythologie erzählt, daß die Barkenträger nach ihrem Ableben wieder mit ihrem König vereint werden, um im Jenseits seine Freuden mit ihm zu teilen. Ich bin aber ganz sicher, daß es wohl mehr das weltliche Ansehen des Amtes ist, das so viele nach ihm streben läßt.

Die zwölf setzen die Barke ab und nehmen wie eine Leibgarde rund um das Zeremonialboot Aufstellung. Sitalee und Cargo erheben sich, treten zu der Sonnenbarke und helfen Mahatra beim Aussteigen. Dann führen sie ihn zu seinem Thron, der vor dem Altar auf einem Podest aufgestellt ist. Nachdem der König Platz genommen hat, treten beide zu ihren angestammten Plätzen am Altar, und der Festgottesdienst beginnt.

Immer wieder bin ich gefangen von dem mystischen Lichtzauber, wenn die beiden aus der Decke strömenden Lichtbahnen sich über dem Altar vereinen und das Lyragestein das Licht in alle Farben des Regenbogens bricht. Die weißen Gewänder der beiden neben dem Altar funkeln und leuchten unter dem Feuerwerk der gleißenden Licht- und Farbenflut. Der Klang der Lyrascheiben in der Kuppel läßt alle Herzen höher schlagen. Als der offizielle Gottesdienst aus Anlaß der Regierungshalbzeit zu Ende ist, erhebt sich Mahatra und informiert in einer Art Rechenschaftsbericht die Gottesdienstbesucher über die herausragenden Ereignisse der ersten Hälfte seiner Regentschaft. Natürlicherweise nimmt die Entwicklung im Mondtempel und das Geschehen der letzten Tage in seiner Ansprache einen breiten Raum ein. Ein Raunen geht durch die überraschte Menge, als er von den Machenschaften Dormans und andeutungsweise von dem Martyrium Caras berichtet. Dann bittet er die Hohepriesterin des Mondtempels, selbst von ihren leidvollen Erfahrungen zu berichten.

Als sich Cara erhoben hat, um vom Altar aus zu den Versammelten zu sprechen, faßt sich plötzlich der neben ihr sitzende Colord mit beiden Händen an die Schläfen. Ein tierischer Aufschrei läßt alle Besucher erschreckt zusammenzucken. Das Gesicht des Mannes ist schlagartig schweißgebadet und qualvoll verzerrt. Schaum kommt über seine Lippen, während sich seine Augäpfel nach hinten verdrehen, bis nur noch das Weiße sichtbar ist. Bevor jemand eingreifen und helfen kann, sinkt die Gestalt des Mannes aufstöhnend in sich zusammen. Schnell dringe ich in das Bewußtsein des Colord ein, um mich blitzschnell wieder zurückzuziehen. Leider nicht schnell genug, um diesem grauenhaften Gefühl, dem Zerfall des Gehirns bei vollem Bewußtsein, ganz entgangen zu sein. Allein der Nachhall dieser extremen Schmerzen des Stellvertreters Caras läßt mich fast aufstöhnen. Gleichzeitig wird mir bewußt, daß ich in diesem Augenblick Zeuge des Sterbens dieses bedauernswerten Menschen war. Hellsichtig sehe ich eine dunkle, nebelartige Gestalt sich hastig von dem zusammengebrochenen Körper entfernen und sich durch die Materie der Seitenwand des Tempels davonmachen. Ich nehme an, daß ein posthypnotischer Befehl, tief im Unterbewußtsein des Mannes verankert, diesen zur Selbstzerstörung in dem Moment zwang, als seine Entlarvung drohte. Dorman und seine Helfershelfer wollten wohl so verhindern, daß ihre verbrecherischen Machenschaften ans Tageslicht kämen. Nun hat das Sterben dieses Opfers eines bösartigen, fremden Willens den Worten Caras ungeahnte Aktualität und Glaubwürdigkeit verliehen. Einige Gottesdienstbesucher tragen den Toten hinaus.

Cara ist kalkweiß im Gesicht, macht aber einen gefaßten Eindruck, als sie ihre Ansprache beginnt: *„Ich grüße euch im Namen Caliastras, der Mondgöttin, in deren Auftrag ich zu euch spreche! Fehlgeleitete und lichtfeindliche Kräfte haben in den letzten Jahren den Mondtempel unterwandert, um widerrechtlich die Führung an sich zu reißen. Das habe ich selbst in den letzten Tagen leidvoll erleben müssen. Mit Dorman dym Caldara, meinem geheimen Stellvertreter an der Spitze, versuchte eine machtgierige Clique unter dem Deckmantel des Dhan-Kultes den Mondtempel unter seine Kontrolle* *und in seine Gewalt zu bringen. Fast wäre es ihnen mit verbotenen und gotteslästerlichen Mitteln gelungen. Als ich in den Verliesen meines eigenen Tempels, verraten von großen Teilen meiner Priesterschaft, bereits den Tod vor Augen sah, befreite mich nur der Wille des All-Einen in Gestalt des starken Armes von Mahatra vor einem schmählichen Ende. Ich weiß nun, daß die alten Prophezeiungen vom letzten Kampf mit den Mächten der Finsternis wahr geworden sind. Die Kinder Dhans wollen die Macht im Staat und sind bereit, dafür unser aller Leben zu opfern.“*

Ein Aufschrei geht durch die Anwesenden, und ich blicke, mich umdrehend, in ungläubig aufgerissene Augen. Zu ungeheuerlich ist für viele das Gehörte, das an den Fundamenten von all dem rüttelt, was für jeden rechtschaffenen Bürger unserer Stadt von grundlegender Bedeutung ist. *„Weiter! Sprich weiter!“* fordern aufgebrachte Zurufe aus der Menge, und Cara fährt mit der detaillierten Schilderung ihrer Erlebnisse vor, während und nach dem Fünf-Monde-Fest fort. Als sie schließlich endet, herrscht Totenstille im Raum. Wie erschlagen, blicken viele vor sich auf den Boden. Andere weinen, einige ballen in hilfloser Wut drohend ihre Fäuste.

Da spüre ich, wie, aus meinem tiefsten Innern kommend, das Singen meines Seins mich wie eine Woge überflutet, und ich fühle deutlich die Gegenwart des All-Einen in meiner Seele. Ich erhebe mich, um meinem Herrn als Werkzeug und Kanal zu dienen. Ich nehme noch wahr, wie ich an den Altar trete. Dann erlischt meine Erinnerung. Nach den Worten Cargos war das die Botschaft unseres Gottes: *„Kinder des Lichts, Kinder meiner Liebe! Laßt allen Haß in eurem Herzen fahren! Seht, es sind eure Schwestern und Brüder, die in die Irre gehen, sich immer tiefer verstricken und nun nicht mehr zurück ins Licht finden. Ihnen haßvoll zu begegnen, hieße, die Dunkelheit in ihnen noch zu vertiefen. Aber schickt ihr jemanden, der um Licht bittet, zurück in die Nacht, oder ladet ihr ihn ein und erinnert ihn an das Licht der Sonne, das auch die finsterste Nacht beendet? So soll alles, was ihr tut, geprägt sein von dem erbarmenden Licht des kommenden Morgens! Laßt die Rädelsführer die gerechte Strenge des Gesetzes spüren! Den Mißbrauchten und Verführten aber gewährt Gnade und gebt ihnen Gelegenheit, ihre Irrtümer zu erkennen. Nicht um Strafe geht es, sondern um Erkenntnis. Nur das wirklich Böse mißachtet das Erkannte und schlägt die liebevoll entgegengestreckten Hände aus. Und so erkennt das Böse daran,* *daß es so bleiben will, wie es ist. Aber denkt immer daran: Die größte Finsternis unterliegt dem kleinsten Licht! – So soll es sein! Es werde Licht in euch!"*

Beim Klang dieser letzten Worte geschieht das Wunder. Noch im Zurückkommen erlebe ich das meiste davon mit. Plötzlich scheint sich die Natur des Altarsteines zu verwandeln und sich das empfangene Licht hundertfach zu verstärken. Ein anfänglich sanftes Summen steigert sich zu einer nie gehörten hellen Klangfolge himmlischster Töne. Der Altar beginnt zu schweben, während er wie eine Sonne noch den letzten Winkel des Tempels erhellt. Dann teilt sich das Licht, und das verkleinerte Abbild von Alila und Ismar schwebt anstelle des Altars über den Häuptern der staunenden Anwesenden. Ohne menschliches Zutun beginnen die Lyrascheiben in der Kuppel eine zauberhafte Melodie zu spielen, und ein intensiver Duft von Opferkräutern und Aleolenblüten breitet sich im ganzen Raum aus. Die Verblüffung und die Ergriffenheit der Gottesdienstbesucher ist nicht zu beschreiben. Die Herzen werden weit und sprengen die engen Grenzen der Lieblosigkeit. Spontan singt die ganze Gemeinde das Danklied der Sonnenbruderschaft mit, das Sitalee anstimmt. Das Licht vereinigt sich wieder und verwandelt sich dann zurück in den Altar, der bald darauf wieder auf seinem Platz ruht. Voller Begeisterung und mit Ovationen stimmt die Gemeinde Cargo zu, als dieser zum Liebesfeldzug gegen die Kinder Dhans aufruft und um die moralische Unterstützung der Anwesenden bittet. So klingt das Fest anläßlich der Regierungshalbzeit Mahatras mit einem Hoch auf ihn und mich aus, die wir den Feldzug im Auftrag des Lichts anführen sollen.

Wie eine Schlange windet sich der Heerzug durch die Ebene am Fuß des Tempelbergs. Cargo und ich beobachten am frühen Morgen vom Dach des Hauses der Hohepriesterin aus den Auszug der Elitetruppen Mahatras. Langsam und schwerfällig schlängelt sich die kleine Armee durch die Randbezirke Ismaratus, an den Landgütern vorbei über regenfeuchte Straßen in Richtung Ghor und den Vulkan Urgo.

Drei Tage werden sie brauchen, um das alte und voraussichtlich auch neue Schlachtfeld zu erreichen. Der König, Sitalee, Cargo und ich werden ihnen morgen folgen. Heute nacht lagern die Truppen am anderen Ende der Ebene, dicht bei den Quellen des Efu, dem längsten aller Ströme auf Ondur. Morgen bei Sonnenaufgang beginnt der mühsame Aufstieg in die Berge.

Spät am Abend werden sie die zentrale Hochebene erreicht haben, in deren Mitte Urgo wie ein vom Himmel gefallener Faustkeil in die Wolken ragt. Das Gelände in unmittelbarer Umgebung des Vulkans ist mit Lavafeldern bedeckt, die wie schwarze Zungen am satten Grün der saftigen Wiesen lekken. Hier weiden die weißen Ribus, die vom Mondtempel gezüchteten seltenen Schafe, deren einzigartige Wolle zu hochwertigen Stoffen verarbeitet wird. Nur Priester dürfen diese Stoffe für rein spirituelle und kultische Zwekke weiterverarbeiten. So sind beispielsweise die Vorhänge, Decken und Bodenbeläge im Allerheiligsten der Tempel aller Kulte aus dieser kostbaren Wolle gewebt, die mit hauchdünnen Lyrafäden durchsetzt ist. Die einzigen existierenden Kleidungsstücke aus diesem Stoff sind die Krönungsmäntel des Königs und der Hohen Priester. Nur der Mondtempel hat von alters her das Recht, diese seltene Tierrasse zu züchten.

Am Rande der Hochebene liegt die alte Tempelstadt Ghor mit ihren berühmten Türmen des Todes. Traditionsgemäß werden die nackten Körper der Verstorbenen hier in Hunderten von Nischen aufgebahrt und den wilden Arkas, die in der Gipfelregion dieser wilden Bergwelt nisten, zum Fraß angeboten. Ein alter Mythos erzählt, daß diese großen Raubvögel Boten von Alila und Ismar sind und die Körper der Toten zu den wartenden Seelen in den Himmel tragen, damit die Verstorbenen auch dort über einen Körper verfügen. Trotz jahrhundertelanger Belehrungsversuche durch den Sonnentempel war dieser alte Aberglaube nicht auszurotten. Schließlich siegte der Pragmatismus, der auch in religiösen Dingen unsere Menschen auszeichnet: *„Übernimm, was du nicht ändern oder unterwerfen kannst!“* lautet ein altes Sprichwort, und so fand dieser uralte Volksglaube mit Billigung des Sonnentempels Eingang in das religiöse Brauchtum dieser Region.

Die Schlangenhöhle Dhans liegt mehrheitlich auf der der Stadt abgewandten Seite des Vulkans, so daß alle Aktivitäten am Fuße der Höhle von Ghor nur schwer zu beobachten sind. Trotz der Höhe ist das Klima so hoch oben angenehm mild und ausgeglichen. Dafür sorgt unser Doppelgestirn und die enge Umlaufbahn unseres Planeten um unsere Sonnen.

Lange vor der legendären Schlacht von Ghor ist der Vulkan zum letzten Mal ausgebrochen. Damals kam allerdings fast die ganze Bevölkerung der alten Stadt ums Leben. Was die giftigen Gasnebel verschonten, erstickte im tagelangen Ascheregen, in dem alles versank. Bereits eine Generation später erstand das neue Ghor, wie wir es heute kennen, aus den Trümmern des alten.

Bekanntlich ist das Innere Urgos von Höhlen und Spalten durchzogen, und an manchen Stellen kann man die rotglühende Lava durch den Bauch des alten Riesen strömen sehen. Urgo ist nämlich der Name eines Riesen aus der Sagenwelt unserer Heimat. Er soll sich mit Caliastra, der Mondgöttin, oder besser sie sich mit ihm, eingelassen haben. Daraufhin seien beide aus den Himmeln verstoßen worden, und der wutschnaubende Urgo soll auf Ondur verbannt worden sein. Wahrscheinlich erzählt die Sage in märchen- und symbolhafter Form, was bei der Kollision des Kometen mit dem fehlenden Planeten unseres Sonnensystems geschah. Wie auch immer: inzwischen hat sich der Riese beruhigt und letztmalig bei der Explosion der Dhan-Höhle seine ungeheuren Kräfte gezeigt.

Cargo und ich verlassen unseren Beobachtungsplatz, als der Heerwurm nur noch ein kleiner dunkler Strich im verschwommenen Licht des Horizonts ist. Ich will diesen Tag dazu benutzen, Abschied von Imela und meiner Familie zu nehmen, die alle der bevorstehenden Auseinandersetzung mit Bangen entgegensehen. Mit einem letzten Blick auf die verkohlten und ausgeglühten Reste des ehemaligen Mondtempels unten in der Stadt machen wir uns auf den Weg ins Innere des großen Hauses, als ich aus den Augenwinkeln ein grelles Leuchten an ungewohnter Stelle am Himmel bemerke. Überrascht bleibe ich abrupt stehen, so daß Cargo mir im wahrsten Sinn des Wortes „in den Rücken fällt“. Verdutzt reibt er sich die vom Zusammenprall schmerzende Schulter und folgt dann meiner Blickrichtung. Ein silbrig glänzender Ball, der, ab und zu von den Sonnenstrahlen getroffen, hell aufleuchtet, jagt mit unglaublicher Geschwindigkeit durch die gemächlich dahinziehenden Wolkenfelder. Cargo neben mir atmet scharf ein, und auch ich bin im Moment sprachlos vor Überraschung. Noch nie habe ich so etwas beobachtet! Geräuschlos schießt das Objekt auf uns zu, so daß wir uns unwillkürlich ducken. Ich bemerke noch, daß an der Unterseite der Kugel farbige Lichter blinken. Dann ist sie auch schon über uns hinweg und hinter dem Königspalast verschwunden. Im nächsten Augenblick kommt das Ding wieder hinter der Kuppel des Palastes zum Vorschein und steigt dann senkrecht empor, bis es hinter einer Wolkenwand verschwindet. Der Vergleich mit der Palastkuppel läßt uns die Größe dieses Flugobjekts ahnen. Es muß mindestens einen Durchmesser von der Länge eines ausgewachsenen Tarabaumes haben und damit über mehr Raum verfügen als unsere größten Kauffahrerschiffe.

Fragend und ratlos schaue ich Cargo an, der nur hilflos mit den Schultern zuckt. *„Ich weiß nicht, was das war! Allerdings erinnert es mich an den alten Mythos unserer Religion, daß im Anbeginn der Zeit Götter in Donnerkugeln die Menschen besuchten und ihnen das Feuer brachten. Aber diese Kugel eben flog lautlos! Und wieso ist sie nicht gelandet? Vielleicht ist sie ein unbekanntes Naturphänomen? Außer uns beiden scheint niemand das Ding bemerkt zu haben. Bevor wir nicht mehr wissen, sollten wir in der augenblicklichen Situation besser mit niemandem darüber sprechen. Sonst laufen wir Gefahr, daß sich die Anhänger Dhans dieser Erscheinung bedienen und sie für ihre Zwecke mißbrauchen.“* Da ich immer noch nicht weiß, was ich davon halten soll, nicke ich nur zustimmend mit dem Kopf, und dann verlassen wir beide endgültig das Dach.

Tief in Nachdenken versunken, wandere ich durch das Zwielicht des unterirdischen Ganges. Ich muß – trotz meiner Zusage an Cargo – unbedingt meinen Vater fragen, was er von unserem Erlebnis hält. Gerade habe ich mich zu diesem Entschluß durchgerungen, da fängt der Gang vor mir eigenartig zu flimmern an, und aus einem nebligen Lichtfeld tritt eine fremdartig gekleidete Gestalt auf mich zu. Blitzschnell konzentriere ich mich auf meine Mitte, um gegen jeden Angriff gewappnet zu sein. Dann befehle ich dem Wesen laut, nicht näher zu kommen, da ich dies als Bedrohung ansehen würde. Sofort bleibt die Gestalt stehen und streckt mir – wie um mir zu zeigen, daß sie waffenlos sind – ihre geöffneten Hände entgegen. Erst jetzt fällt mir auf, daß dieses Wesen wie ein Ondurianer aussieht. Kopf, Gesicht, Arme und Beine, alles absolut menschlich. Nur die Farbe und der Schnitt der Augen ist fremdartig, und unter einer Art metallenen Kapuze kommen bei uns unbekannte, fast weiße Haare zum Vorschein.

„Ich komme in Frieden!“ Das Wesen spricht zwar mit seinem Mund, aber die Laute kommen offensichtlich aus einem Metallkästchen, das es am Hals trägt. Es bemerkt meinen interessierten Blick, deutet auf dieses Ding und sagt: *„Dieses Gerät übersetzt zeitgleich meine Worte in eure Sprache, die für unsere Sprechorgane zu schwierig und kompliziert ist. – Aber gestatte mir, mich zuerst vorzustellen. Ich bin Arkon Zebit, Erster Kommu-*

nikator des Kugelraumers Wega III. Meine Aufgabe ist es, beim Eintritt in ein neues und unerforschtes Sternensystem als erster Kontakt mit existierenden humanoiden Lebensformen aufzunehmen. Unsere psychischen Energieabtastungen dieses Planeten aus dem Orbit haben ergeben, daß du der Bewohner dieser Welt bist, dessen Energiefrequenz am höchsten schwingt. Deinen Gedanken entnahmen wir, daß du bald diesen unterirdischen Gang nehmen würdest. Und da er uns für eine erste, ungestörte Kommunikationsaufnahme ideal erschien, hat man mich in die Nähe geflogen und dann mit dem Materietransmitter in dieses Raumfeld geschleust."

Wenn ich nicht den gedanklichen Bildern des Fremden gefolgt wäre, ich hätte kein Wort von dem, was er sagte, verstanden. So aber sehe ich in seinem Geist eine fremde Welt, ganz ähnlich der unseren, von der aus diese Kugel mit etwa dreißig Personen an Bord gestartet war. Ich erlebe mit, was es heißt, lange Zeit Gefangener eines solchen Schiffes im leeren Raum zu sein. So bekomme ich einen umfassenden optischen Eindruck, ohne allerdings alles zu verstehen. Aber diese Bilder helfen mir zu begreifen, daß da kein Geist oder Gott vor mir steht, sondern ein menschliches Wesen aus einer weit entfernten Welt, das allerdings über Möglichkeiten verfügt, die uns fremd sind.

Während ich die rituelle Begrüßungsgeste der Sonnenpriesterschaft mache, frage ich mich, was es wohl bedeuten mag, daß der Fremde „Arkon" heißt und damit den gleichen Namen wie Ismars heiliger Stier trägt. Sollte er doch ein Abgesandter der Götter sein? Freundlich, aber mit vor Aufregung zitternder Stimme antworte ich: *„Sei gegrüßt und willkommen, Reisender aus dem All! Laß uns unser Gespräch an würdigerer Stelle fortsetzen. Folge mir, wenn du einverstanden bist, in meine Wohnräume! Dort sind wir ebenfalls ungestört. Es ist dort auch bequemer und angenehmer als hier unter der Erde."* Ein erleichtertes Lächeln zieht über das Gesicht meines Gegenüber. Er hat wohl mit mehr Schwierigkeiten bei unserer ersten Kontaktaufnahme gerechnet. Je mehr ich nun seine menschlichen Seiten wahrnehme, um so mehr verliere ich meine Scheu vor dem Unbekannten. Und so gehe ich erwartungsvoll voraus, gespannt darauf, was da noch auf mich wartet. Fast muß ich ein wenig schadenfroh lächeln, als ich bemerke, daß die Schwerkraft unseres großen Planeten dem Fremden beim Treppensteigen schwer zu schaffen macht. Unbemerkt erreichen wir meine Räume, und der Mensch aus dem All läßt sich auf meine Aufforderung hin erschöpft in einen der Sessel fallen. Ich lasse ihm Zeit, wieder zu Atem zu kommen und sich im Zimmer umzusehen. Auch ich nutze die Gelegenheit, meinen Besucher näher in Augenschein zu nehmen.

„Ich komme aus einem Sonnensystem vom Rande unserer gemeinsamen Galaxis", eröffnet er das Gespräch. In seinen Gedanken sehe ich wieder diesen wasserreichen Planeten, von dem mein Besucher stammt. *„Wir nennen unseren Planeten ‚Geo' und die Zivilisation, die uns aussandte, ‚Atlantis'."* Wie Demara muß Atlantis ein Seereich sein. Zumindest entdecke ich in seinem Bewußtsein fremdartige Städte und Paläste aus weißem Stein, die auf großen Inseln liegen und durch weitläufige Wasserwege miteinander verbunden sind. *„Von unseren Wissenschaftlern wissen wir, daß der Kontinent, auf dem wir leben, aus tektonischen Gründen vom Untergang bedroht ist. Erdbeben und Vulkanausbrüche sind an der Tagesordnung. Und so suchen wir – auch fern unserer Heimat – für unsere Rasse nach Möglichkeiten des Überlebens. Die meisten von uns ziehen es vor, auf Geo zu bleiben und auf andere Kontinente auszuwandern, die – zumindest für eine absehbare Zeit – sicheren Lebensraum bieten. Aber unser Volk ist gespalten, und ein Teil unserer Wissenschaftler hält es für sinnvoller, für eine ausgesuchte, qualifizierte Minderheit einen neuen Planeten zu finden, der uns langfristig bessere Überlebenschancen bietet."*

Arkon Zebit schweigt und schaut mich erwartungsvoll an. Was soll ich sagen? Was erwartet er von mir? Wieder lese ich seine Gedanken und stelle fest, daß mein neuer Bekannter das gleiche nur mit Hilfe unhandlicher „Geräte" kann, was er im Moment heftig bedauert. Zu gern wüßte er, was ich gerade jetzt denke und fühle. Und ganz tief in seinem Unterbewußtsein entdecke ich eine große Angst davor, hier nicht willkommen zu sein und weiter durch das All ziehen zu müssen. Ganz offensichtlich gibt es nicht viele Himmelskörper, die von Menschen bewohnt werden können. Ondur ist geradezu ein Glücksfall für sie. Mir wird klar, daß ich nun unbedingt Mahatra und die anderen informieren muß, da eine solche Entscheidung nur von unserem Volk und seinen gewählten Vertretern getroffen werden kann. Ich teile ihm das mit und daß ich mich gleichwohl für das Anliegen seiner Rasse einsetzen will. Seine Erleichterung darüber, nicht sofort auf Widerstand zu stoßen, ist fast greifbar. Dann gehe ich hinüber zu Cargo, um ihn über diese unglaubliche Geschichte zu informieren.

Das Eintreffen der Außerirdischen scheint die Situation auf Ondur zuerst einmal zu komplizieren. Wie wir dem Bewußtsein unseres Besuchers zweifelsfrei entnehmen können, kommen er und seine Kameraden zwar in friedlicher Absicht, aber im denkbar ungünstigsten Moment. Als wir versuchen, ihm das verständlich zu machen, lächelt er verhalten. *„Ihr vergeßt, daß wir euch aus dem Orbit eures Planeten schon länger beobachten und deshalb die machtpolitische, religiöse und soziale Lage recht gut einschätzen können. Und gerade weil wir miterlebten, wie sich euer Konflikt zuspitzte und daß kriegerische Auseinandersetzungen drohten, haben wir uns entschlossen, ohne weiteres Zögern Kontakt aufzunehmen und euch unsere Hilfe anzubieten.“*

Wir sitzen im Sitzungssaal des Thronrats, der – Dorman ausgenommen – vollzählig versammelt ist. Die Anwesenheit Arkon Zebits ist eine Sensation. Den meisten Mitgliedern des Thronrats fällt es sehr schwer, sich eine menschliche Existenz auf einem anderen Himmelskörper vorzustellen, und so wurde der Besucher anfänglich mit Fragen über das Leben auf Geo und in Atlantis überschüttet, die er alle geduldig beantwortete. Die letzte Bemerkung Arkons hat dem Gespräch nun eine ganz neue Wendung gegeben, und allen Anwesenden wird schlagartig bewußt, daß die Atlanter uns in vielem – und sicherlich auch waffentechnisch – weit überlegen sind. Plötzlich wird klar, daß es nun einen neuen Machtfaktor auf Ondur gibt. Mahatra schaut mit gefalteten Händen unbeweglich auf die Dokumente vor ihm auf dem Tisch. Sitalee und Cargo sind in einen telepathischen Gedankenaustausch vertieft, und ich versuche, im Bewußtsein Arkons die Natur und die Beschaffenheit der angebotenen Hilfe auszuloten. Mein ursprüngliches Vorhaben, heute Imela und meine Familie zu besuchen, scheint in weite Ferne gerückt. Die wichtigste Frage ist jetzt: Wie wird das Eintreffen der Atlanter unser Leben verändern? Denn daß es das tun wird, daran gibt es für mich keinen Zweifel. Das dringendste ist für mich im Moment, mehr Informationen über unsere unerwarteten Gäste und ihr Vorhaben zu erhalten, und so dringe ich auf der Suche nach mehr Daten und Fakten unbemerkt immer tiefer in die Erinnerung Arkon Zebits ein.

„Jetzt erinnere ich mich wieder!“ Abrupt richte ich mich auf. Ja, ich erinnere mich nun ganz genau an das, was mein alter Lehrer Urcon

Pachacútec einst erzählte. Lange ist es her. Ich war damals zehn oder elf Jahre alt und wurde mit anderen Kindern des Hochadels von alten Priestern unterrichtet. Urcon aus der Panaca des berühmten und legendären Inkaherrschers Pachacútec machte uns mit der Geschichte und dem Brauchtum unseres Volkes vertraut. Das war sein Lieblingsthema.

Ich erinnere mich, daß er uns eines Tages von den Schädeloperationen erzählte, für die unsere Priesterärzte seit langer Zeit bekannt sind. Oft waren infolge von Kampfhandlungen Verletzungen des Gehirns zu beklagen, die man dann – ebenso wie seelische Übel oder die Fallsucht – durch Öffnung des Schädels zu heilen versuchte. Urcon sprach davon, daß unsere Vorfahren die Technik des Schädeldurchbohrens von Fremden gelernt hätten, die vor sehr langer Zeit von einem im Meer versunkenen Kontinent namens „Atlantis" in unser Land gekommen seien. Er gab uns noch mehr Beispiele, wie sich altes Wissen durch die Zeit bis zu unseren Lebzeiten erhalten hat. Das meiste davon habe ich aber wieder vergessen. Nur der Name „Atlantis" in Verbindung mit den mich sehr faszinierenden Schädeloperationen blieb mir im Gedächtnis. Und nun begegne ich dem gleichen Namen in meinen Visionen von diesem früheren Leben! Sollten die Raumfahrer damals wirklich von der Erde gekommen sein, auf der ich jetzt lebe? Und wo sind die herrlichen Städte und Paläste, die ich zu jener Zeit im Bewußtsein Arkons sah? Wo ist die Technik und das Wissen der alten Atlanter geblieben? Alles im Meer versunken, wie es Arkon Zebit damals befürchtet hat?

Erregt wandere ich vor meiner Hütte auf und ab. Es ist später Nachmittag. Die Sonne steht tief über dem Titicacasee. Der Wind frischt auf und spielt in meinen Haaren. Plötzlich kommt mir der Gedanke, daß ich damals die Heimat Arkons besucht habe. Ja, ich bin mir jetzt sicher! Es muß lange nach der Auseinandersetzung mit den Kindern Dhans gewesen sein. Auf einer der letzten Reisen Arkon Zebits in seine alte Heimat muß ich mit dabei gewesen sein! Ich erinnere mich jetzt wieder ganz genau an diese großartige Stadt auf einer grünen Vulkaninsel mitten im Meer. Und wie ich von der mächtigen weißen Stadtmauer aus die einzige Sonne dieses Himmels im rotglühenden Meer versinken sah. Ein Schauspiel, das mich immer sehr beeindruckte. Auf Ondur hatten wir keine so große zusammenhängende Wasserfläche, und bei uns wurde es auch nachts nie so dunkel. Dafür war das Flimmern und Blinken des nächtlichen Sternenhimmels auf Atlantis ein unvergeßlicher Anblick und mehr als eine Entschädigung.

Ich fühle jetzt ganz deutlich, daß ich mich bei diesem Besuch auf dem Planeten, der mir im jetzigen Leben Heimat ist, unsterblich in ihn verliebte. Und eine innere Stimme sagt mir, daß ich zu jener Zeit den Grundstein für meine Wiederkehr auf diese Erde legte; daß sich nun der Kreis geschlossen hat und ich bald zurückkehren werde auf Ondur, wohin sich meine Seele unbewußt sehnt. Jetzt verstehe ich auch, warum ich mich so oft als Gast in diesem Leben, bei diesen Menschen und auf dieser kleinen Kugel im unendlichen All fühlte und wieso ich dagegen in meinen Träumen, die mich nach Ondur trugen, so zu Hause war! Viel mehr, als ich es jemals hier als Angehöriger des Inkavolkes und als Gefolgsmann Atahualpas empfunden habe.

Ganz bewußt beschließe ich, heute nacht noch einmal in die Vergangenheit zu reisen. In die Zeit, in der ich Arkon Zebit näher kennenlernte und auf Ondur der Kampf gegen die Kinder Dhans begann. Zuerst aber will ich mich noch stärken und mich an den Vorräten, die ich aus dem Nachbardorf mitgebracht habe, gütlich tun.

Nach langen, leidenschaftlich geführten Diskussionen beschließt der Thronrat, eine begrenzte Anzahl von Einwanderern aus Atlantis grundsätzlich zuzulassen. Näheres, insbesondere die genaue Zahl, soll erst in weiteren Beratungen und nach Anhörung der Vertreter der Stände und Clans festgelegt werden. Zuerst muß aber der innere Konflikt von den Ondurianern selbst und ohne Hilfe der Fremden gelöst und beendet werden. Ich bin sehr froh, daß die Führung unseres Volkes bestrebt ist, die Atlanter aus unseren religiösen und machtpolitischen Auseinandersetzungen herauszuhalten. Ihre reine Existenz wird zukünftig noch genug Probleme schaffen. Da müssen wir die Beziehungen zwischen unseren Rassen nicht schon zu Beginn mit solchen Dingen belasten.

Auch Arkon Zebit ist mit diesem Ergebnis sehr zufrieden und bittet um Landeerlaubnis für sein Raumschiff, damit er uns seinen Missionschef, der gleichzeitig auch Kommandant des Kugelraumers ist, vorstellen kann. In seinen Gedanken lese ich, daß er davon überzeugt ist, daß die Anwesenheit seines Schiffes und die Demonstration seiner Möglichkeiten anläßlich einer Besichtigung die „noch unterentwickelten Ondurianer“ sehr beeindrukken wird. *„Ich spreche auch im Namen von Lamar Alto, dem Leiter unserer Mission, wenn ich Sie, Majestät, und auch Sie, verehrte Mitglieder des Thronrats, zu einem Flug durch ihr Sonnensystem einlade. Der Anblick ihrer beiden Sonnen und des Planeten aus den Tiefen des Alls wird ihnen unvergeßlich bleiben.“*

Das war ein geschickter Schachzug Arkons. Wie ich an der Reaktion der Anwesenden ablese, sind die meisten von dieser Einladung sehr angetan. Und auch Mahatra hat großes Interesse an einem solchen Erlebnis, das ihn in die unmittelbare Nähe Alilas und Ismars, den polaren Manifestationen des All-Einen, bringen wird. Ich stelle zwar keine bösen Absichten im Bewußtsein Arkons fest, aber ich nehme mir vor, auf der Hut zu bleiben. Darüber hinaus wird eine klug gewählte Demonstration meiner paranormalen Fähigkeiten dafür sorgen, daß die technikverliebte Überheblichkeit der Atlanter einen kleinen Dämpfer erhält. Sie sollen nicht glauben, daß sie uns prinzipiell überlegen sind. Das wäre tödlich für eine zukünftige positive Beziehung unserer beiden Rassen und würde sehr wahrscheinlich bald zu neuen schweren Konflikten führen. Nur wenn sich beide Seiten letztlich als gleichwertig akzeptieren, hat ein Zusammenleben Zukunft.

Ich beschließe abzuwarten, bis das Raumschiff gelandet ist, damit auch alle Atlanter in den „Genuß“ der Überraschung kommen, die ich für sie bereithalte. Mahatra erteilt nach Zustimmung des Rats die Landeerlaubnis für Wega III auf einer Fläche auf der Ebene vor den Toren Ismaratus, die von jeher für große Festveranstaltungen reserviert ist. Wir alle werden Zeuge, wie Arkon in einer seltsamen Sprache in einen Metallknopf an seinem rechten Kragen spricht, der ihn – wie er uns anschließend erklärt – direkt mit der Kommandozentrale seines Raumschiffs verbindet. Aus dem Knopf am linken Kragen ertönt die Antwort so klar und deutlich, daß man glauben könnte, ein im Raum befindlicher Mensch spräche: Lamar Alto, der Kommandant, dankt für die Landeerlaubnis und kündigt die Ankunft des Schiffes für die letzte Stunde vor Sonnenuntergang an.

Eilig verlassen die Ratsmitglieder den Raum. Ich kann mir lebhaft vorstellen, daß ihre Erzählungen Aufsehen erregen und dafür sorgen werden, daß eine große Menschenmenge die Wega III und ihre Besatzung heute abend begrüßen wird.

Bis zur angekündigten Landung des Schiffes sind es nur noch wenige Stunden. Wenigstens diese will ich noch im Kreise meiner Familie und bei Imela verbringen, und so mache ich mich zum zweiten Mal für heute durch den unterirdischen Gang auf den Weg zum Hause meines Vaters. Arkon Zebit ist als Gast des Königs im Palast geblieben, und Sitalee und Cargo bereiten alles im Tempel organisatorisch Notwendige für eine längere Abwesenheit vor. Es bleibt dabei, morgen werden Mahatra und wir den Truppen nach Ghor folgen. Durch die Ankunft der Atlanter ist die rasche Niederschlagung des Aufstands der Kinder Dhans noch dringender geworden. Tausend Gedanken jagen durch meinen Kopf, während ich durch das diffuse Licht des Ganges nach Hause eile.

Überraschenderweise ist die ganze Familie im Arbeitszimmer meines Vaters versammelt, als ich durch die Geheimtür den Raum betrete. Nun ist die Überraschung auf ihrer Seite. Vater gibt eine kurze Erklärung über die Existenz des Ganges ab, der jetzt nicht mehr geheim bleiben muß. Imela hört gar nicht zu, sondern hat sich mit einem kleinen Freudenschrei in meine Arme geworfen. Es tut gut, ihren festen und doch so weichen, fraulichen Körper in meinen Armen zu halten. Rafta, meine Mutter, und Tybor, mein Bruder, drücken mich zur Begrüßung mit ernster und besorgter Miene an sich, als ich mich endlich von Imela losreißen kann. Auch mein Vater macht ein ernstes und nachdenkliches Gesicht, als ich ihn umarme.

„Was ist los? Warum macht ihr Gesichter wie auf einer Beerdigung?“ Mein Vater führt mich zu einem Sessel, Imela läßt sich auf der Lehne nieder, und er setzt sich auf ein Sofa mir gegenüber. *„Wir machen uns Sorgen um Urmi! Wie Tybor in Erfahrung gebracht hat, hat Lara dym Caldara ihre Tochter nach dem Beginn der Unruhen aus der Klausur im hiesigen Mondtempel nach Hause geholt. Gestern, gegen Abend, haben beide das Haus ohne Begleitung verlassen. Ein Diener brachte Tybor heute morgen einen Brief von seiner Verlobten, in dem sie um Verzeihung für ihr Weggehen und Verständnis für ihre Situation bittet und deinen Bruder freigibt. Als Tybor daraufhin zu ihrem Elternhaus eilt, findet er dort nur eine verzweifelte Dienerschaft vor, die Lara und Urmi seit dem gestrigen Abend vermißt. Ich vermute, beide sind auf dem Weg zur Dhan-Höhle, wo sich wahrscheinlich Dorman aufhält.“*

Ich schaue meinen Bruder ruhig und ermutigend an: *„Das war nach Lage der Dinge zu erwarten, ändert aber nichts an meiner erklärten Absicht, Urmi zu retten und euch beide zum guten Schluß zu vereinen! Die Haltung Urmis ehrt sie! Die Loyalität gegenüber ihren Eltern ist ein zentrales Gebot unserer Religion, und ich bin mir ganz sicher, daß sie nichts über die wirklichen Pläne und Handlungen ihres Vaters weiß. Sei also unbesorgt! Wahrscheinlich ist sie dort, wo sie jetzt ist, sicherer als hier in Ismaratu. Die Reaktionen der Gottesdienstbesucher gestern ließen nichts Gutes für Dorman, seine Familie und sein Haus erwarten."* Tybors düstere Miene hellt sich wieder auf: *„Ja, ich denke du hast recht, Algor! Trotzdem, oder gerade deswegen, möchte ich dich darum bitten, euch nach Ghor begleiten zu dürfen."* Nach kurzem Nachdenken stimme ich zu: *„Für deine zukünftige Rolle wird es wahrscheinlich sogar sehr gut sein, wenn man dich während des Konflikts offen auf meiner und damit der Seite Mahatras und des Sonnentempels streiten sieht"*, und zu meiner Mutter gewandt, beruhige ich ihre aufsteigende Unruhe: *„Keine Angst, ich achte darauf, daß ihm nichts geschieht!"*

Am Gesicht meines Vaters kann ich ablesen, daß er mit dieser Entwicklung einverstanden ist, und so beginne ich, von unseren überraschenden Besuchern und der bevorstehenden Landung des Raumschiffes zu erzählen. Unglaube wechselt sich mit Verblüffung ab, und alle wollen schließlich bei diesem einmaligen Schauspiel mit dabei sein. Auf meine Empfehlung hin wird sich Imela als junger Diener unseres Hauses verkleiden, der pflichtschuldig seine Herrschaft begleitet. Dann mache ich mich auf den Weg zurück in den Tempel, um mit der offiziellen Empfangsdelegation am Ort des Geschehens einzutreffen.

Als Mahatra, Arkon, Sitalee, Cargo und ich im Prunkwagen des Königs, gezogen von zwölf weißen Pferden und eskortiert von seiner Leibwache, am Landeplatz ankommen, ist dort die halbe Bevölkerung Ismaratus versammelt. Rund um das etwas tieferliegende ovale Feld, das für alle möglichen Veranstaltungen bis hin zu Theateraufführungen genutzt wird, erheben sich Tribünen, die nun alle voll besetzt sind. Kopf an Kopf warten die Menschen auf ein Geschehen, das sich – schenkt man unseren Überlieferungen Glauben – letztmalig vor vielen tausend Sonnenumläufen ereignet hat.

Plötzlich geht ein Raunen durch die Menge. Hände zeigen nach oben, und alle Gesichter wenden sich gen Himmel. Langsam und majestätisch gleitet die riesige Silberkugel aus einer dichten schwarzen Regenwolke hervor. Lautlos schwebt sie herab, wobei farbige Lichter um ihre Mitte nacheinander aufleuchten. Ein merkwürdiger Geruch – wie nach einem Gewitter – liegt in der Luft. Die Kugel ist glatt und ohne Erhebungen oder Ausbuchtungen, und auch Fenster fehlen gänzlich. Und doch scheinen die Insassen nach draußen sehen zu können. Exakt über dem Mittelpunkt des Feldes kommt das Schweben des Schiffes in Mannshöhe zum Stillstand. Bewegungslos und still steht der Kugelraumer über dem gepflegten Rasen. Nichts rührt sich. Die Menge starrt gebannt auf dieses riesige Etwas aus dem All. Als die Spannung fast unerträglich wird, öffnet sich plötzlich die Schiffswand an der Unterseite, und eine breite Rampe klappt nach unten. In der klaffenden Öffnung erscheinen zwei im Vergleich zum Schiff winzige Gestalten. Ein Mann und eine Frau, wie man beim Näherkommen sehen kann. Als die beiden die halbe Distanz zur Empfangsdelegation zurückgelegt haben, bleiben sie überraschend stehen. Ein schnelles gedankliches Überprüfen bestätigt mir, daß sie darauf warten, daß wir ihnen die andere Hälfte der Wegstrecke entgegenkommen. Nun ist die Zeit für meine kleine Demonstration gekommen. Ich informiere schnell die anderen Mitglieder der Delegation – mit Ausnahme des Atlanters – telepathisch über mein Vorhaben sowie seinen Sinn und Zweck und finde allgemein Zustimmung.

Da unsere neuen Freunde ganz offensichtlich so stolz auf die Errungenschaften ihrer Technik sind, wollen wir ihnen zeigen, daß auch der Geist, ganz ohne Hilfsmittel, Gleiches und Besseres bewirken kann. Und so lasse ich – wie damals den Altar – nun den Prunkwagen samt den Pferden langsam nach oben steigen, bis er in halber Höhe des Raumschiffs schwebt. Tosender Beifall der Menge nach anfänglich betroffenem Schweigen belohnt mich. Arkon Zebit neben mir stiert sprachlos aus dem Wagen nach unten und kann sich das ganze nicht erklären. Ratlos schaut er in unsere Gesichter, um einen Hinweis oder eine Erklärung zu finden. Aber keiner von uns reagiert auf seine unausgesprochenen Fragen. Dann beginne ich mit der telepathischen Übertragung der Begrüßung.

Während ihrer Ausbildungszeit lernen die Sonnenpriester auch, gedanklichen Kontakt zu einer großen Menschenmenge aufzunehmen. Jeder Empfänger hört dann, wie meine Gedanken als scheinbar laute Worte mitten in seinem Kopf geboren werden. Der Effekt ist verblüffend, und jeder, der das zum ersten Mal erlebt, ist stark beeindruckt von der Präsenz und Nähe der fremden Stimme in seinem Bewußtsein. „*Willkommen, Freund aus dem All! Das Volk von Ondur und ich, sein König, begrüßen euch herzlich und laden euch ein, unsere Gäste zu sein!*“ Die Wirkung auf unsere Besucher ist wie erwartet groß. Arkon ist regelrecht fassungslos, hat er uns doch innerlich schon als „zurückgeblieben“ und „sehr entwicklungsbedürftig“ eingestuft. Langsam lasse ich den Prunkwagen und die Pferde herabschweben, die ich durch entsprechende Gedankenimpulse ruhiggestellt habe. Wieder auf dem vertrauten Boden angekommen und meiner Gedankenfessel ledig, stampfen und schnauben sie unruhig und erregt. Wir verlassen den Prunkwagen und gehen, mit Mahatra und mir an der Spitze, auf die beiden Wartenden zu.

Lamar Alto, der Kommandant von Wega III, ist ein großgewachsener Mann mittleren Alters. Sutha Zebit, die langbeinige blonde Frau, die ihn begleitet, ist erster Offizier des Schiffes und Ehefrau Arkons, wie uns dieser bei der Vorstellung mitteilt. Nach dem Austausch weiterer Höflichkeiten bittet Mahatra die drei zu einem Empfang und anschließend zu einem ersten offiziellen Informationsgespräch in den Palast. Ich beschließe, den Vorabend unseres Aufbruchs nach Ghor in meinem Elternhaus zu verbringen, und setze davon die anderen in Kenntnis. Sie haben Verständnis für mich und dafür, daß ich mich auf meine Rolle bei den bevorstehenden Auseinandersetzungen innerlich vorbereiten will und deshalb die Atmosphäre meines Zuhauses vorziehe. Arkon bedauert mein Fernbleiben. Er ahnt inzwischen, daß die wundersamen Ereignisse beim Empfang seines Raumschiffes mit mir zusammenhängen, und möchte unbedingt mehr erfahren. Ich vertröste ihn auf die Zeit nach meiner Rückkehr.

Seit zwei Tagen sind wir unterwegs und nähern uns nun der Stadt Ghor, vor deren Toren die Truppen Mahatras lagern. Der lange Ritt durch die Berge war für uns alle, die wir solche körperlichen Strapazen nicht gewohnt sind, sehr anstrengend. Müde und durchnäßt, freuen wir uns auf ein warmes Quartier im Sonnentempel von Ghor. Mahatra wird allerdings in einem extra für ihn aufgestellten komfortablen, großen Zelt mitten unter seinen Soldaten nächtigen. Wir verabreden, dort früh am kommenden Morgen zu einer Lagebesprechung zusammenzukommen, zu der auch Bardo, der Befehlshaber der königlichen Leibgarde, andere hohe Offiziere und Tokar, der Vorsteher des hiesigen Sonnentempels, und sein Stellvertreter hinzugezogen werden sollen. Sitalee, Cargo, Tybor und mich erwartet am Stadttor eine Delegation der Sonnenpriester, die uns zum Tempel geleiten.

Ich bin nicht zum ersten Mal in Ghor und doch immer wieder überrascht und beeindruckt von der Vitalität und Lebendigkeit dieser Stadt, die so ganz anders ist als Ismaratu. Eigentlich gibt es nur zwei Stadtteile in Ghor, die durch den wild schäumenden Bergfluß Atar, der tief im Innern des Gebirges entspringt, voneinander getrennt sind.

Auf der einen Flußseite leben die Kaufleute und Handwerker, schlägt das geschäftliche Herz Ghors. Mit Steinmetzarbeiten reich geschmückte Häuserblocks umschließen große Grünflächen, auf denen täglich Markt abgehalten wird. Die Handwerker arbeiten zumeist in nach außen offenen Räumen unter den Arkaden, im Erdgeschoß der mehrstöckigen alten Häuser. Das Vulkangestein, das hier traditionell zum Hausbau verwendet wird, glänzt rotbraun und wird in einem riesigen Steinbruch in der Nähe der Stadt gebrochen. Das Privatleben spielt sich aufgrund des Klimas meistens auf den flachen Dächern ab. Diese sind häufig durch gewagte Hängebrücken aus Taraholz und Seilen aus den langen Blättern des gleichen Baumes miteinander verbunden. Fremden, die die Höhenlage nicht gewohnt und nicht schwindelfrei sind, wird von der Benutzung dieser schwankenden Seilbrücken dringend abgeraten. Nur wer von hier stammt und von Kindesbeinen an gelernt hat, über die schmalen und gefahrvollen Wege und Grate des Gebirges zu wandern, kann diese Hängebrücken gefahrlos benutzen.

Auf der anderen Seite des Flusses leben die Beamten, die Angestellten und Diener der Stadt und die Studenten und Lehrer der berühmten Tempelschulen von Ghor. In dieser Stadt befindet sich seit langer Zeit das kulturelle und intellektuelle Zentrum unseres Staatenbundes. Jeder Vater, der etwas auf sich hält, versucht, zumindest eines seiner Kinder hier studieren zu lassen. Die Schulen wurden zwar von den verschiedenen Kulten gegründet und werden auch heute noch von diesen finanziell mitgetragen, der Lehrstoff wird aber von einem freien Gremium weltlicher Lehrer festgelegt und an Schüler beiderlei Geschlechts vermittelt. Somit sind die Schulen weitgehend frei von den Doktrinen der betreffenden Religionsgemeinschaften und werden von den Studenten nur nach dem wissenschaftlichen Ruf ihrer Lehrer beurteilt und ausgesucht. Der Sonnentempel beispielsweise unterhält gleich zwei Schulen. Eine, die sich nur mit dem kulturellen Erbe unseres Volkes befaßt, und eine andere Schule für die Heilkunst mit Pflanzen und Edelsteinen, die speziell in den ländlichen Gebieten Ondurs großen Anklang findet.

Der Baustil der Häuser in diesem Stadtteil unterscheidet sich sehr von dem der Händler und Handwerker. Das beginnt bereits damit, daß hier meistens der weiße Stein aus dem Vorgebirge beim Hausbau Verwendung findet. Man orientierte sich in der Vergangenheit gern am Beispiel der Hauptstadt Ismaratu und deren baulicher Atmosphäre von Religiosität und Gelehrsamkeit. Aber bald gab man die Hochbauweise zugunsten weitläufiger, einstöckiger Gebäude in ausgedehnten Parkanlagen auf. Platz war genügend vorhanden, und so sieht man heute auf den sehr gepflegten Rasenflächen häufig Gruppen von Studenten um ihren Lehrer sitzen, der seinen Unterricht einfach ins Freie verlegt hat. Oft kommt es zwischen den Studenten zu wissenschaftlichen oder sportlichen Wettkämpfen, die aber in aller Regel friedlich enden, meistens in den großen Tavernen auf der anderen Seite des Flusses.

Es gibt in Ghor keinen abgegrenzten Tempelbezirk. Das religiöse Leben ist in das weltliche integriert. Und so liegt der hiesige Sonnentempel auf einer großen künstlichen Insel mitten im Fluß, die beim Wiederaufbau der Stadt aufgeschüttet wurde. Von beiden Ufern führen zahlreiche Brücken auf diese „Sonneninsel", wie sie von den Bewohnern Ghors leicht spöttisch genannt wird. Neben dem Sonnentempel befindet sich hier noch ein staatliches Warenmagazin und das Steueramt der Stadt. Außerdem haben sich im Laufe der Zeit auf dieser Insel die Neubürger angesiedelt, die aus anderen Teilen Ondurs hierher gezogen sind. Und so findet sich auf diesem Fleckchen Erde ein buntes Gemisch aller Kulturen und Rassen unseres Planeten.

Tokar begrüßt uns im Vorhof des Tempels und begleitet uns dann in die Räume, die in jedem Tempel für die Hohepriesterin und ihr Gefolge reserviert sind. Nach einigen Schlucken heißen Tees zum Aufwärmen bittet Sitalee Tokar um einen kurzen Bericht darüber, wie sich die Dinge in Ghor und im Umfeld der Dhan-Höhle entwickelt haben.

Müde vom langen Ritt und mit schmerzenden Gliedern, haben Tybor und ich uns früh zurückgezogen. Unser gemeinsames Zimmer liegt am Ende des Ganges, in dem sich auch die Zimmerflucht der Hohepriesterin befindet. Entsprechend dem Brauch in dieser Gegend, sind die Liegen in Ausbuchtungen der Wände wie in Höhlen eingelassen. Darunter verlaufen tönerne Heizrohre, in denen warmes Wasser zirkuliert, das den großen Raum hinter den dicken Mauern angenehm temperiert. Zwei Fenster an der Stirnseite schauen über den wild schäumenden Flußarm hinweg auf die gegen den Horizont dunkel aufragenden Umrisse der Bauten des Handwerkerviertels. In der Ferne überschatten die schwarzen Hänge des Vulkans Urgo die nächtliche Hochebene.

Während ich noch diese Szene auf mich wirken lasse, bemerke ich plötzlich seitlich rechts am Fuße des Vulkans hell aufflackerndes gelbes Licht, dessen Farbe bald darauf ins rötliche wechselt. „*Tybor, komm doch bitte mal her und sag mir, wofür du das hältst!*“ Mein Bruder ist neben mich getreten und blickt stirnrunzelnd auf die Lichterscheinung. Da erscheint dicht neben der ersten eine zweite Lichtquelle. Beide verändern ihre Form, werden zu leuchtenden Bändern, die den Hang hinablaufen. „*Das sieht wie Lavaströme aus*“, meint Tybor, „*aber einen Ausbruch hätten wir eigentlich auch hinter diesen dicken Mauern hören müssen. Sehr merkwürdig! Soviel ich weiß, war bei der Explosion der Dhan-Höhle die letzte Eruption mit Magmaausstoß zu beobachten. Irgend etwas geht dort draußen vor, aber wir werden uns wohl bis morgen früh gedulden müssen, um Genaueres zu erfahren. Vielleicht weiß Tokar dann schon mehr, oder Mahatra. Ich jedenfalls gehe jetzt schlafen!*“ Er wendet sich gähnend ab, und bald darauf verrät mir sein lautes Schnarchen, daß mein Bruder auch in Krisenzeiten nicht aus der Ruhe zu bringen ist. Immerhin vermuten wir, daß sich die Frau seines Herzens gerade jetzt dort in unmittelbarer Nähe aufhält, wo die todbringende Feuerflut alles verschlingt. Kopfschüttelnd beschließe ich, noch meine Meditationsübungen zu machen. Morgen steht mir der Kampf mit den Kindern Dhans bevor, und ich weiß noch nicht, wie wir ihnen begegnen werden und was genau meine Rolle dabei sein wird.

Auf meine Mitte zentriert und völlig entspannt, schwebe ich im schwachen Nachtlicht über meinem mitgebrachten Meditationsteppich. Tybor schläft jetzt ruhig und tief, und ich genieße die Stille in diesem altehrwürdigen Tempel. Plötzlich bemerke ich, wie die Wand mir gegenüber zu verschwimmen beginnt. Graublaue Nebel ballen sich jetzt dort zusammen, wo eben noch festes Gemäuer war. Aus den wogenden Schwaden formen sich die Konturen eines Gesichts. Kurz darauf blicke ich überrascht in die höhnisch grinsenden Züge Dormans, dessen Augen mich hypnotisch fixieren. Ein kalter Schauder läuft mir über den Rücken, und ich spüre, wie eine finstere Kraft hinter diesen dunklen Augen versucht, mit aller Macht in mich einzudringen. Der unglaublich starke Wille hinter dieser Kraft ist noch sehr viel größer als damals im Hause meines Vaters. Er kommt mir wie das Böse schlechthin vor.

Mir wird bewußt, daß diese Gedankenprojektion Dormans wahrscheinlich von den Mitgliedern seiner Hypnosegruppe mitgetragen und energetisch aufgeladen wird. Einen Moment erwäge ich, Tybor zu wecken und um Unterstützung zu bitten. Aber dann ist mir schnell klar, daß ich gegen diesen Gegner allein antreten muß. Das Lächeln auf dem Gesicht Dormans verzerrt sich zu einer Fratze purer Bosheit, und mit einer metallisch kalten Stimme, die nur entfernt der Dormans ähnelt, faucht das Wesen mir seine Drohungen entgegen:

„Niemals wirst du zurückkehren und in Ismaratu den Helden spielen können! Der Zorn Dhans wird dich und die Deinen vernichten! Zornglühend ist die heilige Schlange in ihrem Hort tief im Berg erwacht und hat sich bereits auf den Weg gemacht, euch mit ihrem Glutatem zu verbrennen und mit ihrem feurigen Rachen zu verschlingen. Fürchte dich, Frevler, der du geglaubt hast, Dhan widerstehen zu können! Morgen ist der Tag deines Todes. Und noch bevor Alila die Kinder Caliastras dreimal am Himmel wird abgelöst haben, werde ich, Dorman, auf dem Thron im Palast auf eurem Berg sitzen. Der Sonnentempel aber wird der Mondgöttin geweiht werden und so der sichtbare Beweis dafür sein, daß Alila über Ismar gesiegt hat!"

Ich habe mich die ganze Zeit darauf beschränkt, die feindliche Energie am Eindringen in mein Bewußtsein zu hindern, ansonsten aber genau zugehört, um möglichst viel über die Pläne und Absichten Dormans zu erfahren. Aus den Augenwinkeln sehe ich, daß mein Bruder erwacht ist und mit schreckhaft aufgerissenen Augen auf die Erscheinung starrt. Ich denke, daß der Unfug jetzt lange genug gedauert hat und sende deshalb einen massiven Lichtimpuls in das Zentrum der nebligen Gedankenprojektion, die daraufhin in sich zusammenfällt und auf einen Punkt schrumpft, der sich mit einem kleinen Knall in nichts auflöst.

Nach kurzem Nachdenken wird mir klar, daß die bildhaften Drohungen etwas mit dem von uns beobachteten Ausbruch Urgos zu tun haben müssen. Sollte es den Kindern Dhans wirklich gelungen sein, der Lava aus den Tiefen des Berges einen Weg nach draußen zu bahnen, damit sie sie als Waffe gegen uns einsetzen können? Haben diese Wahnsinnigen tatsächlich die Pforten der Hölle geöffnet, um mit Hilfe des dämonischen Feuers der Unterwelt das Licht zu besiegen? Kaum zu glauben, und doch ganz offensichtlich wahr!

Das erregte Schnaufen Tybors reißt mich aus meinen Überlegungen. *„Was, um Alilas und Ismars Willen, war das? Und was tust du da?"* Erst jetzt ist ihm aufgefallen, daß ich schwebe, was er noch nie vorher so nah miterlebt hat. Ich weiß nicht, was ihn mehr beeindruckt, mein Schweben oder die Erscheinung. Ich gebe ihm über beides kurze Erklärungen ab und bitte ihn dann, weiterzuschlafen, zumindest aber zu schweigen, damit ich meine meditativen Übungen beenden kann. Als ich mich schließlich zum Schlafen niederlege, merke ich an seinem unruhigen Hin- und Herwälzen, daß mein Bruder immer noch wach ist. In mich hineinlächelnd, denke ich, daß es mit seiner Ruhe nun wohl vorbei ist. Aber das schadet nichts. Besser er fürchtet den Gegner, als daß er zu übermütig und leichtsinnig ist und Gefahr läuft, den Feind zu unterschätzen. Ich wickle mich enger in die dicken Bettlaken und bin bald darauf fest eingeschlafen.

Ein lautes Pochen an der Tür weckt uns. Ismar ist bereits aufgegangen, aber Alila versteckt sich noch hinter dem Horizont. Es ist sehr früh am Morgen. Mein Bruder ist schneller auf den Beinen und öffnet die Tür, an die immer heftiger geklopft wird. Draußen steht ein sichtlich aufgeregter Sonnenpriester in Begleitung einer der Leibwachen Mahatras und teilt uns mit, daß der König uns – früher als geplant – sofort sehen will. Sitalee, Cargo, Tokar, der Vorsteher des Tempels und sein Stellvertreter sind bereits informiert. Ohne die übliche Morgenandacht und ohne Frühstück machen wir beide uns bald darauf auf den Weg. Am Tempeleingang erwartet uns die Leibwache, die uns geweckt hat, mit einigen Kameraden. Sie haben den Auftrag, uns sicher ins Feldlager zu geleiten. Kurz darauf sind wir alle unterwegs.

Das Zelt Mahatras hat die Größe eines kleinen Hauses. Über zwölf Masten spannt sich ein fester weißer Stoff, der in Rot und Blau mit den Insignien der Könige unseres Staatenbundes bedruckt ist. Vorbei an zwei salutierenden Gardeoffizieren treten wir ins Innere, das von vielen Öllampen hell erleuchtet ist. Der Boden ist mit schweren Teppichen ausgelegt, und einige mitgebrachte, kostbare Möbel geben dem Ganzen einen komfortablen und gemütlichen Anstrich. Hier kann man sich wohl fühlen! Der Zeltpalast ist mit farbigen Stoffbahnen in verschiedene Räume unterteilt. Im Hintergrund des Hauptraumes steht ein massiver ovaler Tisch aus Taraholz, an dem bestimmt zwei Dutzend Leute Platz nehmen können. Im Moment ist die Tischplatte mit Karten bedeckt, über denen Mahatra und einige höhere Offiziere lebhaft diskutieren. Als uns der König bemerkt, unterbricht er den Vortrag eines älteren Offiziers und begrüßt uns. Bald darauf sitzen wir alle um den Konferenztisch, und ich berichte den Versammelten, was Tybor und ich heute nacht erlebt haben und wie ich es deute.

Mahatra trommelt während meines Vortrags mit den Fingern seiner rechten Hand nervös auf der Tischplatte. Kaum bin ich fertig, springt er erregt auf und geht, während er zu uns spricht, unruhig auf und ab. *„Das, was mir meine Kundschafter berichten, scheint deine Vermutung zu bestätigen, Algor! Aus zwei künstlich geschaffenen Öffnungen, links und rechts vom Eingang der Dhan-Höhle, fließen aus dem Berg zwei Lavaströme in einem 45-Grad-Winkel aufeinander zu und vereinigen sich knapp tausend Schritte vor dem Höhleneingang. Sie bilden, mit dem Berghang im Rücken als Basis, ein geradezu höllisches Dreieck, das – zumindest im Moment – unüberwindlich ist. Nach dem Zusammenfluß, kurz hinter der Spitze des Dreiecks, stürzt der vereinigte Lavastrom in die enge Schlucht des Atar und schafft dort eine Barriere, hinter der sich der Fluß zu stauen beginnt. Abgesehen davon, daß dieser Fluß das Trinkwasserreservoir der Stadt ist, wird sich das Wasser, wenn es hoch genug gestiegen ist, bald vor der Schlucht einen anderen und – wie ich fürchte – für uns gefährlicheren Weg suchen. Meine Landvermesser haben berechnet, daß der neue Verlauf des Flusses direkt dort sein wird, wo jetzt noch unsere Truppen lagern. Altar wird sich dann erst hinter der Stadt wieder in sein altes Bett ergießen. Man hat mir versichert, daß das bei weiterem Steigen des Wasserpegels spätestens morgen mittag der Fall sein wird. Das heißt, allerspätestens morgen früh muß die Armee von hier verschwunden sein! – Aber wohin?*

Wie meine Späher in den beiden letzten Tagen beobachteten, liegt das Hauptkontingent des Feindes durch die Lava sicher geschützt auf dem Pla-

teau vor dem Höhleneingang. Es gibt zwar noch andere Eingänge in halber Berghöhe, aber die sind alle so schmal, daß sie spielend von einer Handvoll Männer gegen eine ganze Armee zu verteidigen sind. – Es scheint so, als hätten die Kinder Dhans aus der Niederlage von damals gelernt. Zu jener Zeit benutzten wir die Kräfte des Wassers und des Feuers, um die Kinder der Schlange zu besiegen und die Höhle zumindest teilweise zu zerstören. Nun haben sie den Spieß umgedreht! Solange die Lava noch fließt und der glühende Strom nicht erkaltet und erstarrt ist, kommen wir nicht an sie heran. Ghor ist ab morgen ohne Wasser, und die Bevölkerung wird bald zu murren beginnen! Also, was ist zu tun, Freunde?"

Etwas außer Atem von seiner hastig vorgetragenen Rede, hat sich Mahatra wieder hingesetzt und blickt uns erwartungsvoll an. Plötzlich wird mir bewußt, daß alle Augen auf mich gerichtet sind. Ganz offensichtlich erwartet man wieder von mir oder besser durch mich die Lösung. Zuerst will ich wütend gegen diese Überforderung aufbegehren. Dann aber erinnere ich mich daran, wer ich bin und was ich kann. Und so zentriere ich mich wieder auf meine Mitte, um aus ihr Ruhe und Kraft zu schöpfen. Ich schließe die Augen, um mich ganz auf die Quelle in mir konzentrieren zu können, und es dauert nicht lange, bis eine Reihe von Bildern aus meinem Unterbewußtsein aufsteigt, die mir detailliert aufzeigt, wie wir die Sache angehen müssen, um letztendlich siegreich zu sein.

In dieser Nacht habe ich schwere Träume. Längst Vergangenes vermischt sich mit Gegenwärtigem. Ich sehe einen Puma im Sonnentempel von Cuzco Arkon, den heiligen Stier Ismars, anfallen und mit einem Biß in die Kehle töten. – Die Bilder wechseln. – Nun liege ich auf dem Rükken am Strand des Titicacasees und beobachte das majestätisch über mir schwebende Rad Ismars, das sich langsam in das atlantische Raumschiff verwandelt, das senkrecht nach oben fliegt und dann in den Wolken verschwindet. – Ondur und Geo, Cuzco und Ismaratu, alles wird in meinen Träumen eins, läßt sich nicht mehr auseinanderhalten. Schweißgebadet wache ich auf und grübele noch lange über die Bedeutung dieser inneren Bilder.

Der Puma ist ein altes inkaisches Symbol für Stärke und Macht. Deshalb hat auch der Grundriß von Cuzco, der Hauptstadt unseres Reiches, die Gestalt eines Puma. Das Rad Ismars auf Ondur symbolisiert den ganzen Schöpfungsraum, die materielle Offenbarung Gottes, und daran erinnert der Grundriß Ismaratus. – Der Puma, der Ismars heiligen Stier tötet, könnte bedeuten, daß mein Weg mich von Ondur hierher ins Inkareich führte. Daß in mir die Offenbarung der Stärke und Macht Gottes den Sieg über die reine Betrachtung und Anbetung Gottes davongetragen hat.

Ich war noch nie ein großer Freund von Traumdeutungen und hatte damit immer meine Schwierigkeiten. Auch jetzt fühle ich mich wieder unsicher, ob meine Auslegung stimmt. Und wenn ja, was hat das Ganze für einen Sinn? Wäre eine solche Entwicklung in mir als gut oder schlecht anzusehen? Oder findet in meiner Seele nur ein zyklischer Wechsel von der passiven Betrachtung zur aktiven Inbesitznahme des Göttlichen statt? Tatsächlich begann in diesem letzten Leben auf Ondur die Umorientierung zu einem konkreteren und unmittelbareren Erleben Gottes. Und obwohl ich im heutigen Leben nicht über die gleichen Fähigkeiten verfüge wie damals als Sonnenpriester, habe ich das Gefühl, daß diese Entwicklung sich in meinem Leben als Inka fortsetzte. Heute, als alter Mann am Ende eines harten und mühevollen Lebensweges, sehe ich auf die Ernte dieses Lebens zurück, und mir wird bewußt, daß vieles, was ich leidvoll erfuhr, meiner Vervollkommnung diente.

Wenn ich nun auf Ondur zurückkehre, um erneut im Licht der beiden Sonnen geboren zu werden, so wird dort ein Kind zur Welt kommen, das den Beginn einer neuen Ära auf diesem großen Planeten einleiten wird. Das offenbarte mir unmißverständlich das letzte Traumbild dieser Nacht. Bei dieser Erinnerung durchströmt es mich ganz warm, und ich fühle, wie Tränen in meine Augen schießen. Wie durch einen Schleier schaue ich in das Licht der aufgehenden Sonne über dem See und danke Inti für die Möglichkeit, an seinem Werk mitarbeiten zu können.

Es ist geglückt! Der Glutstrom ist versiegt, die Lava zum Stillstand gekommen. Hinter der Lavabarriere staut sich zwar das Wasser des Flusses und hat sich das Tal, das sich zur Schlucht verengt, in einen See verwandelt, aber Atar fließt glücklicherweise nun doch weiter in seinem angestammten Bett. Die Bedrohung für die Soldaten Mahatras ist vorüber, und auch die

Bewohner Ghors können wieder aufatmen. Und all das verdanken wir meinen inneren Bildern. Sie erinnerten mich rechtzeitig daran, daß ich Materie in ihrer Struktur beeinflussen, daß ich den Aggregatzustand verändern und so aus Flüssigem Festes machen kann. Die Visionen zeigten mir, daß ein bestimmter Energieimpuls in den künstlich geschaffenen Magmafluß diesen erstarren läßt und so die von den Kindern Dhans gebohrten Röhren verstopft. Und auch die Lava in den Kanälen des Dreiecks habe ich so zum Stehen gebracht. In wenigen Tagen wird alles soweit abgekühlt und fest sein, daß auch schwere Wagen diese Hindernisse überqueren können.

Die plötzlich veränderte Situation hat bei den Verteidigern der Höhle viel Aufregung und Unruhe hervorgerufen. Wie aufgeschreckte Ameisen laufen sie durcheinander, sind sie doch jetzt in absehbarer Zeit des für unüberwindlich gehaltenen Schutzes beraubt. Hektische Aktivitäten am Höhleneingang lassen vermuten, daß man nun die Öffnung verschließen will.

Sollen die Kinder der Schlange nur ihr eigenes Grab schaufeln! Die Bilder haben mir offenbart, daß genau das ihren Untergang beschleunigen und die meisten von ihnen das Leben kosten wird. – Denn unter dem senkrecht aus der Tiefe aufsteigenden Magmakanal staut sich in einer Blase im Gestein todbringendes Gas. Durch den widernatürlich herbeigeführten Abfluß der Lava haben sich die Druckverhältnisse so verändert, daß das Gas die restliche Lava langsam aus dem Schlot drückt, nach oben strömt und sich dabei bereits durch die vielen Spalten und Risse im Gestein im Berg verteilt. So wird das ganze Höhlensystem bald zur tödlichen Falle für alle die werden, die darin Schutz vor uns suchen.

Fairerweise haben wir einen gefangenen Mondpriester mit einer Warnung in die Höhle geschickt. Aber bisher scheint man unserer Botschaft wenig Glauben zu schenken. Wahrscheinlich hält Dorman das Ganze für einen Trick, der ihn aus seinem Versteck treiben soll.

Eine andere Botschaft hat meinen Bruder eilig nach Ghor zurückreiten lassen. Ein Bote Tokars hat uns informiert, daß Truppen, die den Mondtempel besetzt hielten, zwei verdächtige Frauen festgenommen haben, die sich im Verhör bald als Ehefrau und Tochter Dormans zu erkennen gaben. Anscheinend haben es die beiden nicht mehr rechtzeitig geschafft, die Höhle vor der Abriegelung zu erreichen. Alila und Ismar sei Dank, darüber muß ich mir nun keine Sorgen mehr machen!

Viele Stunden vergehen, ohne daß etwas Entscheidendes geschieht und wir uns zu dem nächsten Schritt durchringen können. Der ganze Berg ist inzwischen von den Soldaten Mahatras rundum abgeriegelt. Keiner kann rein, und niemand kommt ungesehen raus. Der König, Sitalee, Cargo und ich nehmen gerade eine einfache Mahlzeit ein, als ein junger Offizier uns zu Bardo bittet, der als Kommandeur in der vordersten Frontlinie den Gegner nicht aus den Augen läßt. Dort angekommen, zeigt der Befehlshaber der königlichen Leibgarde auf einige Dutzend verrenkt vor der Dhan-Höhle liegende menschliche Körper: *„Alle Kämpfer der Schlangenbrut haben sich schon lange in die Höhle zurückgezogen. Nur die dort wollten wohl nicht. Als sie, die Arme schwingend und laut rufend, auf unsere Linien zuliefen, hat man die Deserteure mit Wurfgeschossen von hinten zur Strecke gebracht. Dabei waren die Lavaströme zu der Zeit noch viel zu heiß und gar nicht fest genug, um sie schon gefahrlos überqueren zu können. Man läßt die Unglücklichen nun einfach liegen, wahrscheinlich als Abschreckung für all die, die ebenfalls an Kapitulation denken. Aber ganz offensichtlich ist die Moral der Truppe unseres Gegners am Bröckeln. Vielleicht sollten wir jetzt den von Algor empfohlenen Plan durchführen, bevor es auch für die mit Gewalt Zurückgehaltenen zu spät ist!"*

In meiner morgendlichen Vision hatte ich gesehen, wie ein Lichtwunder den Unschuldigen zur Flucht verholfen hatte. In diesem wundersamen Bild näherten sich Alila und Ismar Ondur so sehr, daß sie scheinbar doppelt so groß wie gewohnt am Himmel standen. Auf einem weißen Pferd, im Kleid der Sonnenpriester und mit meinem kostbaren Stirnreif geschmückt, ritt ich in Sichtweite des Gegners auf die beiden tiefstehenden Sonnen zu, die sich immer näher zu kommen schienen. Während beide Sonnen sich vereinten und ich für den Beobachter mit diesem Lichtball zu verschmelzen schien, durchzuckte ein ungeheuer heller Lichtblitz die Ebene und blendete alle diejenigen, die sich innerlich vom All-Einen abgewendet hatten. Das Licht war so durchdringend, daß es sogar das Innere des Berges erreichte. Während die wahren Kinder Dhans geblendet durch die unterirdischen Gänge torkelten, nützten die Verführten, die nicht mit Blindheit geschlagen worden waren, diese Gelegenheit, um nach draußen zu flüchten und sich der Gnade der Sieger zu unterwerfen.

Als alle Verschonten in Sicherheit waren, erschütterte ein fürchterliches

Dröhnen und Beben die Erde im ganzen Umkreis. Eine Menge rotglühende Lava wurde hoch in den Himmel geschleudert, der eine schwarzgraue Wolke folgte, die sich – offensichtlich schwerer als Luft – wie Schleier um den Berg legte und alles Lebendige erstickte. Nur kurz war das Schreien der Verlorenen zu hören, dann herrschte Totenstille.

Dies war meine Vision, die ich ja in Teilen bereits zu Beginn meiner Ausbildung erleben durfte. Bardo ist scheinbar felsenfest davon überzeugt, daß ich nur losreiten muß, damit alles so kommt, wie ich es geschaut und ihnen berichtet habe. Ich bin sehr beschämt von soviel Vertrauen, zumal ich mir keineswegs so sicher bin und vor Angst und Unsicherheit einen Kloß im Hals habe. Aber nun muß es sich beweisen, ob auch ich dem traue, was doch aus mir kommt. Mit einem tiefen Seufzer der Ergebenheit füge ich mich in mein Schicksal und bitte einen Offizier Mahatras, mir aus der Pferdeherde, die zur Reserve mitgeführt wird, einen Schimmel zu besorgen.

Im Rückblick war der Ablauf der Ereignisse im wesentlichen dann auch so, wie ich es zuvor gesehen hatte. Als ich mir nach der „Verschmelzung" mit den vereinigten Sonnen wieder bewußt wurde, saß ich immer noch auf dem Schimmel auf einer Erhebung am Rande der Schlucht. Wie mir Cargo und Tybor später einstimmig berichteten, muß ich unter dem Eindruck der vorangegangenen Ereignisse einen atemberaubenden Anblick geboten haben. Als das Licht mich wieder freigab, hob sich meine Silhouette scherenschnittartig von dem hinter mir gleißenden Lichtball ab. Der Schimmel bäumte sich auf, wieherte schrill und schlug wild mit den Vorderhufen. Mein Haar und meine Robe wehten im böigen Wind. Pferd und Reiter wurden vom Feuer und Rauch der brennenden Tarabäume, die die herabprasselnde Glut entzündet hatte, abwechselnd rot angestrahlt und dann in schwarze Schleier gehüllt.

Ich selbst erinnere mich am deutlichsten an dieses unbeschreibliche Gefühl der Einheit im Licht. Alles andere ist wie ausgelöscht. Ich weiß noch, wie ich losritt, geradewegs auf dieses Licht zu, das mich magisch anzog und von dem ich nicht meine Blicke wenden konnte. Dann durchbrach ich eine unsichtbare Barriere und schwebte unvermittelt in einem lichten Körper über einer grenzenlosen, kristallenen Ebene, über die sich ein gigantischer blauschwarzer Kosmos wölbte, in dem Myriaden von Sternen funkelten.

Von überall her sprach „etwas“ zu mir. Schaute ich in die geheimnisvolle Tiefe des Alls, so kamen die Worte, die eigentlich Gedanken waren, von dort. Richtete ich meine Blicke auf die im Sternenlicht glitzernde Pracht des Kristalls unter mir, so schien „die Stimme“ von dort zu kommen. Farbige Lichter durchzogen wellenartig die durchscheinende Struktur der Kristallfläche, formten sich zu Impulsen. Alles schien belebt und beseelt zu sein. Dann vernahm ich „es“ auch in mir. Mein Ätherkörper vibrierte im Takt des kosmischen Denkers, der Quelle dieser Lebenswellen. Ich wurde selbst zu diesen Gedanken. Es gab keinen Unterschied mehr zwischen meinem inneren Selbst und dem Außen. „Es“ nahm mich in Besitz und gleichzeitig wurde es mein Eigentum. Ich beobachtete und erlebte, daß der Beobachter, sein Beobachten und das Ergebnis seiner Beobachtung eins wurden. Aus drei wurde eins. Mein Bewußtsein dehnte sich weiter aus. Ich empfand das sehr stark räumlich. Immer weiter dehnte ich mich aus, bis ich alles umfaßte, was ist. All das ging rasend schnell. – Zeitlos? – Ich weiß es nicht. Als ich vor Glückseligkeit schier zu bersten drohte, zerriß der Vorhang, und ich fand mich wieder auf dem Schimmel sitzend, oben auf dem flachen Hügel am Rande der Schlucht.

Mein Pferd setzte sich ohne mein Zutun in Bewegung und suchte die Geborgenheit des Feldlagers, wo auch seine Artgenossen waren. Man fing das Tier ab und half mir aus dem Sattel. Ich fühlte mich noch wie in Trance und bekam nur am Rande mit, daß man mich in das Zelt Mahatras führte. Erst als man mir heißen Mondwein einflößte, kam ich wieder richtig zu mir.

Ich schaue mich um und muß unwillkürlich lachen. Jedesmal, wenn ich in letzter Zeit aus diesem Zustand zurückkomme, blicke ich in erwartungsvolle Gesichter und fragende Augen. Irgendwie finde ich das sehr komisch. Oder bin ich jetzt nur etwas hysterisch oder schon vom Mondwein berauscht? Egal! Ich lasse diesem Gefühl freien Lauf und lache minutenlang aus vollem Hals. Die Reaktion meines Umfelds, die jetzt ratlosen und verwirrten Gesichter, amüsieren mich noch mehr und machen es mir noch schwerer, wieder ernst zu werden. Das Lachen steckt an. Zum Schluß dröhnt das Zelt von Lachsalven aller Anwesenden, und ich bin sicher, daß die Wache vor dem Eingang Mühe hat, ihre Gelassenheit zu bewahren. Natürlich ist das Ganze auch eine Reaktion auf die Anspannung der letzten Stunden und befreit uns von dem Druck und der Last der Verantwortung. Es dauert eine

Weile, bis wir wieder zu einer der Situation angepaßten Ernsthaftigkeit zurückgefunden haben.

Am nächsten Tag beginnen wir mit der Durchsuchung und Erforschung der Dhan-Höhle. Zuvor haben Soldaten aus Mahatras Armee die von innen verbarrikadierten und teilweise zugemauerten Hauptzugänge aufgebrochen und so für eine Belüftung gesorgt, die die noch vorhandenen Gasreste vertrieben hat. Wir, der König, Sitalee, Cargo und ich betreten die Höhle durch den Haupteingang. Ein Trupp Leibwächter unter der Führung Bardos geht voraus und sichert die Seiten. Bereits im Eingangsbereich müssen wir an Leichenbergen vorbei, die die Soldaten dort aufgestapelt haben, um uns überhaupt ein Durchkommen und einen Weg ins Innere zu ermöglichen. Die Gesichter der Toten sind schwarz angelaufen und schrecklich verzerrt. Im Todeskampf und immer noch geblendet, hatten sie versucht, mit bloßen Händen die Mauern wieder einzureißen, die sie zuvor zu unserer Abwehr aufgebaut hatten.

Bedrückt marschieren wir durch die bizarre Unterwelt des Vulkans, vorbei an dampfenden Schlammlöchern und rauchenden Spalten. Bald wird der aufwärtsstrebende Weg schmaler. Eine in den Felsen gehauene Treppe führt steil nach oben auf eine Art Galerie, von der mehrere Gänge abgehen. Als wir dem ersten Gang folgen, stoßen wir bald auf eine hermetisch verschlossene Tür, auf der in verwitterter Schrift steht, daß der unbefugte Zutritt bei Todesstrafe verboten ist. Wir lassen uns nicht abhalten. Aber alle Versuche, die massive Tür mit Gewalt zu öffnen, scheitern an fehlenden Werkzeugen und an der Enge des Ganges. Plötzlich, als wir bereits alle Versuche aufgegeben haben und beratschlagen, was wir nun tun sollen, springt die Tür leise auf und öffnet sich langsam.

Die Leibwächter drängen uns blitzschnell zurück und bilden vor uns eine lebendige Mauer, um eventuelle Angriffe abzufangen. Wie groß ist unser Erstaunen und unsere Erleichterung, als im geöffneten Türrahmen ein kleines Mädchen mit ganz weißen langen Haaren auftaucht, das in einen schwarzen Hosenanzug gekleidet ist. Ihm folgt in vorsichtiger Entfernung eine ganze Horde etwa gleichaltriger Kinder, die sich ängstlich aneinanderschmiegen und sich zitternd an den Händen halten. Die Gesichter der Kinder sind blaß, fast weiß, und die Augen starren blicklos ins Leere. Zwei Finger breit über der Nasenwurzel ist bei allen ein hellblauer Edelstein in die Haut eingelassen. Als ich forschend in das Bewußtsein des Mädchens eindringe, kommt die ganze schreckliche Wahrheit ans Tageslicht: alle Kinder wurden mittels Durchtrennung der Sehnerven geblendet! Der implantierte Edelstein, der besondere energetische Eigenschaften aufweist, bündelt Lichtfrequenzen, die für das normale Auge unsichtbar sind, und leitet sie an die zentrale Kopfdrüse und an das Sehzentrum des Gehirns weiter. Dadurch sind die Kinder in der Lage, in der Finsternis mit „inneren Augen" zu sehen und Dinge und Bereiche wahrzunehmen, die den normalen Menschen verschlossen bleiben. – Aber zu welchem Preis! Ich informiere kurz die anderen, die genauso erschüttert sind wie ich. Zwei Soldaten bleiben bei den Kindern in ihrer gewohnten unterirdischen Umgebung, bis wir wissen, wie und was wir mit ihnen und für sie tun können.

Wir suchen weiter. Der nächste Gang mündet in eine große mit Holz verkleidete Halle. Tausende und Abertausende von Schrift- und Buchrollen lagern in speziellen Röhrenregalen bis unter die felsige Decke. – Was für ein Wissensschatz! Noch nie sah ich eine so große Bibliothek! Vereinzelt liegen verkrampfte Leichen in den Gängen. Die zerfledderten Buchrollen neben ihnen zeigen, daß hier bis zum schrecklichen Ende geforscht wurde, daß der Tod – trotz unserer Warnung – unerwartet kam. Als wir schließlich in den zentralen Lesebereich vorstoßen, bleiben wir überrascht stehen. Auf einem Podest, im Mittelpunkt der Halle, ruht eine silbrige Kugel, ähnlich der Wega III, aber nur halb so groß. Kein Zweifel, vor uns steht ein Raumschiff! Es muß bereits vor langer Zeit hier seinen letzten Landeplatz gefunden haben. Wie, wird wohl für immer ein Rätsel bleiben. Eine Tafel in alter Schrift besagt, daß vor uns eine der „Donnerkugeln" steht, die vor vielen Sonnenumläufen auf diesem Planeten landeten.

Ich lese die Texttafeln weiter, die, am Fuße des Raumschiffs aufgestellt, eine unglaubliche Geschichte erzählen: danach sind die Vorfahren der Kinder Dhans mit solchen Schiffen von dem verschwundenen Planeten unseres Sonnensystems geflüchtet, der nicht – wie die Legende erzählt – durch eine Kollision mit einem Kometen, sondern durch verbrecherische Experimente seiner Bewohner zerstört worden ist. Die wenigen Überlebenden retteten sich auf Ondur, wo sie auf eine Zivilisation trafen, die sie zwar von vorhergegangenen, heimlichen Besuchen kannten, deren Mentalität ihnen aber fremd geblieben war.

Gewohnt, die Natur mit Intellekt und Technik zu unterwerfen, trafen sie hier auf Menschen, die im Einklang mit der Schöpfung ihres Planeten lebten. Die Fremden waren zu wenige, um Ondur trotz ihrer technischen Überlegenheit zu erobern. Und so beschlossen sie, erst einmal unterzutauchen und sich in die Bevölkerung einzugliedern. Tatsächlich verfolgten sie insgeheim von Anfang an den Plan, so schnell wie möglich die Herrschaft über diese Erde zu erringen.

So gründete eine spätere Generation der Eindringlinge mit Hilfe williger Anhänger aus der Urbevölkerung den Kult der Kinder Dhans. Sie schufen den Mythos von Caliastra und Urgo und benutzten ihn als Tarnung für ihre auf eine lange Wegstrecke angelegten wahren Ziele. Sie waren sehr geduldig. Erst als nach einigen weiteren Generationen die Nachkommen so zahlreich waren, daß überhaupt an eine Übernahme Ondurs zu denken war, begannen sie aus dem Untergrund mit konkreten Maßnahmen. Der erste Versuch scheiterte. Sie unterlagen in der damaligen Schlacht zu Ghor. Aber sie gaben nicht auf. Und so kam es zu diesem erneuten Versuch Dormans, die Macht zu ergreifen. Ihr größtes Geheimnis, ihre Herkunft von dem anderen Planeten, wahrten sie bis zum bitteren Ende.

Ein lautes Stöhnen unterbricht meinen Lesefluß und macht mich auf einen Spalt in der Außenhülle des Raumschiffs aufmerksam. Anscheinend gibt es dort eine Tür, die nicht ganz geschlossen ist. Und aus dem Raum dahinter vernehme ich jetzt erneut ein Wimmern und Stöhnen. Ich lenke Bardos Aufmerksamkeit darauf, und er befiehlt zwei Soldaten, die Sache zu überprüfen und wenn möglich, das Tor zu öffnen. Inzwischen haben sich auch die anderen zu uns gesellt, und so warten wir alle gespannt darauf, vielleicht den ersten Überlebenden der Kinder Dhans zu Gesicht zu bekommen. Das Schott läßt sich leicht öffnen, und bald darauf tragen die Soldaten eine blutende und verdreckte Gestalt heraus und legen sie sanft vor uns auf den Boden. Als ich niederknie und die Atemmaske vorsichtig entferne, die den Betreffenden vor dem tödlichen Gas geschützt hat, blicke ich unerwartet in die haßerfüllten Augen Dormans. Erschrocken pralle ich zurück gegen die Beine Cargos, der beinahe stürzt.

Eine neue Schmerzwelle läßt Dorman aufbäumen und blutigen Schaum über seine Lippen tropfen. Ohnmächtig liegt unser geschlagener Gegner vor uns. Schnell überprüfe ich seine körperliche Verfassung und stelle fest, daß innere Organe – wahrscheinlich durch einen Sturz aus großer Höhe – massiv gequetscht sind. Es wundert mich, daß er überhaupt noch lebt. Wir beschließen, die weitere Untersuchung der Höhle auf morgen zu vertagen und uns zuerst einmal um unseren Widersacher zu kümmern. Soldaten betten den Schwerverletzten auf eine vorsorglich mitgebrachte Bahre und schaffen ihn dann zu unserem Zeltlager, wo wir bald einsehen müssen, daß wir Dorman nicht mehr helfen können. Er liegt im Sterben. Allein der Gedanke, daß Frau und Tochter auf dem Weg hierher sind und er sie ein letztes Mal sehen will, mag ihn am Leben halten.

Ich halte Wache an seinem Bett und versuche, mit geistigen Kräften seine Schmerzen zu lindern. Das Stöhnen und die krampfartigen Anfälle ebben ab und bleiben schließlich ganz aus, und als mich Dorman diesmal anblickt, liegt ein ungläubiges Staunen in seinen Augen: *„Wieso tust du das für mich?“* Ich weiß nicht, was ich ihm antworten soll. Von Liebe zu reden, kommt mir ihm gegenüber verfehlt vor. Doch da fallen mir Tybor und Urmi ein, und so antworte ich: *„Deiner Tochter zuliebe, die ich nach wie vor schätze und die Tybor immer noch liebt und heiraten will, versuche ich dir zu helfen. Sie braucht deinen väterlichen Segen, damit sie in der Verbindung mit Tybor glücklich werden kann.“* Die Antwort scheint ihn zu befriedigen und nimmt ihm die Sorge um das zukünftige Wohlergehen seiner Lieben. Er lehnt sich entspannt zurück und öffnet sich der Lebenskraft, die ich durch meine Hände in ihn einströmen lasse. Ich spüre, daß er noch etwas mit mir besprechen will, und warte geduldig, bis er seine Kräfte wieder gesammelt hat.

Als Dorman wieder seine Augen öffnet, sind sie klar und kraftvoll. Und noch etwas hat sich verändert. Der Ausdruck in ihnen ist anders geworden. Es liegt nun eine ungewohnte Tiefe und Sanftheit in ihnen, so wie ich es bisher nur bei Sterbenden sah. Er blickt mich ernst und forschend an, scheint sich dann zu einem Entschluß durchzuringen und spricht nun leise und eindringlich zu mir: *„Der Kampf ist zu Ende, der Traum der Symerer ausgeträumt! So nennen wir uns insgeheim selbst seit den Tagen, als unsere Raumschiffe auf Ondur landeten. – Ihr habt uns endgültig besiegt. Nur Lara, Urmi, ich und einige wenige sind übrig geblieben, und mein Weg ist bald zu Ende. Das spüre ich ganz genau. Ich bin froh und dankbar für Tybors unverbrüchliche Liebe und Treue zu Urmi und bitte dich, auch Lara zu verschonen. Sie ist unschuldig.“*

Ich nicke zustimmend, und so fährt er fort: *„Da gibt es nur noch eins, was ihr stolzen Sonnenpriester weder ahnt noch wißt!"* Gespannt beuge ich mich nach vorne. *„Syma war ein Planet der Denker und Wissenschaftler. Wir erforschten auch unsere Herkunft. Wir wollten wissen, woher unsere Seelen kamen, die sich in vielem so ähnlich waren. Wie groß war unser Erstaunen, als wir feststellen mußten, daß alle auf Syma Inkarnierten ursprünglich von Ondur kamen. Anfänglich dachten wir, nur die am weitesten entwickelten Ondurianer dürften auf unserem Planeten wiedergeboren werden. Wir konnten es kaum glauben, als wir anerkennen mußten, daß dem nicht so wahr. Ja, daß es genau das Gegenteil bedeutete. Daß nur die Ondurianer sich auf Syma inkarnierten, die den Intellekt über das unerklärbare göttliche Sein stellten. Dort wurden sie solange mit den Auswüchsen dieser falschen Einschätzung konfrontiert, bis sie geläutert und reif waren, sich wieder auf Ondur oder einem Planeten gleich hoher Schwingungsfrequenz weiterzuentwickeln.*

Das göttliche Prinzip sorgte dafür, daß die Überlebenden der Katastrophe, die durch unser falsches Denken herbeigeführt wurde und unseren Planeten zerstörte, nur auf Ondur weiterleben konnten. Und so waren wir über viele Generationen gezwungen, uns ständig mit euch und euren Vorstellungen vom Sein auseinanderzusetzen. Da wir letztlich nicht bereit waren, diese Spiegelung zu akzeptieren, rebellierten und versuchten wir immer wieder, die Dinge in unserem Sinne zu ändern und zu gestalten. Damit ist es nun endgültig vorbei. Syma ist zum zweiten Mal untergegangen. Das Licht des Bewußtseins hat unwiderruflich über das menschliche Denken gesiegt. Ich sehe nun unsere Irrtümer und Fehler, und es schmerzt mich sehr, daran nichts mehr ändern zu können. Zu spät! Meine ganze Hoffnung ruht nun auf Tybor und Urmi. Möge aus ihnen die Synthese aus Bewußtsein und klarer Vernunft erstehen und den Seelen dieses Sonnensystems den Weg ins Licht weisen."

Schwer atmend hat sich Dorman in die Kissen zurückfallen lassen. Ich spüre, wie aufgewühlt er ist. Es muß schrecklich sein, erst am Ende des Lebens – ohne weitere Korrekturmöglichkeiten – vor den Trümmern lebenslanger falscher Ansichten zu stehen. Aber dann wird mir klar, daß das so nicht stimmt. Worum geht es im Leben? Um Erkenntnis und Reife der Seele! Also ist auch das letzte Erkennen ein Gewinn und eine Bereicherung. Es geht schließlich nicht um Handlung und deren Früchte, sondern darum, über das Handeln zu erkennen. Denn nur die Früchte der Seele sind unvergänglich, die der Materie sind bekanntlich nicht von Dauer. Also ist Dorman schließlich doch der Sieger! Nicht über uns, sondern über sein menschliches Ego. Und genau das sage ich ihm dann auch. Ein warmes, dankbares Lächeln belohnt mich mehr als alle Worte.

Cargo kommt ins Zelt und teilt uns die Ankunft von Lara, Urmi und Tybor mit. Ich verabschiede mich von Dorman, der mir in den letzten Minuten seines Lebens fast zum Freund geworden ist. Ich verspreche, ihm bei seinem Übergang behilflich zu sein, und lasse dann seine wartende Familie und Tybor herein. Nachdenklich und auch ein wenig beglückt, überlasse ich den Sterbenden der Liebe und Fürsorge seiner Angehörigen.

Seitdem sind viele Tage vergangen. Auf seinen ausdrücklichen Wunsch hin haben wir Dormans Körper der feurigen Lava im Innern des Vulkans übergeben, der so lange Zeit treuer Hüter des geheimen Wissens der Symerer war. Aus der Dhan-Höhle wird auf meine Anregung hin eine Gedenkstätte für unser Volk werden. Hier sollen zukünftige Generationen begreifen lernen, daß der göttliche Geist in uns die Quelle aller Weisheit, der Intellekt aber nur das Gefäß ist, in den dieses Wissen gemäß dem Entwicklungsgrad und der Bewußtheit des Betreffenden einströmt. Tybor und Urmi werden diese Gedenkstätte leiten und für die richtige Auswertung des in der Bibliothek schlummernden Wissens sorgen.

Es war mir eine große Freude, die beiden noch am Sterbebett Dormans mit dessen väterlichem Segen zu trauen. Bald darauf starb er in den Armen seiner Frau, die als Vermächtnis Dormans zusammen mit Cara, der Hohepriesterin, den Mondtempel spirituell erneuern und von allen falschen Einflüssen reinigen will. Auch so soll die Versöhnung zwischen Symerern und Ondurianern, zwischen Kopf und Herz unseres Volkes, gefeiert werden.

Die Rückkehr unserer Truppen gleicht einem Triumphzug. Ganz Ismaratu ist auf den Beinen. Die Kunde von den Ereignissen ist in Windeseile in die Hauptstadt gereist, und die Menschen freuen sich über den versöhnlichen Ausgang des Konflikts. Wieder hat Arkon Zebit Grund zum Staunen, als er von mir erfährt, daß die Raumfahrt in unserem Sonnensystem eine längere Tradition hat als in seinem Heimatsystem. Wir verbringen viel Zeit miteinander. Jeder lernt vom anderen. Und dann kommt der Tag, an dem Imela und ich an Bord von Wega III gehen, um in dieses ferne Sonnensystem am Rande unserer gemeinsamen Galaxis zu reisen.

Was wir beide auf Geo und als Gäste von Atlantis erlebten, wird uns immer positiv im Gedächtnis bleiben. Es war die schönste Zeit in unserer beider Beziehung. – Aber das ist eine andere Geschichte.

Wieder steht die rotglühende Sonne tief über den graublauen Wassern des heiligen Sees. Ein purpurnes Abendrot kleidet Himmel und Wolken in ein Gewand aus süßer Trauer und schmerzvollem Abschied. Seit Tagen spüre ich das Nahen meiner ersehnten Vereinigung mit Inti. Ich weiß, den kommenden Morgen werde ich nicht mehr erleben. Und so sauge ich die letzten Eindrücke des erlöschenden Tages inbrünstig in meine nach Erlösung hungernde Seele.

Werde ich mich irgendwann auf Ondur wieder einmal dieses Lebens und seiner letzten Tage erinnern? Und werde ich in ferner Zukunft noch einmal zurückkehren können in die Majestät dieser Berge und die bewundernswerte Kraft und Zähigkeit ihrer Bewohner erleben dürfen? – Da wird mir am Ende doch noch das Herz schwer. Ich fühle, wieviel mich mit dem verbindet, was mir in diesem Leben Erfüllung und Heimat war.

Das Licht schwindet. Dunkelheit legt sich wie ein Totenhemd sanft über das Land. Über mir zieht im letzten Licht das Kondorpaar mit seinen beiden Jungen weite Kreise, und bevor sich meine müden Augen schließen, höre ich ihren klagenden Ruf wie einen letzten Gruß zum Abschied und ein Versprechen auf eine glückliche Wiederkehr …

… kreisendes Licht um einen Mittelpunkt. Dann spüre ich, wie sich etwas sanft um mich legt und mich sachte nach unten zieht. Das Singen in meinem Innern verklingt. Dunkelheit umfängt mich. Es ist weich und warm hier. Ein tiefes Gefühl von Geborgenheit durchströmt mich. Ich schwebe, getragen von warmen Wassern …

Man hat mich erwartet. Das spüre ich ganz deutlich. Und man freut sich, daß ich da bin! Ich fühle diese Freude wie eine Flamme, die die Dunkelheit um mich herum erhellt. Und ich lasse mich in diese Vorfreude fallen … bald, bald … freut euch auf mich … ich bin das lebendige Versprechen … es wird hell … ich komme!

Ein Kind wird geboren. Zwei Sonnen stehen hoch am Himmel und spenden ihm ihr Licht … ein Schrei, wie ein Ruf: *„Ich bin da! Ich lebe!!!“*